U0116455

JPC
HK

# 中國文學傳統講義

朱剛 著

責任編輯　　葉昊洋
書籍設計　　吳冠曼
書籍排版　　楊　錄

書　　名　　**中國文學傳統講義**
著　　者　　朱　剛
出　　版　　三聯書店（香港）有限公司
香港北角英皇道 499 號北角工業大廈 20 樓
Joint Publishing (H.K.) Co., Ltd.
20/F., North Point Industrial Building,
499 King's Road, North Point, Hong Kong
香港發行　　香港聯合書刊物流有限公司
香港新界荃灣德士古道 220-248 號 16 樓
印　　刷　　美雅印刷製本有限公司
香港九龍觀塘榮業街 6 號 4 樓 A 室
版　　次　　2023 年 7 月香港第一版第一次印刷
規　　格　　大 32 開（140mm × 210mm）320 面
國際書號　　ISBN 978-962-04-5329-8

# 目錄

引言

# 文學經驗與文學傳統

唐代的百丈懷海禪師，有一次跟他老師馬祖出行，正好有一群野鴨子從旁邊飛過，馬祖便問：「那是什麼？」懷海答：「野鴨子。」馬祖又問：「哪去了？」懷海隨口又答：「飛過去了。」於是馬祖用力扭住懷海的鼻子，懷海疼痛失聲，馬祖道：「你還說飛過去了？」懷海突然開悟，回去哀哀大哭。[①]

這是一個禪的故事。我們可以說，禪在一切日常事物上都有體現，但你要用心，才能從事物中抓住禪機。起初，懷海並不用心。那是什麼，那是野鴨子；野鴨子怎麼了，野鴨子飛過去了——完全無動於衷。馬祖是個善於隨機啟發弟子的導師，針對弟子不痛不癢的狀態，他使勁扭疼懷海的鼻子，讓懷海知道痛癢。知道痛癢就擁有了切身的經驗，對事物不再無動於衷。野鴨子當然還是飛過去了，但看到野鴨子飛過的人，有沒有感悟，感

---

① 《五燈會元》卷三，百丈懷海禪師章，中華書局 1984 年，第 131 頁。

悟有多深，却完全不同。懷海由此入道，後悔以前不曾用心，原來周圍都是寶，却不知道去撿一下，那麼多日子都白活了，生命徒然流失，當然要哀哀大哭。從這一哭開始，百丈懷海逐漸成長為馬祖之後的一代宗師。

我們常說禪與文藝相通，對經驗的重視，便是最基本的相通處。我們周邊存在著很多事物，發生著很多事件，你漠不關心，無知無覺，不痛不癢，那就無法獲得經驗。禪家講求禪的經驗，我們講文學，也從文學經驗講起。

日常生活中，我們都有許多經驗，但文學經驗與日常生活經驗有所區別，這裏面有一種文學感知力在起作用。大詩人李白在長江上乘舟東下，有一句很好的詩：

仍憐故鄉水，萬里送行舟。[①]

他以蜀中為故鄉，而長江從西蜀流向東方，與他的行程一致，所以他說這水還是故鄉的水。這當然是自然現象與李白旅程的巧合，但在李白的感知中，是故鄉的水如此多情，不遠萬里送他旅行。在長江上坐過船的四川人應該不少，可是這樣高度文學性的經驗，有多少人會擁有？

有人說，李白是天才，感知力太好，我們普通人怕是比不上。對的，李白確實超越常人，這一點無可懷疑，不必否認。不過，任何經驗，都是可以學習、積累的，文學經驗也不例外。我

① 李白《渡荊門送別》，《李太白全集》卷十五，中華書局 1977 年，第 739 頁。

們學習了李白這句詩，把他表達出來的這種文學經驗體會一下，在心中複製一下，今後碰到類似的情景，便能聯想及此。這樣的經驗，我們學習得多了，積累得豐富了，便能融會貫通，就有希望傳承創新。至少，不會讓我們的生命跟著逝水白白流失，而毫無感動。

正因為經驗是可以學習的，所以，從長時段來看，我們視野裏就會出現一個綿延不絕的傳統。比如，兩千多年前的宋玉，在一個秋天感到了悲傷，寫道：

> 悲哉秋之為氣也，蕭瑟兮，草木搖落而變衰。①

他說秋天是個悲傷的季節。一年四季自然輪換，憑什麼說秋天是悲傷的，沒有道理。若謂草木搖落容易引起悲傷，那我們不是也經常說秋天是收穫的季節，應該喜悅嗎？可是，在宋玉以後大約千年的杜甫，卻說這有道理：

> 搖落深知宋玉悲，風流儒雅亦吾師。
> 悵望千秋一灑淚，蕭條異代不同時。②

杜甫不但理解宋玉在秋天裏感到的悲傷，還表示深深的理解。這就是文學經驗在詩人之間的傳承，哪怕相隔久遠，也可以

---

① 宋玉《九辯》，洪興祖《楚辭補注》卷八，中華書局 1983 年，第 182 頁。

② 杜甫《詠懷古跡》其二，《杜詩詳注》卷十七，中華書局 1979 年，第 1499 頁。

「悵望千秋一灑淚」，感受到同樣的悲傷。我們知道，這個「悲秋」的傳統，在中國文學裏可謂源遠流長。杜甫之後再過大約一千年，我們可以讀到《紅樓夢》中林黛玉的葬花辭，她為落花而哀傷流淚，情懷與「悲秋」相近。

林黛玉是個癡情的女孩，其淚流滿面的形象，我們比較容易接受。但杜甫呢？據說，初次學習杜詩的西方學生經常感到疑惑，這杜甫怎麼也像個女孩子，老是愛哭？除了「悵望千秋一灑淚」外，還有「感時花濺淚」「雙照淚痕乾」「少陵野老吞聲哭」「初聞涕淚滿衣裳」等名句，哭得還不比林黛玉少。男兒有淚不輕彈，偉大的詩人老哭鼻子幹什麼？其實，在中國的詩歌傳統中，為了表達悲傷的經驗，詩人不論男女都是可以哭的，放聲大哭、流淚暗泣都無妨。而且，「將軍白髮征夫淚」，為了要寫詩填詞，連將軍也哭；上面我們提到的懷海禪師，感悟以後也哀哀大哭。將軍該是硬漢子，和尚該是通達人，但他們想哭便哭，一點不用害羞，何況詩人？大抵中國的詩人，不論男女，無關身份，都痛痛快快地用哭來釋放悲傷，在他們看來，「人生有情淚沾臆」是一件再正常不過的事。這也形成了一個傳統，而且是令初次接觸中國傳統詩歌的外國人感到奇怪的，可以說是具有民族性的一個傳統。

綜上所說，文學首先是以某種具有詩意的感知造成的經驗為基礎；經驗是可以學習積累的，故容易形成一種傳統；傳統綿延良久，便會帶有民族性，即中華民族的特點。這三層意思連貫起來，就解釋了我們這本書的名稱：中國文學傳統。

當然不能不提及的，還有一個表達的問題。作者把經驗表達出來，就是創作；但同樣的經驗，有人表達得出色，有人就一般化，這便牽涉評論的方面；我們學習的時候，也通過前人表達的文字去重新獲得他（她）的經驗，那首先就要找到這些文字，確定其正確的文本，讀懂其表達的內容，這便又牽涉整理和研究。創作、評論、整理、研究，看上去是一個流程，以前的人經常一身兼之，而現代社會分工細密，傾向於各司其職。無論怎樣，為了説明中國文學的傳統，這四個方面的成果都要兼顧，但對於本書來説，吸收的主要是研究的成果。把許多種文學經驗在歷代作家的反覆表達中形成的一個個傳統梳理勾畫出來的，有兩部書最值得推薦，就是錢鍾書先生的《談藝錄》和《管錐編》。此二書大名鼎鼎，聽説過的人遠比閱讀過的人多，其實，雖然它們達到了我們不可企及的高度，但就閱讀而言，困難並不太大。下面從《管錐編》取一條例子。

《管錐編》第一冊《毛詩正義》部份的第二九則①，目錄標為「暝色起愁」，就是黃昏時分讓人產生愁緒。這黃昏的愁緒，與秋天的悲傷一樣沒有道理，你要愁，任何時間都可以愁，不一定選擇黃昏時分去愁。可是，「暝色起愁」確實在古詩裏蔚然成一個傳統。按錢先生的梳理，最早的作品是《詩經》的《君子於役》篇：

> 雞棲於塒，日之夕矣，牛羊下來；君子於役，如之何勿思？

這大概是個女子的口吻，時值傍晚，家禽、家畜都歸來了，而丈夫還行役在外，引起女子的思念。這裏字面上沒有説「愁」，

① 錢鍾書《管錐編》，生活．讀書．新知三聯書店 2007 年，第 173-174 頁。

但「愁」正因思念而起，這思念到了黃昏時分尤其難以打發。清代許瑤光有詩云：

> 雞棲於桀下牛羊，饑渴縈懷對夕陽。
> 已啟唐人閨怨句，最難消遣是昏黃。

錢先生認為許氏「大是解人」，理解得不錯。愁情愁緒在黃昏時「最難消遣」，這一點歷代詩人幾乎都接受了。錢先生所引，漢代如司馬相如《長門賦》:「日黃昏而望絕兮，悵獨托於空堂。」六朝有潘岳《寡婦賦》:「時曖曖而向昏兮，日杳杳而西匿。雀群飛而赴楹兮，雞登棲而斂翼。歸空館而自憐兮，撫衾裯以嘆息。」唐代有孟浩然《秋登蘭山寄張五》:「愁因薄暮起。」白居易《閨婦》:「遼陽春盡無消息，夜合花開日又西。」皇甫冉《歸渡洛水》:「暝色起春愁。」宋代有趙德麟《清平樂》:「斷送一生憔悴，只消幾個黃昏。」諸如此類，皆承《君子於役》的遺意，綿延為一個傳統。

當然，閱讀多了，我們可以發現，也有些詩人會有意識地加以變化，比如南宋戴復古有詩云:「江湖好山色，都在夕陽時。」[①] 他偏要撇開愁情，去欣賞夕陽下的風景，但中國詩歌的一切景語皆是情語，這個「景」跟「情」分不開，夕陽西下時，不光是晚霞的光芒熏染著山色，與這個時間段相對應的思人愁情，也一起融入了山色，這才是「好山色」。明清之際的錢謙益有一聯名句:「埋

① 戴復古《淮上寄趙茂實》,《全宋詩》，北京大學出版社 1991 年，第 33551 頁。

沒英雄芳草地，耗磨歲序夕陽天。」[1] 講年輕時有志於成為英雄，但在遊春踏青與欣賞夕陽之中，時光流逝，漸漸老去。這個消磨歲月的「夕陽天」，大概也綜合了愁情與景色而言。相對於「暝色起愁」的傳統來說，無疑有些變化，但也還是跟傳統有關。

在《談藝錄》和《管錐編》中，我們可以讀到好多類似的例子，不過，這本書不擬一項一項地具體介紹。錢先生做這項研究，有個宗旨，揭在《談藝錄》中：

> 欲從而體察屬詞比事之慘淡經營，資吾操觚自運之助，漸悟宗派判分，體裁別異，甚且言語懸殊，封疆阻絕，而詩眼文心，往往莫逆暗契。[2]

這裏的「詩眼文心」就是傑出的文學感知力所獲得的文學經驗，從前代作者們慘淡經營的表達中，可以體察到他們的文學經驗往往「莫逆暗契」，超越了語言和國別的差異。這種體察的結果，當然有助於啟發自己的寫作，但從鑒賞、學習的角度說，錢先生還提到兩個重要的方面，就是「宗派判分，體裁別異」。前一個方面就作者而論，由不同的身份、主張而形成了各種流派；後一個方面就作品而論，有許多不同的體裁。兩方面綜合起來說，就是我們做文學史研究時最基本的內容：作者、作品。

也許有人會問：我們從作品中讀出了「詩眼文心」，體會到

---

① 錢謙益《牧齋初學集詩注匯校》卷二十，上海古籍出版社 2012 年，第 1092 頁。

② 錢鍾書《談藝錄》，商務印書館 2016 年，第 346 頁。

文學經驗了，為什麼還要關心它的作者是誰呢？上面已經提到，對於形成了傳統的某種經驗、表達，有些作者會有意識地加以變化，而促成變化的，往往是作者個人的特殊經歷、遭遇。中國的文學批評，從來都講「知人論世」，有時候，幾乎完全一致的表達，出自不同作者之手，其被接受和傳播的效果就不一樣。唐代詩人薛能寫過一句詩：「當時諸葛成何事，只合終身作臥龍。」幾乎沒有影響，後來宋代的王安石在自己的詩裏複述了此句[①]，却使它成為名句。王安石當然比薛能地位高、名聲大，但接受效果相差懸殊的主要原因在於，當一位作者表達出「一生努力都白費了」這樣的意思時，讀者一定會聯想到他的生平，曾經領導了一場毀譽任人評說的政治改革的王安石，表達出這個意思，就令人印象深刻，而薛能似乎缺乏那麼厚重的經歷來撐托如此沉痛的感慨。相似的例子還有大家都熟悉的《滿江紅》（怒髮衝冠），此詞是否真為岳飛所作，其實頗具爭議，但我們一句句讀下來，腦子裏浮現的都是岳飛的形象，我們對這個「作者」經歷的了解，自動地融入了詞句，使我們感動。如果作者並不擁有「三十功名塵與土，八千里路雲和月」的經歷，並非一位立志收復故土而懷抱未酬的將軍，那這一份感動就要消減許多。實際上，離開有關岳飛生平的基本信息，去體味這個作品，幾乎是難以想像的事。在「知人論世」的傳統下，讀者習慣於利用他所了解的有關作者的信息，填滿作品文本中所有的縫隙、凹槽，使之渾然一體。不同的作者

① 王安石《題定力院壁》：「思量諸葛成何事，只合終身作臥龍。」《全宋詩》，北京大學出版社1991年，第6780頁。

給相同的文學經驗帶來了特殊的內涵，正是這些特殊內涵豐富了傳統。

至於作品的體裁，應該是我們學習文學傳統時最需要掌握的內容。每一個作品都以特定的體裁為其存在的方式，了解體裁的特點才能正確地閱讀作品。作者也會按體裁的基本要求而採用特定的表達方法，如詩歌的押韻、近體詩的平仄格律、駢體文的對仗等。當然有些作者比較「尊體」，有些則更強調個性，傾向於「破體」，但無論如何總以對體裁的了解為基礎。這個道理至為淺顯，不必多談。

因此，本書內容分為作者論和作品體裁論兩個部份。作者論考察民國以前的作者在表達方面的基本特點，作品體裁論則說明表達成文的各種樣式。在這裏，我們有意避開了關於「什麼是文學」或者「什麼是中國文學」這類問題的討論，它們看似基礎，實際上過於複雜。由於每個時代、每個民族乃至每個作者對「文學」的理解都難免有所差異，導致我們很難用一個簡明的標準來框定「文學」的範圍，即傳世的文獻中有哪些部份屬於文學作品。但歸根到底，文學作品總是作者對其文學經驗進行表達的結果，那麼表達者的情況和表達的各種載體樣式，便是我們必須考察的對象。通過這兩方面的考察，我們把握了「表達」的內容，然後可以還原出被「表達」的「經驗」，以及「經驗」演變的歷史，即「傳統」。

# 上編

# 作者論

第一章

# 士大夫及其表達方式

從身份的角度，我們可以把中國傳統的作者分成兩類，加以宏觀的考察。

絕大部份詩、詞、文言文的作者，都具有官員的身份，即所謂「士大夫」。還有少量接近或附屬於「士大夫」的鄉紳、幕僚、門客、閨閣等，其表達方式與「士大夫」也基本一致，可以歸為一類。這是中國文學作者在身份上的一個顯著特點，因為太少例外，以至於我們通常都不太意識到這是一個特點。「士大夫」有比較高的身份，這使他們明確地對所寫的作品主張其個人的作者權，一般情況下，讀者也完全可以通過考察其生平、思想來解釋其作品。

與此相對，另一類就是通俗文學的「作者」，往往無名，或者如《西遊記》《水滸傳》的「作者」那樣，雖然有個姓名，但他們並不擁有對作品的完整的作者權，在他們之前，已經有許多無名的「作者」加入過創作隊伍，以「世代累積」的形態完成我們眼前的這些作品。他們不是「士大夫」，而是「庶民」，是民間的藝人和低層的文人。這一類「作者」，實際上是群體性的，與「士大夫」作者所具有的明確的個人性，情況非常不同。

這當然只是很粗略的區分，但對於中國文學傳統的把握來說，我們相信這種區分是基本的、必要的。比如，我們都認為文學創作必定跟思想傳統發生關係，一旦要考察這種關係，便很容易看到以下兩種情形，與以上區分相對應。

第一種情形是，作者本人既是文學家，也是思想家，或者即便稱不上「家」，也多少能說出些獨自的見解。在這種情形下，文學抑或思想方面的深厚傳統，都經過了作者主動的吸收和獨特的釀造，以富有原創性的面貌呈現在作品中。具備這種能力的作者在歷史上並不罕見，一流的作者如莊子、孟子、韓非子、賈誼、司馬遷、陶淵明、韓愈、王安石、蘇軾等，莫不如此。他們的作品其實已經成為文學史和思想史共同的研究對象，我們可以通過對作者的考察來把握文學與思想的關係。

第二種情形，便是我們在《西遊記》裏看到的那樣，思想傳統以非常世俗化的形態渾然地滲透在作品中。它的故事來源是一個佛教徒的取經歷險記，而現在通行的百回本肯定經過道教徒之手，道教的寓意已經被織入文本之中。從學理上看，它談道教牽強附會，涉及佛教之處又充滿常識性的錯誤，但我們又不能對這些思想因素視而不見，因為離開佛道二教對中國社會的影響，《西遊記》的產生便不可想像。所以，跟上述的第一種情形不同，世俗化的形態是需要另外對待的。這些世俗化形態乃至錯誤，本身也具有思想性內涵，只是不能返回到佛道二教的哲學體系中去認識其含義，而需另有方法。

如果把文學和思想交融的結果籠統地稱為「文化」，那麼第一種情形基本上屬於士大夫的精英文化，第二種則屬於庶民的通俗文化。當然不能過於絕對地看待這樣的區分，因為很多士大夫對佛道的認識也只停留在世俗化的水平。在科舉制度成熟後，庶民到士大夫的身份轉化有了較大的可能，因此，有必要靈活地看待這個區分。但總體上，中國文學的作者可以從身份上區分為具有個人性的「士大夫」和屬於「庶民」的群體性「作者」這樣兩類，是沒有疑問的。

作者的身份不同，其表達方式、表達傾向、表達特點也隨之有差異。我們先來看士大夫的情況。

除了可以照抄漢字的語言如日語外，要把漢語的「士大夫」一詞翻譯成其他語言，是比較困難的。但看一下翻譯的結果，即頗能説明問題。下面是英語中的幾種譯法：

scholar official（學者官員）；
scholar bureaucrat（學者官僚）；
literati and officialdom（文人和官員）。

我們很容易發現這些譯名的共同點，就是都由兩個詞拼合而成。換句話説，譯者需要把英語世界中兩個不同的社會角色合而為一，才能表達出傳統中國的這一種特殊身份。所以，有的歷史學家把中國的士大夫稱為「二重角色」[①]。

造成這「二重角色」的主要原因，首先當然是中國在官僚選拔方面很早就形成了考試制度，國家通過考試把讀書人吸收到官僚隊伍中，相應地，讀書人也通過這條途徑去踐履他的社會責任。這樣，至少一部份「官員」就與「學者」「文人」的身份重合起來。其次，在紙的發明和普及使用後，大約魏晉南北朝時期，中國的政治運作過程就呈現了高度「文書化」的面貌。有關政策的提案、討論、決定、頒佈施行及糾正偏頗等大都通過文書來進行，而且歷朝都傾向於使用高水平的、美文化的文書。文書當然有各種類別、各種不同的寫法，所以這種「文書行政」對傳統的文體分類造成了重大影響。其另一個結果就是，我國傳統的政治家，不需要去大庭廣眾演說拉票，也不需要去出席重要會議發表講話，但一定要會寫文章，就算自己不寫，也得請一位師爺代筆。甚至可以說，政治家最重要的工作，就是寫各種類別的文章，所以在我國被譽為鞠躬盡瘁的領袖，多是「伏案工作」的形象。這「文書行政」的方式加劇了乃至於固化了「官員」與「學者」「文人」的身份重合。從而形成了知識分子和國家官員合一的特殊的士大夫階層，這樣的階層是許多國家的歷史所不曾擁有的，而中國却擁有了至少兩千年。政治活動、經濟決策、法律裁斷、軍事指揮、文化創造…… 在中國社會的幾乎所有領域，士大夫都是當仁不讓的主角，文學創作也不例外。

---

① 閻步克《士大夫政治演生史稿》第一章第一節「關於士大夫的二重角色」，北京大學出版社1996年。

對於「二重角色」，我們怎麼看？從肯定的方面來說，它保證了國家指導者具備較高的學識水準，能體現出文化價值與政治權力的結合；但從消極的方面說，這也使政治的影響過於深入地干涉各種文化門類的演變，這是常被現代人詬病的一點。確實，當一個士大夫的學養、興趣、特長和他領導的行業、工作不甚一致時，他經常顯得不夠專業或者不務正業，對於社會來說，也不免造成「外行領導內行」的結果。當然，就理想狀態而言，為了完成社會賦予自己的職責，每個士大夫都必須努力使自己成為通才式的精英，雖然也可以有自己的興趣特長，但各方面都要了解到平均水準以上，才能勝任各種工作。所以，從總體上說，士大夫階層確是個當之無愧的精英階層，事實是，不但文學史上被提及的作者多數屬於這個階層，各種專門史所涉及的專家也都屬於這個階層。由此我們相信，對頗具中國歷史之特色的這個士大夫階層進行綜合的考察，意義也不僅僅在文學方面。

## 一、從封建士大夫到帝國士大夫

首先，我們按照中國歷史的順序，來考察各個時代的士大夫。從字面上說，「士大夫」一詞來源於古籍記載中西周官僚的「卿、大夫、士」之序列，如《禮記·王制》所云：

王者之制祿爵，公、侯、伯、子、男，凡五等。諸侯之上大夫卿、下大夫、上士、中士、下士，凡五等。[1]

這可能只是春秋、戰國時代的儒家所提供的關於西周政治秩序的一種理想化記述，但封建（中文「封建」一詞的「分封建國」之義，下同）時代的大領主、小領主依次排列其等級，按其實力的高低來確定其在中央或地方政府中的相應地位，大致就是這樣的情形，而「士」和「大夫」的稱號便表示了這些等級地位。就此而言，「士大夫」一詞指的是「士」以上的世襲領主，也就是封建貴族階層。有時候，只用一個「士」字就能表示這個階層，比如從《尚書》就可以看到的「四民」之說，將所有社會成員分為「士、農、工、商（賈）」四種，這個時候「士」表示貴族統治階層，其他三種表示平民庶人。

文化史上，最早出現的一批典籍往往決定後世知識人的表達形式，「士大夫」一詞被歷代沿用，但其實，隨著社會歷史情況的變化，同樣的名稱所指的對象有所不同。從上述封建時代的情形來看，確定士大夫身份的因素有兩個方面：一是其實際擁有的領地、勢力，二是來自君主的加封任命。很難相信這兩種因素隨時隨地都能配合恰當，實際上，君主的授命與其實力不相稱，乃至其實力與國家權力發生激烈衝突的情形，是並不少見的。所以，士大夫身份大致可以視為自身實力與國家權力之間的一種平衡，但這個平衡點偏向哪一頭，是因時因地變化的。到了中央集權的帝國時代（秦朝以後），國家權力所發揮的作用越來越大，甚至傾

---

① 《禮記正義》卷十五，十三經注疏整理本，上海古籍出版社 2008 年，第 449 頁。

向於不顧對象的自身實力如何，完全由國家來決定士大夫身份。實際情形不可能如此徹底，各級政府的權力都會對各地豪強（他們擁有經濟實力、言論影響乃至人際關係等各種社會資源）有所妥協，但就總體上看，自身實力起主導作用，或國家權力起主導作用，會使士大夫階層具有決然不同的性質。

若從理論上加以設想，極端的情形有這樣兩種：一是完全由各自擁有實力的人物來分割國家權力，此時的君主很容易被架空，而實力者之間如果用協商的方式解決矛盾，那就接近古代共和政治的狀態，但實際上也很可能出現軍閥割據，或者實力最雄厚者掌控朝廷的「僭主」局面；二是官員們自身全無實力，純粹是君主用來管理國家的工具，這便是君主獨裁的局面，其前提是有一支直屬國家的強大軍隊，足以壓服所有企圖自我主張的實力者，使他們不得不服從君主的各級代理人。處在這兩種極端的情形下，同為士大夫，即便其表達的形式相似，實際性質却完全不同：前者表達的是自身的意志；後者則只能傳達君主的意志，或者主動站在國家的立場進行表達。而且，這兩種表達的傾向往往相反，因為後者的實現就是對前者的取締。

如果相信現存史料的記述，周公、召公似乎在相當長的時期內既擁有自己的封國，也分掌著西周中央政府的執政權，而且一度出現「周召共和」的局面。但無論如何，春秋時代的魯國國君（周公後代）顯然不具有這樣的雙重身份，他至多能領導自己的封國而已。此後出現的所謂「霸主」，乃是諸侯混戰的結果，却也沒有貿然取代周天子，反而打出「尊王」的旗號。長期的分裂引起處士橫議，百家爭鳴。這諸子百家中，對待周天子的態度確實有所不同，但即便不尊周天子，也未必等於取消天子。對後世影響最大的入世學說，要數儒家和法家，他們所描繪的政治藍圖，都是以一個天子為中心的。至於是否維護原來的周天子，則另當別論。所以毋寧說，意識形態方面是在呼喚強大的皇權，而且後世的「士大夫」在這個方面口徑幾乎全部一致。也就是說，即便封建時代的士大夫，在表達自身意志的同時，也有站在國家立場發言的一面。如果用「知識分子＋官僚」，也就是「二重角色」的說法來嚴格地限定士大夫的內涵，那麼文化水平較低的軍閥、土豪就要除外，這也就意味著，純粹自我主張的聲音將被排除，國家立場倒成為士大夫表達的總體特徵。在上述兩種極端的情形中，應該說封建時代接近於第一種情形，但作為士大夫，多少仍要兼具其站在國家立場的表達。同時，在後一種情形下，當然也不可能做到對自我意志的完全取締，但站在國家立場的表達顯然會具有優勢。那麼，從抽象的意義上說，後者代表國家發言，才是士大夫的本質屬性。這種屬性在封建時代的士大夫身上已開始醞釀，而到帝國時代的士大夫身上則充分地表現出來。

秦始皇「廢封建，立郡縣」，使中國進入帝國時代。與此相應，此前的「封建士大夫」，也就演化為此後的「帝國士大夫」。其實，我們前面說的「二重角色」，主要就是針對帝國士大夫而言的，「封建士大夫」只是我們追溯其來源時才進入視野的對象。鑒於他們留下的經典和聖賢形象對帝國士大夫的持續影響，我們當然不能忽視封建士大夫，但嚴格說來，封建士大夫具備以上雙重身份是由於貴族對教育和政治權利的雙重壟斷，並不是根據知識選拔官僚的結果，當然不能保證大部份官僚具備相應的知識水準。而且，與其他國家歷史上的貴族相比，中國古代的封建士大夫也未必具有多少獨特性。更為重要的是，真正具有中國特色的帝國士大夫，在某種意義上正是對封建士大夫的否定。

假使一個帝國士大夫完全認同於自己的身份，那麼他的所有力量只來源於皇帝的委任，即對國家權力的分有，而不是依靠自己的家族勢力。與此相應的一系列非常重要的道德標準也會隨之出現。比如，他應該只依靠俸祿維持生活，不經營私人產業；在執法的時候，他不應當顧慮私人關係，國法面前應該六親不認，等等。這未必只是理想，在士大夫文化的鼎盛時期，難保沒有這種清教徒式的士大夫出現，而且他們應該是當時士大夫文化的中堅和脊梁。直到今天，中國百姓依然在使用類似的道德標準來要求政府官員，其有效性超越了時代。然而，在傳統士大夫的精神世界裏，不置私產，不認六親，這兩條簡直就是佛教的戒律，它們將使一個士大夫的生存狀態幾乎接近僧人！在宋代以降的批評者筆下，會説這樣的做法「不近人情」，而對於更早時期的社會一般觀念來説，這無疑嚴重違反了產生於封建時代，以宗法制為背景的原始儒學的「親親」原則。換句話説，這樣的道德標準是與帝國秩序相適應的意識形態，而並不符合傳統的儒學。於是，以「大義滅親」之類的説法為代表，學者們不斷地強調帝國秩序對於經典教條的優先性，繼而便直接對經典提出質疑，要求重建儒學，以適應帝國秩序。這方面最為顯著的成果便是唐宋以後「新儒學」的確立。由此我們不難發現，帝國意識形態對封建意識形態的否定，就是帝國士大夫對封建士大夫的否定，儘管在表達方式上似乎展示了更多的繼承性。

問題的複雜處，在於士大夫並不是只懂行政管理技能（「吏能」）的帝國事務官僚，其作為知識分子的一面，使他身具深厚的古典教養，而這種教養使他更願意認同古代的前輩，即封建士大夫。許多帝國士大夫真誠地相信古老的學說和道德理念是救世的良藥，以身體力行這些學說和道德理念為人生的價值。在周圍沒有「先進」的外國可供參考的情況下，中國的士大夫只要不是純粹的功利主義、事務主義者，就只能向古代的聖賢求取價值理想。當那些被他們奉為經典的、產生於封建時代的古老教條與帝國秩序發生矛盾時，我們可以想像他們的內心會多麼彷徨。不妨誇張地說，他們以畢生精力追隨的，是大抵不適於其自身性質的東西。經過改革的儒學，無論如何也不會完全洗刷掉其與生俱來的封建性痕跡，與帝國所需要的意識形態並不能完全契合，而後者才是帝國士大夫的天賦使命。所以，士大夫文化的內在需求，使中國知識分子遲早要去尋求一種比儒學更合適的，徹底以「國家」為本位建構起來的理論武器（比如列寧主義），這當然是後話了。作為帝國士大夫，他們一般還不能拋棄儒學，那麼，對封建意識形態的繼承和否定，是帝國士大夫身上更為深刻的雙重性。

把上面粗略的論述更簡單地歸納一下，就是：所謂「二重角色」的士大夫，是以帝國士大夫為標準的，如果他自覺認同自己的身份，那麼其表達的立場是近乎國家主義的；但是，作為知識分子，他所擁有的古典修養却使他更容易認同封建士大夫的價值觀。不過，自秦漢以來，中國延續了兩千多年的帝國時期，士大夫的生存狀態也隨著帝國形態的演進而發生變化，難以一概而論。至少，有兩種類型的士大夫值得重點關注，一是由血統門第確定的所謂「士族」，即門閥士大夫，二是從科舉考試出身的進士，即科舉士大夫。

## 二、從門閥士大夫到科舉士大夫

魏晉南北朝是士族門閥的時代。「士族」又稱「世族」「華族」「貴族」等，是東漢以來逐漸形成的世家大族，其經濟基礎是大土地所有制，即莊園經濟。由於大量土地集中在這些家族，國家的最高統治者也不能不對他們有所依賴，允許他們在各方面享有特權，所以，儘管這個時期王朝更換頻繁，但每個王朝大抵都需要一些「士族」拱衛，任由他們佔據政府的重要職位。我們只要稍微翻閱一下《南史》《北史》的列傳部份，就不難看到數量有限的「門閥」甚至比皇族更為穩固地生存在統治核心。

比如《南史》的卷十九和二十，就是為謝氏家族所作的列傳：

謝晦，兄子世基，兄瞻，弟曜，從叔澹；

謝裕（謝晦從父），子恂，孫孺子，曾孫璟，玄孫徽，裕弟純、述，述子綜、約、緯，緯子朓，朓子謨；

謝方明（謝裕從祖弟），子惠連；

謝靈運（謝方明從子），孫超宗，曾孫才卿、幾卿；

謝弘微（謝裕從子），子莊，莊子朏，朏子諼、譓，譓子哲，朏弟顥，顥弟瀹，瀹子覽，覽弟舉，舉子嘏，舉兄子僑。[①]

① 《南史》，中華書局 1975 年，第 521-568 頁。

這些人全是西晉太常卿謝裒的後代，謝裒的兒子謝安、孫子謝玄（謝安侄），在東晉的歷史上頗著盛名，上面的謝澹就是謝安的孫子，而謝靈運則是謝玄的孫子。史書的列傳大抵只列出政治上比較重要的人物，但僅從上面的名單中，我們就可以找到五個有作品入選昭明《文選》的「文學家」：謝瞻、謝靈運、謝惠連、謝莊、謝朓。至少謝靈運和謝朓是文學史上舉足輕重的大詩人。在那個時期，正是像謝家這樣的「士族」，為文學史源源不斷地「輸送」作家。產生於南朝的《世說新語》一書記錄了這些世族子弟的風度言談，而論及當時的「玄學」或佛學時，也離不開這些人物。比如謝靈運就是把佛學思想與詩歌創作相結合的一大典範。這些世家大族代代相承，雖處帝國體制之下，性質上卻接近於世襲的封建士大夫。不妨說，這是封建勢力在帝國時期的延續，或者說，他們是植入帝國體制的封建士大夫，而帝國體制要真正將他們消化，還需要漫長的時間。

強大的門閥勢力也催生了根深蒂固的門第觀念，這也成為士族們選擇婚姻對象時最重要的考慮因素。這樣一來，婚姻關係可以把最繁榮的幾個家族聯結為一個集團，使他們更牢固而長久地佔據政治核心的地位。按照陳寅恪先生對中國中古史的闡釋，南北朝以來的統治階級往往就是一個相對封閉的婚姻集團，比如北周、隋、唐三朝的皇室，就同屬他所謂的「關隴集團」。北周宇文氏開始造就這個集團時，隋之楊氏、唐之李氏，都是其重要成員。另一個重要成員，北周八柱國之一的獨孤信，他的長女嫁給了周明帝宇文毓，七女嫁給了隋文帝楊堅，就是隋朝著名的獨孤皇后，還有第四個女兒，跟一個叫李昞的結婚，他們的孩子起名李淵，就是後來的唐高祖。獨孤氏三姐妹把北周、隋、唐的皇室都串成了一家人，其間政權交替，可以看作「關隴集團」的內部調整。李淵是獨孤皇后很器重的、花了心思培養起來的後輩，李唐的建立其實根本不是《隋唐英雄傳》描寫的那樣，像一場多麼艱難的革命。

門閥士大夫在政治上也部份地繼續著封建士大夫的自我主張，雖然在他們上面還有一個皇帝存在，但門閥士大夫不會對皇帝唯命是從，因為他們首先要維護的是家族、集團的利益。反過來，皇帝雖有至高無上的地位，但為了維持統治基礎的穩定，在面對擁有巨大的莊園經濟和其他社會資源的貴族時，也必須以理智的方式與他們妥協，照顧到各方的利益，才能佔穩他的寶座。這一點，在史書上表現為皇帝虛心「納諫」，最典型的例子就是唐太宗很善於納魏征之諫，留下美好的名聲。實際上，按陳寅恪先生的分析，魏徵的背後有北齊以來「山東士族」的巨大勢力存在，魏徵是其政治上的代言人，唐太宗不得不妥善處理他與魏徵的關係問題。等魏徵死後，唐太宗把魏徵的墳墓也刨掉了，可見皇帝作為國家權力的操持者，在與門閥勢力的妥協過程中，其實很不開心。比唐太宗表現得更沒耐心，乃至有「暴君」之名的隋煬帝，則發明了「進士科」的考試制度，開始培植後來取代門閥士大夫的科舉士大夫。這個辦法也被唐太宗所繼承，史書上說，唐太宗看到進士們就很開心。其實，比唐太宗更喜歡進士的，是女皇武則天，她以駭人聽聞的殘暴手段摧毀了「關隴集團」。

總體上說，唐朝社會還是貴族勢力和貴族意識遺存很嚴重的社會，崔、盧、鄭、王、李是唐朝最有名的貴姓。不過，唐朝政府曾比較認真地執行均田制，二十世紀初從敦煌藏經洞傳出的戶籍賬簿可以證明這一點。在相當大的程度上，均田制可以抑制門閥士族勢力的發展，使集中的土地分散開來，被重新分配。當然土地兼併的現象不會斷絕，但即便產生新的大地主，也有利於打破舊貴族壟斷一切的局面，使社會階層發生流動。另一個重要的方面是，科舉制度獲得了長足的發展，「進士科」越來越成為唐朝政府「取士」的主流，出身於進士的政治家逐漸受到皇帝的重視和信賴。於是，真正的帝國士大夫 —— 進士走上了歷史舞臺，他們中的相當一部份並沒有顯赫的家世，得不到家族實力的支撐，其榮辱沉浮全聽朝廷之命，只能與帝國同呼吸、共命運。此時距帝國體制在秦朝的初建，已近千年。盤踞於千年帝國的門閥世族，也就隨著大唐帝國的崩潰而風流雲散了。

唐末五代的長期戰亂，確實掃蕩了舊貴族，同時却也將均田制破壞無餘，加上中央政府統治力的軟弱，以及商品經濟的發展，社會財富重組，未免使各地的鄉村、城市出現新興的地主、富民。接下來的統一王朝 —— 北宋政府，如果直接任用這批地主、富民，那麼他們一旦跟政治權力結合起來，就會又一次形成豪強門閥的階層。所幸北宋政府另有主意，就是大力發展科舉考試制度，以年均百餘人的速度錄取進士，讓他們成為文官，來管理國家。這批人考上進士，稱為「天子門生」，受到皇帝委任，是「朝廷命官」，雖然他們事實上也可能來自地主、富民，但至少在理念上，從「天子門生」到「朝廷命官」，其力量完全來自對國家權力的分有，而並不依靠家族勢力。長此以往，一個作為國家權力分有者的士大夫階層佔據了中國社會的主流地位，而且科舉制度不斷為這個階層換血，保證其活力。從此時起，帝國體制終於擁有了與自身性質相協調的士大夫來承擔各方面的重要事務。就文學領域而言，我們也不難發現，自北宋以後（實際上從唐代中期以來），中國文學史上正統的詩詞古文作家，核心成員大致都是進士，或者還有些屢試不中的人，終生走在邁向進士的途中。

士大夫性質的變化，即其主體部份從門閥士大夫轉為科舉士大夫，應該是歷史學界所謂「唐宋轉型」的一大內容。自中唐起，唐王朝能夠依賴的統治力量，大致就以進士為主了。北宋完善了科舉制度，成為高級官員幾乎唯一的來源。據史家統計，北宋開科 69 次，共取正奏名進士 19281 人[①]，平均每科 280 人，每年 116 人，這個數字至少是唐代的五六倍。相應地，從高級文官的頂端即宰相的情況來看，北宋宰相共計 71 人，其中進士出身者 63 人（包括狀元 5 人、進士第二名 3 人、進士第三名 1 人），佔 89%，再加上制科出身 1 人、辟雍私試首選 1 人，通過考試入仕的宰相就超過了九成，剩下的 6 位無科第者，多是開國時的功臣[②]，其他重要職位的情況，也大致如此。司馬光就說過：「國家用人之法，非進士及第者，不得美官。」[③]就最著名的一批文學家來說，我們熟悉的歐陽修、王安石、曾鞏、蘇軾、蘇轍等人，就都是進士出身的高級官僚。但就他們的血統而言，沒有一個是大富大貴的家庭出身，沒有一個不經過艱辛苦讀的少年時代。科舉士大夫階層

① 張希清《北宋貢舉登科人數考》，北京大學中國傳統文化研究中心《國學研究》第 2 卷，北京大學出版社，1994 年。

② 李裕民《兩宋宰相群體研究》，漆俠等主編《宋史研究論文集》，寧夏人民出版社，1999 年。

③ 司馬光《貢院乞逐路取人狀》，《溫國文正司馬公文集》卷三十，四部叢刊本。

在北宋政壇和文壇的絕對優勢地位，可謂一目了然。

雕版印刷術的及時出現，使我們至今仍可讀到北宋士大夫的大量文集，從中可以發現，這個剛剛形成的階層，馬上就獲得了自覺，發表了一系列認同自己身份的言論。最著名的代表就是范仲淹、歐陽修，他們倡導士大夫「先天下之憂而憂」「以天下為己任」的精神，主張「以通經學古為高，以救時行道為賢，以犯顏納説為忠」[①]，與君主「共治天下」。我們之所以説此類言論是對其身份的自覺，首先就是因為其明確的帝國立場。從現實上説，士大夫是考上進士做官的人；但從精神上説，他們應該是超越個人視野、家族視野，而主動地以「天下」(實即帝國) 為出發點進行思考的人。同時，這種站在帝國立場的「救時」精神，又與「通經」「行道」的文化傳承意識相結合，非常確切地對應著知識分子和帝國官僚合一的「二重角色」身份。在范、歐的周圍，還有一大批與他們志向接近的年輕官僚，由於他們曾在宋仁宗慶曆年間掀起一場政治波瀾，從而彪炳史冊，故我們稱之為「慶曆士大夫」。「慶曆士大夫」的崛起，可以視為帝國 (科舉) 士大夫階層身份自覺的標誌。緊接著他們登場的一代，在各方面都比他們有過之而無不及，像司馬光、王安石、程頤那樣絕對清教徒式的士大夫，無論是自律還是律人，都稱得上嚴厲乃至苛刻，像蘇軾那樣在經學、史學、詩詞、文章、書畫、醫學、宗教、政治、水利等幾乎所有領域都達到一流水準的「通才」，亦堪稱士大夫文化極盛的象徵。可以説，這種精英文化，形成不久便邁向了高潮。

---

① 蘇軾《六一居士集敘》，《蘇軾文集》卷十，中華書局 1986 年，第 316 頁。

確實，王安石的政治學說、程頤的哲學、司馬光的史學和蘇軾的文學，足以使北宋士大夫文化雄視千古。像這種高素質的士大夫，有一個特殊的稱呼，叫作「名臣」，南宋朱熹編纂的《名臣言行錄》就記載了他們的言行。此書與《世說新語》可謂前後輝映，展示了兩種不同的士大夫形象。

## 三、士大夫政治

除了早期的封建士大夫外，中國文學的作者以進入帝國時代以後的門閥士大夫與科舉士大夫為主，而士大夫的文學，必然跟政治關係密切。

在比較的視野裏，我們可以議論門閥士大夫與科舉士大夫這兩類士大夫的同異。他們都非常深入地介入政治，但其在政界存立的主要依據却並不相同。門閥士大夫是某個家族、集團、地域利益在政治上的代言人，可以被視為社會上某個實際勢力的「代表」，依靠背後的這個實際勢力，他們跟皇帝討價還價。所以，「代表性」是他們主要的存立依據。但科舉出身的官員，其地位和權力僅來自皇帝的一紙任命書，一般來說並沒有實際勢力在背後支撐，也就是說，缺乏「代表性」。從消極方面看，他們似乎只能依靠皇帝，看皇帝的臉色做事，謀得信任和富貴。從積極方面看，則其優點是擁有知識，以及伴隨知識而來的「合理」觀念，或者對意識形態的把握。如果一定要說「代表」，他們能夠「代表」的就是「合理」觀念、意識形態，或者如他們經常宣稱的那樣，「為民請命」，抽象地「代表」所有的民眾。但他們實際上很少做民意調查，不大可能真正去「代表」民眾，多數見解只符合被個人知識結構和思考能力所限定的「合理性」，而對「合理性」的主張，才是科舉士大夫在政治上存立的主要依據。宋朝開國皇帝趙匡胤曾問：「世間什麼最大？」其預設的答案，可能是皇帝最大，但宰相趙普的回答卻是「道理最大」。當然，憑道理去跟皇帝爭議是非，就非常需要為道理獻身的勇氣。

把某種言論、意見歸結為某個實際勢力的代言，也就是按「代表性」的思路來作政治分析，是現在比較習慣的方法。這種方法起源於歐洲，對封建貴族制社會是非常適合的，而在封建貴族制結束後很快進入近代民主制的歐洲，貴族的「代表性」被轉移到議員的身上，因此這個分析方法可以說依然有效。但用於分析中國歷史，則只能大致地適用於門閥士大夫所主導的政治，而對科舉士大夫政治卻很難說明。因為科舉士大夫在身份上並不是某一實力集團的代表，所以這種政治也並非各種社會勢力及其利益、願望之間的妥協調和，而是首先表現為對「合理性」的論爭、實施和維護，並且這種「合理性」的獲取途徑，經常是從抽象理論出發延伸到實際事務，而不是相反。每個時代每個士大夫所主張的「合理性」，當然都有一定的局限，但與現代中國最為接近，能夠直接延續下來的，不是「代表性」的政治，而是「合理性」的政治，這一點需要強調。

「代表性」的政治，在科舉士大夫看來，是缺乏公心的。陳亮就曾批評：「六朝何事，只成門戶私計！」[①] 貴族門戶的利益淩駕

① 陳亮《念奴嬌 · 登多景樓》，《陳亮集》，中華書局 1987 年，第 511 頁。

於國家之上，他不能接受。其實，反過來由國家或者皇帝權力統制了一切，也會令士大夫陷入不幸。門閥的力量對君權是一種抑制，比如曹操可以逼死政見不同的荀彧，但荀彧的女婿陳群後來依然成為曹丕的重臣；謝靈運也是被殺的，這也不妨礙謝氏家族繼續保持其政治地位。換句話說，君權最多能撤換門閥勢力的某個「代表」，却必須容忍該勢力產生新的「代表」。這跟南宋的秦檜能把李光一族連根拔掉，明成祖能將方孝孺誅滅「十族」，情況完全不同。當然，為了應付如此危殆的局面，科舉士大夫也形成了特別的政治結盟方式，同一榜及第的進士們，結成了「同年兄弟」關係，他們跟主考官之間，則是「座師—門生」關係，通過這種關係結為「朋黨」，自唐代後期起，就成為非常突出的政治現象。相比於門閥士大夫天然擁有的父子兄弟關係，這是一種後天的、模仿的「父子兄弟」關係。北宋前期有幾屆進士，在這方面表現得極為典型。比如太平興國五年（980）進士李沆，在宋真宗即位時即擔任宰相，當時任其副手的參知政事向敏中、樞密副使宋湜，就是他的「同年兄弟」。李沆去世之後，由這一榜進士中最年輕的寇準入朝，繼為宰相，主持了著名的「澶淵之盟」。後來寇準被人攻擊罷相，但繼任的仍是其同年王旦。王旦不僅自己做了十幾年宰相，且令他的同年向敏中也一起當宰相，在他死後仍掌握朝政，而在向敏中去世之前，寇準又及時復相，這時已經到了真宗朝的末期。所以，這個由同年進士組成的政治集團，幾乎完全主宰了宋真宗一朝。接下來，仁宗朝參與和擁護「慶曆新政」的范仲淹集團中，歐陽修、蔡襄、石介都是天聖八年（1030）進士，富弼在此年制科及第，余靖和尹洙登此年書判拔萃科，廣義地說都算「同年」，而元老重臣中對他們起到有力保護作用的，不是別人，正是歐陽修他們的「座師」晏殊。范仲淹本人雖不是同榜進士，但也一直對晏殊自稱「門生」。再接下來，神宗朝主持「新法」實施的，前後有王安石、韓絳、王珪三任宰相，而這三人，正是慶曆二年（1042）的同年進士。像這樣的「朋黨」政治，可以說是科舉士大夫政治的一個重要實施途徑。

從貴族的同宗兄弟，到進士的同年兄弟，我們可以看到一種變化，也看到一種模仿。相似的模仿其實不限於士大夫範圍，當時的僧人們也熱衷於締結「嗣法兄弟」，而武將們乃至民間的江湖、綠林之間，也開始盛行「結義兄弟」。《三國演義》中劉、關、張結為異姓兄弟的故事，就是在唐宋之際逐漸形成的；此後的《水滸傳》故事，結義人數大量增加；接著《西遊記》故事也為保護唐僧取經的「猴行者」添加了兩位「師弟」；《金瓶梅》中的西門慶也結有十兄弟。這「四大奇書」，無不以非血緣的「兄弟」關係為重要元素，並非巧合。實際上，我們要了解唐宋以降的中國社會，這是很重要的方面。

## 四、士大夫的精神世界

提起中國傳統文化的時候，我們最先想到的，往往是儒、佛、道「三教」。確實，它們可以被視為中國傳統思想和士大夫精神世界的三大支柱。

稱為「教」，是沿襲傳統的說法，不能理解為嚴格意義上的「宗教」，所以不如說三種思想。當然道教和佛教確是宗教，但在

「三教」的歸納中，「道」包含了道教與道家思想，「佛」也包含了不太像宗教的禪宗，至於「儒」之一教，其實包含許多歷史形態，至少唐宋以後的儒學經常被稱為「新儒學」。所以，「三教」本身就極其複雜，士大夫們從中汲取的成分又各不相同，難以一概而論。

不過，在考察個別士大夫的思想時，現代學者們都自覺或不自覺地使用「三教還原法」：即把「三教」視為相對固定的容器，將士大夫的各種思想性論述分別歸入這三個容器，以此完成初步的清理工作。其實，士大夫的歷史長於「三教」的歷史，即使只就帝國士大夫而言，其產生也早於佛法東傳和道教建立。他們依自己的思想追求和現實需要塑造了「三教」的各種歷史形態，而不是每個人都故意去雜取各種現成的思想觀點，去從事類似於拼圖的遊戲。但由於「三教」包含了幾乎所有重要的思想性因素，故作為現代人的分析手段，通過「三教還原法」將任何一個士大夫的思想映現為這樣的拼圖，大抵都是可能的。問題在於，如此分析而得的拼圖形態，往往頗為類似，除了少數特色鮮明的思想家外，大部份士大夫都是：自然觀近「道」，社會觀近「儒」，人生觀近「佛」。

人生短暫是無可奈何的事實，很少有人真相信道教的長生術，而儒家對死的問題常取迴避態度，正視個體生命的必然滅亡，以此為基本前提來展開的學說，只有佛教。即便總體上不信佛教的士大夫，在人生觀方面也必須面對被佛教反覆強調的虛無感，而精神上堅強到能抵抗這虛無感的人並不多，大部份未免被其俘虜，或者至少受到影響。與人生短暫相對，自然就容易被視為長久，乃至於永恒。一般人不願去懸想佛教所謂的「劫」（世界生滅一次）那樣超大的時間單位，對自然的有限性理會得不多；也未必都能從自然的運行中體會到《周易》所謂生生不息的剛健之道，那種對自然賦予價值的做法在很大程度上不合於直感。通常情況下，自然是作為人生的對照：人生有限而自然無限，人生現實而自然超越，人生執著於一定的價值追求，而自然包容一切，或者就是無價值。所以，莊子的自然觀是最容易被接受的。然而，佛、道畢竟是出世、忘世之說，處理社會問題當然還要靠儒家聖人的治術，這一點也是無須贅言的。

那麼，就拼圖形態而論，我們不可否認上述的拼法是最合理的一種，而且也不妨認為，「三教」之所以長期並存，就是因為它們在思想的某些基本方面各自展現了特長，以至於彼此都無法相互替代。不過，思想體系被清理出來的面貌越是整飭可喜，便越可能遠離思想史的實際。就士大夫的思想表達而論，畢竟任何言說都是內在精神追求和外在環境需要的產物，故同樣的說法乃至同樣的拼圖，其包含的實際意義可能大不相同。且不說每個士大夫面臨的具體處境，僅就門閥士大夫與後來的科舉士大夫這兩大類型來說，他們的思考方式就有差異。一般情況下，貴族知識分子更忠實於自身的思想追求，而進士們考慮現實需要會更多一些，即便他們都允許各種思想成分並存於自己的精神世界中，但思想的純雜程度其實很不同。比如，在唐代「三教兼容」的風氣下，王維、李白、杜甫三位大詩人分別呈現了偏佛、偏道、偏儒的思想傾向，以至於被稱為「詩佛」「詩仙」「詩聖」，宛然是唐詩與「三教」關係的最佳例證。但比較之下，河東王氏和博陵崔氏所生的貴族子弟王維，其佛教信仰達到了相當純淨的程度，遠高於李白、杜甫對道教和儒教的認同。後兩位奔走一生，迄無歸宿，當然沒有條件像王維那樣追求純淨的思想，其中身世來歷不明的李白，思想的駁雜程度更甚。這絕不是貶低李白，因為對一個詩人來說那也許並非壞事。但可以肯定的是，一個貴族士大夫雖然也未免令自己的思想體系包含矛盾，却至少不會像後來的進士們那樣，一邊在家裏大做佛事，一邊在朝廷上力主排佛。造成這個現象的，當然是貴族和進士的不同處境，後者不得不更多地對外在環境做出妥協，或者更自覺地去理會「天下」事務的複雜性。但從歷史上的先後關係來看，這便顯示出從「純」到「雜」的走向。回過頭來看「三教」的説法，本身就是「雜」的一種表現。社會之廣，自可兼容「三教」，但同一個人怎能兼有三種信仰？如果他們不是帝國的士大夫，而是自由知識分子，是不是可能表達出更純淨的思想，而不必在那麼多互相衝突的思想因素之間進退維谷？

日本的禪宗史研究者柳田聖山，曾提出一個頗具啟發性的觀點，他説日本的禪是一種「純禪」，日本人的思想追求比中國人純一。中國的那麼多佛教宗派，乃至於禪宗內部的各種小派別，傳到日本後，都有一代一代的僧人為之堅守門戶；而在中國，還沒過多久，便與其他派別混同。中國創派人提出的主張，有的實在非凡人能為，連其本人都未付諸實踐，而在日本會有純正的信徒，捨身去做，終生堅持。日本人經常比中國人更忠實於某一個中國思想家的教導，滿足於一種純一的思想體系，而中國民族似乎總有些大氣，喜歡把其他因素綜合進去。

柳田的話在相當程度上符合事實。在歷史長河中，中國並非不曾產生追求純一的思想家，有些人即便雜采各種思想因素，也苦苦思索著如何將它們歸結統一，但總體而言，與其他民族相比，中國知識人的思想蕪雜確實是非常驚人的。士大夫的「雜」還情有可原，和尚又何苦如此不「純」？排除動機不純的情況，或者也可以解釋為，他們深受士大夫文化的影響，無法滿足於單純的信仰。不過，與其歸結為思想習氣，不如探求現實的原因：如果世俗政權是出於純正信仰之外的複雜緣故而扶持佛教，那麼僧人也只能與世俗文化妥協，否則不能保證其被長久扶持。也就是說，如果不能對帝國有所貢獻，其自身的存在便會產生問題。推而廣之，為了生存，誰都必須變得「雜」些。

成功地將各種龐雜因素統一組織為某種體系的士大夫，會在思想史上脱穎而出，自成一家，但就士大夫文化的一般樣態而言，更為普泛地存在的、未經統一的「雜」的狀態，可能尤為重要。「雜」的實際情況還不是「三教」一語可以完全概括，比如先秦時期產生過的墨家、名家、法家、兵家、陰陽家等理論，有些成分也會被後世的士大夫采納。故「三教」之外尚有「九流」，那便更為混雜。唐人就曾經把道家、儒家、法家綜合為「皇帝王霸之術」，認為三皇五帝用的是道家之「道」，夏商周三代則用儒家之「禮」，而春秋五霸用法家之「刑」，白居易就曾云：

> 聖王之致理也，以刑糾人惡，故人知勸懼。以禮導人情，故人知恥格。以道率人性，故人反淳和。三者之用，不可廢也。……故刑行而後禮立，禮立而後道生。始則失道而後禮，中

則失禮而後刑，終則修刑以復禮，修禮以復道。[1]

如此說來，三者本身並無優劣，關鍵在於如何綜合運用。後來，也有人試圖借產生於較早歷史時期的那些「雜學」，來超越「三教」鼎立的格局，如明人呂坤注釋《黃帝陰符經》時，交代自己的立場如下：

余注此經，無所倚著，不儒不道不禪，亦儒亦道亦禪，而總歸之淺。非有意於淺，言淺即言深也。[2]

所謂的「淺」可能包含了對理論本身通暢純淨的追求，但既然牽涉「三教」，雖說無所依著，實際上還是會多方取資，呈現出「雜」的面貌。

「雜」是一種豐富性，也是複雜性，豐富固令人喜悅，複雜也會令人痛苦。一個社會鼓勵思想的多元化，並不妨礙每個個人各自追求純一的思想；反過來，以強大的帝國權力樹立某種標準思想，反而會促使每個個人的思想變得混雜，因為他必須在忠實於主流價值、抵制其他思想的自覺性與自我對種種思想的切身認同之間猶豫彷徨。對於思想傳統本來極其豐富，而帝國秩序又最受強調的中國來說，情況就尤其嚴重。本來應該平行地鋪展於社會的思想多樣性，現在被縱深地折疊到士大夫內在的精神世界中，

① 白居易《刑禮道》，《白居易文集校注》卷二十七，中華書局 2010 年，第 1544-1547 頁。

② 呂坤《陰符經注序》，《呂坤全集》，中華書局 2008 年，第 1395 頁。

使士大夫在表現出淵博知識的同時，也未免顯得緊張。

確實，與由深刻的內在矛盾所引起的痛苦相比，滿足於純一信仰的人是幸福的，甚至沒文化的村夫愚婦，有時也值得羨慕。所謂「人生識字憂患始」，也許算不得誇張，因為知識越多，體驗到的思想矛盾也就越多。僅就「三教」來說，互相衝突的思想因素便大量存在，如果取為行動的準則，幾乎任何行動都可以尋得理由，但那理由往往經不起追問。舉個簡單的例子說，北周武帝是中國歷史上第一個「滅佛」的皇帝，當敦煌慧遠質問其理由時，他搬出了儒家的「夷夏之辨」，說佛是印度人，中國人不必尊印度之教。慧遠就問：「那麼孔子是山東人，你陝西人為什麼尊山東之教？」周武帝答：「山東與陝西都在中國，所以同尊孔子。」慧遠應聲大喝：「中國與印度都在天下，為什麼不能同尊佛教！」如果對這場辯論做學究化的分析，那麼這裏呈現了三種立場：地方、國家、天下。站在任何一種立場，都可以取得與此立場相應的思想，以為行動準則。站在國家立場尊儒排佛，似乎振振有詞，但既然國家立場已經是對地方立場的超越，那麼為什麼不可以繼續超越，以至天下立場？與此相似的還有一個故事，說楚王丟失了一張弓，但他不覺得惋惜，因為一定有個楚國人撿到這張弓，那麼「楚人失之，楚人得之」，也就不必在意其得失。孔子聽說後，肯定楚王的想法，但又進一步要求，「去楚而後可」，就是不要只局限於楚國。老子聽說後，又進一步要求，「去人而後可」，不要局限於人。這裏的三個層次是：從國家立場超越得失、從人本主義立場超越得失、無立場地（或者說「自然」的立場）抹殺得失觀念的本身。看來，優秀的思想都被形容為對局限性的超越，問題似乎呈現為：這樣的超越應達到或停留在什麼層次，才比較合適？如果理論上不能確定，則現實的需要便容易佔據優位，既然什麼都是合理的，功利主義就能大展用武之地，只要對思想傳統具備足夠的知識，為任何做法尋找理由都不算太難。但這種左右逢源的情況並不令人一味地樂觀，且不說一個認真探求學術、構建學說的士大夫對此難以忍受，即便他能忍受，那也會嚴重地損害人們（包括皇帝）對知識的信任，而知識正是士大夫階層在中國社會存立的根據，使人們懷疑知識，等於在摧毀自己的立身之地。

所以，無論從士大夫對學術本身的興趣，還是從他們在帝國社會中的長遠利益出發，都必須抗拒純粹的功利主義，而建樹一種確定的理論。實際上，中華帝國從漢代以來就樹立標準思想的做法，與其說是皇帝的主張，還不如說出自士大夫的強烈要求，標準思想經常能幫助他們說服或限制皇帝，從而確立自身的存在根據。然而，為了使自己確信這種理論，他們也必須付出各種努力，自覺抵制標準思想之外的思想資源的誘惑。這並不容易做到，即便在如此漫長的中國歷史中，要找個思想上完全清白的「醇儒」，也是相當困難的。士大夫似乎注定要承受精神上內在的煎熬，作為其擁有「知識分子＋帝國官僚」雙重身份的代價。

中國士大夫的人格張力是個突出的問題，它表現在許多方面，比如對高雅趣味的追求與對世俗娛樂的喜好，對物質享受的慾求與對清高名譽的迷戀，對真純愛情的尋求與對聲色犬馬的沉溺，等等。雖然我們也可將這類對立歸結為普遍人性，但至少「知識分子＋帝國官僚」的雙重身份加劇了這種張力。相對來說，貴族士大夫比後來的進士們大抵顯得思想純淨一些，他們的表達更為任情；作為標準的帝國士大夫的進士，雖然自認為社會精英，其思想却充滿矛盾，表達上也複雜多變，遊移不定，複雜的程度甚至令他們索性想放棄表達，所謂「飽諳世事慵開眼，會盡人情只點頭」。不過，到此為止也只是士大夫的自我表達，借助詩詞文章等比較高雅的文學體裁來實現，其中雖反映出思想的蕪雜，却也見其負荷之重、思慮之遠，未免令人對這批社會精英肅然起敬。然而，在社會的另一層面，即更為寬廣的大眾層面，還流行著小說、戲劇、說唱、歌謠等庶民的文學，這些樣式眾多的通俗文學中也會出現士大夫及其預備隊讀書人的形象，那形象却大抵不易引人敬重：他們貌似這個社會的主人，實際上却如客盜劫掠主人的財富，把社會資源變成私家利益；他們身為文官，却大抵尸位素餐，一心只想陷害真正有本事的武將；他們中大多數是貪官污吏，瞞騙皇帝而欺淩百姓，少數的清官往往孤立無助；他們號稱要治國安邦，其實並不理解民眾的願望，只會背書作詩；他們作詩的目的經常是顯露自己而揭他人的短處、向權勢者獻媚，或者用來應付娼妓、勾引婦女；他們趴在墻頭偷看人家的小姐，買通或要挾婢女去傳遞情書；他們口稱倫理道德，却到處發生婚前或婚外的性關係，而且偷偷服食增強性能力的丹藥，七老八十還要娶個小老婆；他們與兄弟爭奪父親的遺產，為此行賄賂、打官司，還要謀害妻舅，以便去繼承岳父的遺產；他們讀書是為了升官發財，考上科舉大抵是憑運氣，考上後就把讀過的書全然拋在腦後，沒考上的則一生迂腐，不懂生計……應該指出，通俗文藝作品中如此描繪士大夫的形象，倒未必全出於批判指責的立場，毋寧說多半帶有善意乃至欽羨之情的。其中也許包含了庶民對士大夫的誤解之處，但其與士大夫自我表達的距離之遠、差別之大，可謂一望而知。士大夫自己的心聲固然值得傾聽，但我們目前能夠讀到的士大夫文集已經過歷史的選擇淘汰，剩下來的稱得上精英中的精英了，不能代表這個階層的普遍水準，而通俗文學中呈現的士大夫形象，倒是庶民對他們全體的印象。

## 五、士大夫文學

考試入仕制度和「文書行政」模式，使中國的士大夫大都具備足夠的書面表達能力，這使他們多能進行文學創作，但反過來也使傳統的文學帶上深刻的士大夫烙印。那麼，在士大夫的精神世界裏，文學佔據何種地位呢？

既然是考試入仕，那麼考試的內容就很重要。考什麼，立志成為士大夫的人就必須學什麼。漢代以來，征賢良、舉孝廉，上殿對策，都可以算廣義的考試，不過歷史上影響最大的入仕考試，應該是隋唐科舉制度中的進士科。這個科目的創立者是歷代皇帝中頗具創造力的隋煬帝，唐太宗一邊努力敗壞煬帝的名聲，一邊却在完成煬帝的許多未竟之業，對進士考試的重視就是其中之一。由於宋代以後，它幾乎成為高級文官「名臣」的唯一來源，所以我們不妨把它看作帝國士大夫的偉大搖籃，但應該注意的是，它的產生是在貴族佔據絕大部份政治資源的時代。這也就是說，創立者的遠見卓識固屬非凡，起初却也不可能對它抱有如此偉大的期待，而只是蒐羅人才的許多途徑之一。通過這個科目，當然是要提拔官員，但未必就是執政官，也許只為了錄取那些有文才的士子，為武力奪取的政權增添些文化氣息；或許煬帝個人頗為傑出的文學感悟力也起了些作用，反正進士科的考試內容，一開始就與它後來要擔負的偉大使命不相符合：考的是詩賦，也就是我們說的「文學」。

終唐一代，進士越來越受到重視，對此科的考試內容也不無議論，但「詩賦取士」(或稱「文學取士」) 的局面基本上保持不變。這當然對唐詩的繁榮起了很好的作用，但隨著進士科逐漸發揮出帝國士大夫搖籃的功能，對考試內容的質疑就不能避免：旨在錄取政治方面人才的考試，考的却是文學，怎麼說也是一件文不對題的事。時至北宋，終於有一個手腕強硬的宰相對此加以改革，他就是王安石，其「變法」的一大舉措，就是進士科取消詩賦考試，改考「經義」和「策論」。在一般意義上講，「經義」是經學論文，「策論」是施政提案。看起來，這樣的考試內容更符合進士科要擔負的使命。由於「經義」一體後來演變為「八股文」，而「八股取士」是明清科舉的特徵，故從歷史上看，王安石變法導致了「詩賦取士」向「八股取士」的一大轉折，可以視為科舉領域的一大革命。妙處在於，領導了這場革命的王安石，正是一流的文學家，而當初司馬光雖然反對他的變革舉措，却也並不以「詩賦取士」為然，真正堅持為「詩賦取士」制度辯護的，是另一個一流的文學家——蘇軾。

不過，與其檢討王安石與蘇軾的意見如何對立，還不如思考另一個問題：大唐帝國人才輩出，許多人敢作敢為，既然明知「詩賦取士」是文不對題，為何一直不予改變，而要等王安石來做這件事？其實，這文不對題的現象却具有更深刻的合理性，正是它保障了唐代社會階層的流動。試想，在世家大族佔據大部份教育、文化和政治資源的時代，廣大的寒門子弟如何能在經學論文和政策提案上與世族子弟競爭？唐人的經學，大多是關於各種禮儀制度的煩瑣討論，而政策提案也須以熟悉當前的行政體系為前提，寒門子弟未進入上流社會的交際圈，如何能獲取這些知識？詩賦則不然，在識字的基礎上，學習了基本技巧後，接下來就憑個人才華見高低了。所以，寒門子弟顯然歡迎詩賦考試，他們在群體上構成巨大的力量，有效地阻止了對「詩賦取士」加以改革的任何企圖。這文不對題的現象一直培養著新生的政治勢力，對帝國士大夫性質的轉變起了重大的推動作用。文學在中國歷史上所起的社會作用，可能莫大於斯。至於王安石的改革，則在士大夫性質轉變已經完成之後，此時的「詩賦取士」只是一種沿襲而已了。

既然「詩賦取士」已失去合理性，何以蘇軾還要為此辯護？我們讀了他的《議學校貢舉狀》就會明白，他並不主張「詩賦」如何合理，而是擔心「經義」「策論」之類的弊端更甚。這些文章與文學作品不同，要闡述明確的意見，而且在判斷高低的時候，意見本身的重要性顯然高於寫作技巧，那麼，朝廷一時所傾向的意識形態，執政者個人所持的觀點，就一定會影響他對文章價值的判斷，也會引起應試者的迎合之風。果不其然，在放逐了詩賦之後，科舉領域的思想交鋒才真正開始。王安石自己主持編寫了《尚書》《周禮》《詩經》的標準文本及注釋，謂之「三經新義」，規定「經義」考試以此為準。這當然頗有思想專制的嫌疑，但既然是考試，總須有個標準，也是無可奈何的事。問題是，經典的解釋原本就有許多不確定處，若引申到與目前政治的關係，學者們更是各有千秋。可以說，只要本人追求自成一家之學，就斷不會完全贊同王安石的一家之學，這個標準必然招來非議，是可想而知的。而且，即便朝廷能壓制非議，推行王學，結果也只能使所有文章都談論統一的觀點，在蘇軾看來，就是遍地的「黃茅白葦」，哪裏還能見到喬木？

蘇軾的批判確實擊中要害，同情其意見的大有人在，於是「詩賦」在科舉領域的存在得到了局部的延續，宋代的進士考試曾經擁有「經義」和「詩賦」並存的歷史，一場考下來，既有「經義」進士，也有「詩賦」進士。這樣區分專業的方法原本也不錯，但這只是一種過渡形態。從後來的結果看，「經義」終於還是取得了統治地位，只是它的標準從王安石的「三經新義」變成了朱熹的《四書集注》。換句話說，科舉領域的革命，最後的贏家是道學。

與蘇軾對抗王學的方法不同，道學家對傳統的「詩賦取士」並無好感，他們不反對「經義取士」，而是就「經義」本身的是非問題與王學相爭，比如楊時就寫過專門批判「三經新義」的著作，謂之《三經義辨》。這倒也不意味著他們從一開始就準備為自己的學派奪取科舉陣地，毋寧說，他們的批判鋒芒曾指向科舉制度本身。他們認為科舉是一條利祿之途，它敗壞了讀書人的心術。讀書本來是為了追求真理，獲悉聖賢的教導而身體力行，現在因被科舉所誘惑，大家都奔著考試內容去用功。科舉考詩賦，大家都去追摹蘇軾的詩風，希望被賞識；科舉考經義，大家都去背誦王安石的「新義」，希望能通過。總之都是隨風轉舵，僥幸一中，哪裏還有真正的學問？孔孟之「道」之所以不明，罪魁禍首就是科舉！所以，道學家經常發表厭惡科舉的言論。所謂的「北宋五子」中，只有程顥和張載兩位進士，其他三位都不是。邵雍可能並未參加過科舉考試，周敦頤則根本看不起科舉，而且據程頤的說法，在跟周敦頤交往的時候，心中一定會感到科舉是鄙俗的東西。當然，離開了周敦頤後，程頤還是去參加了考試，大概由於主考官歐陽修不喜歡他的文章，沒有考上，後來程頤也就鄙薄科舉，還鼓勵他的弟子們鄙視科舉。程頤在這方面的態度最典型，他說一個人年紀輕輕就高中科舉，簡直是不幸，他晚年的弟子須在從事科舉和追隨老師之間做出選擇。到了南宋，情況也相似，雖然科舉本身並沒有排斥所有的道學家（朱熹很年輕就成為進士），但道學家往往傲視科舉。不過很有意思的是，道學從鄙視科舉開始，最後却佔據了科舉「經義」之標準的地位。

科舉固然是一條通向利祿之途，但從選拔官員的角度說，幾乎沒有比此更公平合理的辦法。范仲淹、王安石曾經設想學校是比科舉更好的辦法，後來蔡京嘗試了以學校代替科舉的方案，却歸於失敗。近代廢除科舉制度時，也以大學代替科舉為理由，但兩者其實各有側重，大學重在教育研究，而科舉要擔負選拔官員的幾乎全部任務，不可能由大學完全代替。而且前者傾向於學術自由，後者則須有統一標準，未免鑿枘不合。選拔官員是否需要這樣統一的途徑，當然是另一個問題，但只要是科舉制度存在的時期，考試的內容對士大夫的教養必然產生重大的影響。西安的碑林有北宋釋夢英書《篆書目錄偏旁字源碑》，其碑陰有北宋至和元年（1054）所刻的《京兆府小學規》，記錄了當時小學生的日常功課：

一，教授每日講說經書三兩紙，授諸生所誦經書文句、音義題，所學書字樣，出所課詩賦題目，撰所對屬詩句，擇所記故事。

一，諸生學課分為三等。

第一等，每日抽籤問所聽經義三道，唸書一二百字，學書十行，吟五七言古律詩一首，三日試賦一首（或四韻），看賦一道，看史傳三五紙（內記故事三條）。

第二等，每日唸書約一百字，學書十行，吟詩一絕，對屬一聯，唸賦二韻，記故事一件。

第三等，每日唸書五七十字，學書十行，唸詩一首。

由此可以觀察王安石科舉改革之前，小學生基礎教養的內容，大約有經義、書法、詩賦與史傳四項。必須注意，這裏的經義是聽老師照著課本解釋後背誦出來而已；閱讀史傳的目的則是為了記些故事，在寫作詩賦時可以派上用場；書法方面的要求對三個等級的學生都是一致的，可能主要是學字。這樣，唯一對學生的創造力有所培訓的，就是詩賦。按理說，與背經義、記故事對等的文學培訓，應該是賞析名篇，如「唸詩一首」「看賦一道」之類，但當時的小學却馬上要求創作。詩賦在基礎教養中佔據如此重要的地位，當然不是因為那時候的人們特別風雅，而是由「詩賦取士」的科舉制度決定的。到了「八股取士」的時代，情形就大不相同，我們在《紅樓夢》中可以看到另一番景象：賈寶玉被他的父親斥責為不求上進的逆子，只因為不肯苦讀「四書」，而實際上他的詩賦修養至少超過那些受他父親尊重的清客。若生在唐宋時期，賈寶玉便是個優秀的學生。

為了科舉而進行的培訓至少決定了小學生的基礎教養，這些小學生通過科舉而成為士大夫，其精神世界內各種元素的消長也應當跟科舉領域的革命過程相關。也就是說，文學在士大夫教養中原本佔據核心地位，後來不得不讓位於道學。士大夫必須擔負的社會責任廣及所有領域，這使他們不得不去掌握各方面的知識，在基礎教養、個人興趣、工作需要或師友傳承等種種因素的影響下，他們會在某一個或幾個方面展現特長，有些人擅長文學，這是非常自然的事。但必須注意的是，在科舉改變其考試內容的前後，從事文學活動在正當性上會有極大的差異：此前吟詩作賦是值得驕傲的正業，此後則未免成為「餘事」，甚或帶上異端色彩。一個擅長文學的人，本來僅憑這個特長就足以立身士林，後來却必須另有正業，低者精於吏事，高者能講出一套學術思想。這也就意味著，即便被今人視為純粹「文學家」的士大夫，當初也會被要求在各種有關學術思想乃至政教民生的問題上發言，因為那樣他才無愧於一個士大夫的身份。當然道學雖成為基礎教養，倒也並不是每個士大夫都終生嚴格地忠於道學立場，一般情況下，帝國對他們也無此要求。

總的來說，先秦的封建士大夫，還並未意識到他們寫作的內容中有哪些部份可以算是文學；自漢魏六朝以來，詩賦盛行，文學的觀念逐漸明確，而貴族士大夫也非常自得地展現其文學方面的特長；到了唐代，出身低微的士人可以憑藉文學才能，通過進士考試走上仕途，這便引起一部份貴族的敵視，把擅長文學的人看成「暴發戶」，攻擊他們作風「輕薄」「浮躁」，連杜甫那樣被後人視為「詩聖」的人，生前都不免此譏；宋代的科舉士大夫基本上改變了這個形象，但這個時代開始出現將文學逐出科舉的努力；在道學成為科舉考試的核心內容後，文學寫作能力對士大夫來說，就成為「餘事」了。

## 六、科舉士大夫文化的發展困境

傳統士大夫的最後一個類型，是科舉士大夫，相對而言，他們跟現代中國的關係最為密切，所以我們有必要再加一點考察。

上面説過，宋代以來的高素質士大夫，被稱為「名臣」，南宋的朱熹就編有《名臣言行錄》。或者也因為是朱熹所編的緣故，此書在後世擁有不計其數的讀者，從而讓人覺得宋代的「士風」特別淳正，比如顧炎武的《日知錄》中就有「宋世風俗」一條，對此頗為肯定①。不過，像《名臣言行錄》這樣的讀物，其實一望就知其有美化之嫌，因為從結果來看，由這些「名臣」們所引領的兩宋政治，不能算怎樣成功。可見，雖然強烈的身份自覺、道德自律使「名臣」們體現了士大夫文化的較高水準，但他們身上也存在許多問題，使科舉士大夫文化的發展整體上面臨困境。

首先是意識形態的問題。以產生於封建時代的儒學為思想指導，其實與帝國秩序並不完全合拍。雖然「新儒學」可以被視為使儒學適應帝國秩序的一種改造，但在改造的過程中，各家各派產生了各自的方案，北宋時期就有王安石的「新學」、二程的「洛學」、張載的「關學」、三蘇的「蜀學」等流派，互相不服，形成

---

①《日知錄集釋》卷十三，上海古籍出版社 2014 年，第 298-301 頁。

紛爭，也延伸為政治上的黨爭。直到南宋中期朱子學出現後，才算有了個比較權威的思想體系，可是等朱子學獲得此權威地位，趙宋王朝的歷史也接近尾聲了。而且，朱子學所闡述的主題，上至天地宇宙之本體，下至個人心性之修養，於社會制度、政權建設方面反不如北宋諸家所論的更為務實，故其是否適合作為國家的指導思想，實際上當代和後世都有不少人持懷疑態度。至少，以朱子學為科舉衡文之標準，從而產生的「八股」經義文，對於科舉考試制度的發展來說，顯然是弊大於利。

其次，與意識形態和科舉制度密切相關的是士大夫的知識結構問題。科舉士大夫是以知識立身的，但在總體上，應科舉之需而學習的他們延續著封建士大夫、門閥士大夫的知識結構，大抵只適合做官，與宋元以下社會各行業所需的實用知識差距甚遠。這當然使那些考運不佳、當不上官的讀書人很容易淪為一無所長的「腐儒」，也使官場履歷不深、經驗不足的官員經常被狡猾的胥吏陰奪事權。每個人當然都希望做自己擅長的事，所以除總攬政務的宰執外，對士大夫們最具吸引力的職位就是諫官御史、翰林學士之類，宋人稱之為「言語」和「文學」之臣，這兩條路上真可謂人才濟濟，競爭激烈，而此外如財政、法律、軍事等方面，乃至州縣地方官，就相對缺乏人才，且受輕視，於是形成「重內輕外」「重文輕武」「重文輕法」等種種偏頗。此類偏頗貌似令「文學」領域特別繁榮，但終究損害著科舉士大夫階層存在的依托——國家。應該說，從北宋便開始出現的以學校代替科舉選拔人才的設想，進而在學校裏分年級、分專業的做法，有利於改變上述局面，但這種近代意義上的大學，直到清末還停留在萌芽狀態。

第三，是經濟基礎的問題。科舉士大夫不像以前的貴族那樣自有雄厚的經濟實力，雖然朝廷為官員們發放俸祿，但這並不能充分滿足其物質需求。「名臣」們可能具有較嚴格的道德自律，像王安石、司馬光那樣出騎瘦驢、臥擁布衾的宰相，確實被視為模範，但若以這樣的標準去規範眾人，便未免被視為「不近人情」。至於退休之後的養老之地，他們更需要提前關心。所以，科舉士大夫在俸祿之外尋求經濟資源，勢必難以避免。於是，他們貪污腐化、與土豪富商勾結，遂成為最便捷的獲利途徑。從這個角度說，科舉士大夫階層在社會上越具優勢，其士風便將越趨墮落，那程度大約與經濟發展同步，故歷朝歷代都是開國之初問題較輕，此後愈益嚴重。可以說，士大夫政治的內在痼疾——腐敗，必然會隨著他們所服務的帝國一起成長，並且在最後將它葬送。

第四，是士大夫的數量問題。具備應考能力的人都想成為士大夫，而經濟與教育的發展使越來越多的士人擁有這種能力。但士大夫是官，官的數量總是有限的。所以，從北宋中期起，便出現士大夫過剩的現象，一個職位有幾個人等著上任，謂之「候闕」。可想而知，這將使士風更趨敗壞。對於國家來說，官僚階層的膨脹帶來雙重壓力：「納稅人」減少，而俸祿負擔增大。長此以往，釀成一個致命的困境：科舉士大夫階層自身的發展超越了其所依托的國家的需求和承受能力！為了走出這個困境，宋朝想了很多辦法，除增加稅種、稅額外，還有大量發放紙幣（國債），國家做東來經營獲利（如王安石「新法」中的一些項目）等，最後甚至想出「公田」政策，即國家剝奪或收買地主的土地，直接僱人耕種以收取巨額田租。這個政策的危險性顯而易見，它將使趙宋政權失去地主階層的支持。

第五，還有特權問題，即不符合士大夫政治運作規則的，從皇權延伸出來的特殊權力。在具有嚴重封建性的門閥士大夫佔優勢的時代，皇帝曾是國家權力的象徵，但在科舉士大夫按他們心目中的「合理性」規則來運作政治時，皇帝又反過來顯示出封建性，因為他畢竟與士大夫不同，未經考試而世襲權力。雖然宋代的士大夫經常表現出限制皇權的勇氣，但皇帝身上的特權成分還是會蔓延開來，如宗室、外戚、宦官、近侍等，都具備破壞規則的能力。時間越久，蔓延的範圍就越大，逐漸形成了一個「特權階層」，某些高級士大夫的家屬也會參與進去，這嚴重干擾士大夫政治的正常運作機制。上文提及的「公田」政策，其實與此特權階層的存在和需求有很大的關係。士大夫們很難抵禦特權的壓迫或腐蝕，他們當中依靠特權的幫助而獲選拔、晉升的人不在少數，這也令這個階層本身走向敗壞。

以上只是科舉士大夫階層形成後，在宋代尤其是南宋就已暴露出來的問題。自王國維、陳寅恪先生以來，許多學者推崇宋代文化，許其為中國傳統文化發展的頂峰[①]，但我們也應該看到另一個方面，即此文化的創造主體——科舉士大夫階層身上存在的諸多難以解決的問題，將必然導致文化的發展陷入困境。當然，這也可能反過來證明了「頂峰」之說，因為接下來的元明清三朝，也並未有效地解決這些問題，有的只是在新朝建立之初稍顯緩和，然後便照例出現，愈趨嚴重。可見，改朝換代也不是根本的

① 王水照主編《宋代文學通論》緒論第一節，河南大學出版社 1997 年。

解决辦法。在世界史上，科舉士大夫確實是近代以前的中國最具特色的東西，但自其成熟的時期——宋代起，其發展的限度便可預見了。換句話説，宋朝已經展示了科舉士大夫文化發展的極限狀態，與此同時，對此文化具有挑戰性（即改變士大夫階層對文化的獨佔）的現象，也逐漸出現，僅就文學領域來説，就是非士大夫作者的逐步涌現，也就是作者身份的分化。

## 七、文學創作者的身份分化

上面已經提及，科舉士大夫在俸祿之外尋求經濟資源，是難以避免的。從另一個角度説，為了實踐士大夫所信仰的古老禮教，也有必要重新建立家族經濟。如果家人不能同居，怎能實踐孝道？如果同族的人互不相關，哪裏存在什麼「喪服」之制？所以我們不難看到，從「慶曆士大夫」開始，他們就著力經營家族生計。歐陽修、蘇洵都熱心於編纂族譜，范仲淹為蘇州范氏宗族建立了「義莊」。總之，他們希望家族的繁榮不會及身而止，既然帝國需要進士，他們就要為自己的家族建立培養進士的經濟基礎。簡單地説，就是士大夫要變成地主、富民；反過來，地主、富民為了獲得政治地位，也必須培養自己的子弟成為進士。

應該説，這種現象與嚴格的國家主義立場是有所衝突的。比如在王安石眼裏，地主、富民的存在都是「兼併」平民的結果，他們與國家「爭利」，是危及國家的因素，必須利用各種「不近人情」的政策加以摧破。他的反對者蘇轍曾云：

州縣之間，隨其大小皆有富民，此理勢之所必至，所謂「物之不齊，物之情也」。然州縣賴之以為強，國家恃之以為固。非所當憂，亦非所當去也。能使富民安其富而不橫，貧民安其貧而不匱，貧富相恃，以為長久，而天下定矣。王介甫，小丈夫也。不忍貧民而深疾富民，志欲破富民以惠貧民，不知其不可也。①

顯然，蘇轍説出了多數士大夫的心願，與其做王安石那樣徹底的國家主義者，他們更願意與地主、富民結合為一體。大概從北宋後期起，士大夫的地主化、富民化，與富民、地主的士大夫化，越來越成為不可阻擋的趨勢，到了南宋，兩者差不多已完全融合②。

如果一個家族能連續培養出進士，那麼這個家族就很像六朝的「世族」。太宗朝狀元宰相呂蒙正，其侄子呂夷簡是仁宗朝宰相，夷簡的兒子呂公著是哲宗朝宰相，公著的兒子呂希哲是哲宗朝御史，也是程頤的最早弟子，希哲的兒子呂好問是南宋高宗朝的執政，好問的兒子呂本中官至中書舍人，也是著名詩人，以《江西詩社宗派圖》聞名，本中的侄孫呂祖謙則是與朱熹齊名的思想家。呂氏家族比起東晉南朝的謝家，也並不遜色。這樣的官宦兼文化世家，宋代以降不算太罕見，他們與六朝貴族的區別，在於沒有世襲特權，必須不斷培養進士，如果三四代不出一個進士，大抵就要走向敗落。當然，進士不容易考上，而與地主、富民的

① 蘇轍《詩病五事》，《欒城集 · 欒城三集》卷八，上海古籍出版社 1987 年，第 1555 頁。

② 宮崎市定《宋代的士風》，《宮崎市定全集》第十一卷，岩波書店 1992 年，第 339 頁。

融合，使他們擁有了一定的經濟基礎，維持兩三代子弟「耕讀傳家」，尚無問題。於是，非士大夫身份的文化人——「鄉紳」出現了。

實際上，隨著時代的推移，絕大部份士大夫的家族會無可避免地變成「鄉紳」。在宋代歷史上，「鄉紳」的文化絕不可忽視。比如，從北宋後期延續到南宋的福建「道南」之學，即「楊時—羅從彥—李侗—朱熹」一系的道學，後來成為權威意識形態，而嚴羽的《滄浪詩話》，也差不多成為明清詩學的圭臬。羅從彥、李侗、嚴羽都未考上進士，只是「鄉紳」。朱熹考上進士，使道學進入士大夫社會；嚴羽的再傳弟子黃清老考上了元朝的進士，開始蒐集和刊刻嚴羽的著作，推向士大夫社會①。由此看來，「鄉紳」文化可以與士大夫文化相聯結，成為社會基礎。另一方面，「鄉紳」經常會充當地方政府中的胥吏，而且很可能世代擔任，他們與士大夫的合作，使國家立場、地方意識與個人利益獲得一定程度的調和。

除鄉紳胥吏外，跟士大夫比較接近的文化人還有幕僚、館客、門生之類。為了建立自己跟政界新人的良好關係，宋代官僚往往願意接待應考的舉子，指點或幫助他們獲取科名。所以，有些士大夫在考上進士之前，曾寄身於「先輩」的門庭，他當官後，跟原來的東家依然會關係密切；至於考不上進士的應舉者，充當門客的時間就會更長。比如曾鞏在考上進士前已是深受歐陽修眷

---

① 關於嚴羽《滄浪詩話》的編刻流傳過程，參考張健《〈滄浪詩話〉非嚴羽所編》，《北京大學學報》1999 年第 4 期。

顧的門生，陸佃也曾處館於高郵傅氏家[①]，李廌追隨蘇軾、蘇轍的時間更久。曾鞏、陸佃後來都考上了進士，李廌却終身未第，現在看來，在北宋現存有別集的作家中，除了幾個「隱士」和僧人外，李廌是很少見的非士大夫文人了。

宋代的所謂「隱士」大抵可以歸為「鄉紳」，僧人另當別論，李廌的情況却值得進一步關注。此類情況事實上不少，因為從科舉制度產生的不光是士大夫，更有大量的落第者，其寫作上的水平和名聲未必低於及第者。要不是得到有力人物的推薦而勉強入仕，蘇洵、程頤和陳師道也將與李廌屬於同類。與鄉紳不同的是，他們並無「歸隱」的意識，不願安居家鄉，即便對科舉之途已經絕望，也仍流連於京師周圍，出入士大夫之門，從事跟士大夫相仿的寫作活動。這當然使他們有可能得到特別推薦的機會，但也不僅僅如此而已。《宋史·李廌傳》載：「中年絕進取意，謂潁為人物淵藪，始定居長社，縣令李佐及里人買宅處之。」[②]可見，已經「絕進取意」的他，依然要選一個「人物淵藪」之地去定居。實際上，潁昌府長社縣處於離開封不遠的中心地區，確實有許多士大夫在此安家，晚年的蘇轍就住在相鄰的陽翟縣。李廌如此選擇定居之地，肯定含有置身「文壇」核心人物的身邊，方便交流，並容易獲得關注，維持其文名的目的。很顯然，地方官和當地有經濟實力的人物，也以這樣著名的文人住在本地為榮，故不吝施以援手。我們不太清楚李廌定居長社後的經濟來源，或許他可以

① 陸佃《傅府君墓誌》，《陶山集》卷十五，文淵閣四庫全書本。

② 《宋史》卷四百四十四，文苑傳六，中華書局 1985 年，第 13117 頁。

靠寫作來獲取資助，維持生計。

被目前掌握的史料所限，我們不得不承認李廌這樣非士大夫身份的著名文人，在北宋可謂特殊現象，但到了南宋，這種情況就不算特殊。1994 年，日本著名學者村上哲見出版了《中國文人論》[①] 一書，強調南宋以後非士大夫文人崛起的現象，應該引起學術研究者的重視。村上先生本人擅長詞史研究，上述思路使他獲得了對南宋詞壇的全新把握，在近年出版的《宋詞研究 · 南宋篇》[②] 中，他放棄了以豪放派、婉約派二分法貫串詞史的傳統方法，而將南宋詞區分為「士大夫詞」和「（非士大夫）文人詞」兩種，且明顯側重於後者。除綜論外，該書的主體部份由四個個案研究組成，其中「士大夫詞」的個案只有辛棄疾一位，而「（非士大夫）文人詞」的個案却有姜夔、吳文英、周密三位。確實，南宋非士大夫文人的文學業績，在詞的領域表現得最為突出，與辛棄疾等士大夫詞人相比，他們的特點在於精通音樂，能夠凸顯詞作為歌辭文藝的本色。所以，村上先生也把他們稱為「專業文人」：

到了南宋，與官僚文人性質相當不同的文人，開始作為文學的接班人閃亮登場。他們一方面與仕途幾乎無緣，另一方面不僅精通文事、詩文，也廣泛擅長書畫、音樂等各種藝術，就文人這一面來說，超越了通常的官僚文人，也可以說是純粹文人或專業

① 村上哲見《中國文人論》，汲古書院 1994 年。

② 村上哲見《宋詞研究 · 南宋篇》，創文社 2006 年。有金育理、邵毅平譯本，上海古籍出版社 2012 年。

> 文人。在無緣仕途這一點上，他們與所謂隱士相同；但他們與權貴交往密切，以文事進行熱鬧的社會活動，這與隱士有决定性的區別，他們可以說是進入南宋後才出現的新生階層。…… 正因為詞是歌辭文藝，所以依靠這些精通音樂的文人，詞成就了不同於官僚文人階層作品的新的輝煌。[1]

我們知道，詞原來就是一種「歌辭文藝」，北宋以蘇軾為代表的士大夫詞人突破了樂曲的束縛，「以詩為詞」，取得了令人耳目一新的效果，被稱為「豪放詞」。從文學史的角度，我們也充分肯定他的成就，但這樣的詞不久就被李清照指責為「句讀不葺之詩」，而南宋詞向強調與音樂密切配合的本色回歸的傾向，也宛成主流，正如村上所說，成就了「新的輝煌」。這是一種專業化的趨向，依靠許多非士大夫文人畢生精力的傾心投入，而推進到事務繁忙、心思旁騖的士大夫所不能兼擅的境地。值得注意的是，像李清照那樣的閨閣文人，在這個問題上明顯站在「專業文人」一邊。實際上，閨閣文人也是非士大夫文人的一種，雖然身為士大夫的妻女，創作上的觀念和趣味却跟「專業文人」相近。

如果說北宋的李廌在創作上基本追隨士大夫，那麼南宋的姜夔等人却已形成士大夫所難以具備的專業特長，展示了自己的獨特價值。不過，無論是「專業文人」還是閨閣文人，其對於「專業」的全神貫注，仍得益於權貴、士大夫在生活上給予的有力支

① 村上哲見《宋詞研究 · 南宋篇》，上海古籍出版社 2012 年，第 382 頁。

持。雖然出於對文化和才華的尊重，許多士大夫願意與他們平等交遊，但這不能改變他們依附於士大夫的生存境況。不過，到了南宋中期以後，臨安的一位出版商陳起，却為非士大夫詩人提供了另一條出路：通過作品的商品化來求取生計。他策劃出版的《江湖集》，包含了許多非士大夫詩人的別集，中國文學也由此而出現了一個新的作者群體——「江湖詩人」。

「江湖」一詞有多種含義，其最為核心的意思，應當如范仲淹《岳陽樓記》所示，是與「廟堂」對舉的。就此而言，《江湖集》收錄的作者應該全非士大夫。但實際上，它也收錄了一些士大夫的詩作，這是因為士大夫們也喜歡把他們不當官的時期形容為身在「江湖」，儘管這可能只是他前後兩任官職之間的間歇。更有甚者，「重內輕外」的觀念使州縣地方官尤其是低級官員也自視為「江湖」人士，至於安居一方的「鄉紳」，當然也可參與其中。這使《江湖集》作者群的身份呈現出複雜的面貌。然而，值得重視的是其中確實包含了標準的「江湖詩人」。如戴復古《春日》詩云：「淫滯江湖久，蹉跎歲月新。……山林與朝市，何處著吾身？」[①] 這表明「江湖」既非「山林」也非「朝市」，其《都中書懷呈滕仁伯秘監》描寫了「江湖詩人」的生存境況：

北風朝暮寒，園林日蕭條。自非松柏姿，何葉不飄搖。儒衣歷多難，陋巷困簞瓢。無地可躬耕，無才仕王朝。一饑驅我來，騎驢吟灞橋。通名丞相府，數月不見招。欲登五侯門，非皓齒細

① 戴復古《春日》，《全宋詩》，北京大學出版社 1991 年，第 33480 頁。

腰。索米長安街，滿口讀詩騷。時人試靜聽，霜枝囀寒蜩。倘可悦人耳，安望如簫韶。①

「無地可躬耕」表明他不是「鄉紳」，「無才仕王朝」表明他不是士大夫，他依靠干謁求取生活資助，而干謁的手段無非是寫詩。為了達到目的，他的詩要寫得「悦人耳」，但儘管如此，還是會遭受冷遇。可見，「江湖詩人」主要還是靠士大夫的欣賞和資助來維持生計，陳起為他們提供的新出路，大概只具有輔助性的作用，還不足以支撐「職業作家」的生存。不過作家與出版業的結合，應該説預示了這樣的方向。

按宋人的用語習慣，「江湖」是包括僧道的，《江湖集》也收入僧人的作品。不過，宋代的僧道尤其是禪宗僧人的文學創作，實在足以自成一個系統。目前出版的《全宋詩》中，禪僧詩數量約佔全部的十分之一，而有詩歌作品存世的禪僧，也在一千名以上。可見，以禪僧為主的僧道作者，構成了宋代非士大夫作者的主幹部份。雖然人們經常指責宋代的僧道與士大夫的交往過於密切，但我們應該理解，與士大夫交往並不全是趨炎附勢之舉，畢竟士大夫佔據著「文壇」的中心地位，任何作者都不能讓自己離開「文壇」太遠。宋代的禪僧文學還東傳日本，直接開啟了彼邦的「五山文學」，那也是日本文化史上一個時代的名稱。

綜上所述，鄉紳胥吏、館客門生、「專業文人」「江湖詩人」乃至閨閣、僧道等非士大夫作者，都能使用與士大夫文學相似的

① 戴復古《都中書懷呈滕仁伯秘監》，《全宋詩》，北京大學出版社 1991 年，第 33455 頁。

體制進行創作，在南宋之後，日益成長為不可忽視的一支作者隊伍。不過，由於他們都在不同程度上依靠士大夫而生存、活動，故只能被視為士大夫周邊的文人，其作品在廣義上仍可被納入「士大夫文學」的範圍，尚不具有現代「職業作家」那樣的獨立性。當然，此外還有姓名不見於史料的更下層的民間作者，從事著與士大夫文學體制完全不同的通俗文學的寫作。

第二章

# 庶民文學的群體性「作者」

我們講中國文學的作者以士大夫為主，並不否認士大夫之外還有數量龐大得多的「庶民」存在，也不是要抹殺「庶民文學」的價值，不過談到「庶民文學」的「作者」問題時，必須注意其與士大夫不同的情況。

「庶」是眾多之義，它比「百姓」一詞更早地確指廣大的普通民眾，在自古以來習用的「士庶」一詞中，它正好包含士大夫以外的所有平民。而且，這「眾多」之義還具有思想史意義。庶民作為個人的生存是一點都不受關注的，可謂毫無價值，但他們合為眾多之民後，却成為最高價值。《尚書 · 泰誓中》說：「天聽自我民聽。」《孟子 · 盡心下》也主張：「民為貴，社稷次之，君為輕。」其價值是比天、國家、君主還要高的。這是我們經常引用的有關古代「民本主義」思想的資料，在那麼早的時期說出那樣的話確實很了不起，但問題也就來了：無價值的個體如何合成最高價值的群體？在數學上這就是個難題。現在我們不去解答這個難題，只想指出，庶民文化的存在方式客觀上確實以群體性為特徵，並不像士大夫那樣強調個人的著作權，從庶民中產生的歌謠、演劇、説唱、白話小説等文學作品，也不像士大夫的詩、詞、文言文那樣擁有明確的個人作者。

實際上，在晚清以前的人們看來，「文學」大抵就是詩、詞、文言文，小説、戲劇等只供娛樂，並不被視為文學。乾隆年間編《四庫全書》，志在收羅所有現存古籍，但白話小説、戲劇作品則棄而不錄。把它們視為文學作品，是二十世紀以後的事。因為受了西方文學觀念的影響，我們把《水滸傳》《西遊記》等白話小説確立為文學經典，除此之外，我國就沒有與西方的長篇小説相對應的東西。但接下來，以對待西方長篇小説的態度去研治這些作品，却碰到了許多問題。既然是文學經典，那麼首先就要確定標準文本，其次要確定作者，然後才能討論作家、作品和時代社會的關係。為此，學者們花了九牛二虎之力，校訂考證，結果都無法盡如人意，對所謂標準文本和「作者」的確定都十分勉強。這幾乎可以説是方法論上的重大問題，導致的嚴重後果是，今天的一般讀者不知道那標準文本和「作者」是勉強被確定的，容易被錯誤地引導，以對待偉大作家筆下經典名著的方式去「精讀」手頭的文本，以詩詞遣詞造句的「推敲」功夫去分析字句，並在所謂的「作者」和文本之間建立子虛烏有的精神聯繫。事實上，那只是從有關故事不斷被修改、重構的歷史流程中截取的一個最符合長篇小説觀念的文本，其真正的「作者」應該是庶民的群體。而且，在它們獲得文學經典地位的同時，那活生生的歷史流程也被打斷，使擁有千年壽命的它們基本上失去了繼續生長的可能。

所以，對庶民文學的群體性「作者」加以認識，目前看來是刻不容緩的事。

庶民社會當然自古存在，通過士大夫的轉達和記錄，早期庶民的聲音也有很小一部份能夠被我們所傾聽，比如《詩經》和樂府詩中的民歌成分。但庶民文化能在整體上進入後人的歷史視野，畢竟需要庶民自身對表達工具的親近和掌握，那就要等候諸多歷史條件的形成，比如教育的普及、出版技術的進步、城鄉人口的流動和娛樂設施的建設等。但就中國社會的情形而論，最為重要的是「士庶」關係的歷史轉變。在依血統來確定士庶身份的時代，兩者之間界如鴻溝，庶民很難接觸到被士大夫所專有的表達工具；而按考試來確定士庶身份，則使兩者間的轉化成為可能，如果社會上有許多庶民家庭培養出了士大夫，又有許多士大夫家族無奈地淪為庶民，同時造就許多處在士大夫和庶民之間的低層文化人，那麼種種表達工具就能有一部份為庶民所用。這也就意味著，庶民文化在中國歷史上的綻放，將與帝國士大夫性質的轉變同步，當科舉制度產生了真正的帝國士大夫——進士時，庶民與表達工具就建立了曲折的聯繫，從而能使庶民文化進入我們的歷史視野。科舉士大夫階層的確立和庶民文化的興起，令中國歷史的面貌有了很大的改觀，有些學者認為，應該據此來定義一個新的歷史時期，叫作「近世」。下面，我們先介紹這「近世」的說法。

## 一、「近世」論與庶民文化

「近世」之說，創自日本著名漢學家內藤湖南（1866-1934），他把近代以前的中國歷史劃分為「古代」「中世」「近世」三個階段，漢朝以前為「古代」，經三國時期的過渡，魏晉以降至唐朝為「中世」，又經五代時期的過渡，至宋朝以後便是「近世」。

這裏的「古代」，相當於英語中的 ancient times，作為歷史時期則與歐洲史的古希臘、羅馬時期相對應，跟目前中國以「古代」一詞廣指晚清以前所有時代的用法大不相同。當然內藤學說的重點不在這裏，他的重點在「中世」與「近世」之分，主張唐代為「中世」的結束，宋代為「近世」的開始。所以，內藤學說又被稱為「唐宋轉型」或「唐宋變革」論。其理由當然不止一端，但最主要的便是貴族門閥政治的結束，君主獨裁下的科舉文官體制的確立，和庶民文化的興起。這個觀點對民國時期的中國史學界曾有一定的影響，但中華人民共和國建立後，因為要按蘇聯斯大林五個社會歷史階段的說法來劃分歷史時期，把戰國以來直至清末的兩千數百年一概歸為「封建社會」，所以內藤的意見差不多被大家忘却了。

應該說，對歷史階段的劃分本來就會因標準的不同而異，但這裏的「封建」一詞實在太不尊重漢語中該詞的實際含義，當初秦始皇建立的帝國政權正是對封建制的否定，如今却要視其為「封建社會」的第一個皇帝，不免有些錯亂。當然，如果這樣的劃分真的有利於歷史研究向深入具體的境地拓進，那倒也不妨讓這兩個漢字受些委屈，但將兩千數百年歸為一個階段，如此囫圇的劃期，究竟能有什麼用處？這兩千數百年幾乎包含了有確切記載的全部中國史，那就等於並未給中國史劃分階段。所以，「封建社會」的說法只尊重某種理論標準，對漢語、對中國史的實際都不尊重。相比之下，內藤的意見，無論其合理性如何，至少他真正給中國史分了幾個階段，足供參考。所以，近年的中國學界又開始回憶這個說法。至於海外漢學界，內藤史學的影響一直廣泛深遠，乃至許多大學都依他劃分的階段來設置學科專業。雖然關於中國史的「近世」始於何時，多少有些爭論，但「近世」作為一個歷史時期的名稱，是被普遍接受了。

事實上，在中國傳統文化發展的歷程中，唐宋之際確是一個重要的分水嶺，此前和此後的文化面貌呈現出很大的差異。古今學人在論述唐宋時期的社會政治、學術思想及文學藝術時，心目中早就隱然有了這道分水嶺。在社會政治方面，對門閥制度和科舉制度的起盛衰亡作研究時，唐代就會被認作這兩種制度更替的時期，而宋代則意味著更替的完成；在學術思想方面，所有的論著都會把漢唐經學與宋明理學區分開來；在文學藝術方面，情形也極其明顯，我們所謂「國畫」，是從宋代算起的，宋詩與唐詩形成了風格上的對立，駢文與古文之間主導地位的更替，也在中唐至北宋期間完成，詞及通俗文學的全面興起，也從宋代開始。幾乎在所有文化門類上，唐前與宋後都存在這樣直觀的區別。這一道客觀存在的分水嶺，中國的歷史學家也曾對它加以思考，還是以陳寅恪先生的論述為例：

唐代之史可分為前後兩期，前期結束南北朝相承之舊局面，後期開啟趙宋以降之新局面，關於政治社會經濟者如此，關於文化學術者亦莫不如此。退之（按韓愈字退之）者，唐代文化學術史上承先啟後轉舊為新關捩點之人物也。[①]

所謂「南北朝相承之舊局面」和「趙宋以降之新局面」，與內藤湖南的時代劃分正好符合，但陳寅恪並未明確論定其性質為「中世」「近世」之別，而這一點，却正是內藤學說的特徵所在。

系統地繼述和發展內藤學說的，是他的弟子宮崎市定（1901-1995）。據宮崎自述，他對於內藤的這一觀點，原先曾抱懷疑的態度，但經過認真思考和研究，後來不遺餘力地宣傳和證成其說，成為乃師學說的「護法神」，並明確宣稱：「我的宋代史研究是以內藤湖南先生的宋代近世說為基礎的。」宮崎氏的宋史研究範圍廣泛，內涵豐富，政治史（《北宋史概說》《南宋政治史概說》）、制度史（《以胥吏的陪備為中心 —— 中國官吏生活的一個側面》《宋代州縣制度的由來及其特色》《宋代官制序說》）、教育史（《宋代的太學生活》）、思想史（《宋學的論理》）等領域均有涉足，成績斐然。而且，以唐宋之際的「轉型論」為核心，他又進一步推導出「宋代文藝復興說」「宋元文化世界第一」等觀點[②]。

值得注意的是，既然如宮崎氏那樣把宋代與「文藝復興」相提並論，則其所謂的「近世」，實際上等於我們通常說的「近代」或「現代」（modern）。然而，多數情況下，由內藤、宮崎的弟子

① 陳寅恪《論韓愈》，《金明館叢稿初編》，生活 · 讀書 · 新知三聯書店 2009 年，第 332 頁。

② 宮崎市定《東洋的文藝復興與西洋的文藝復興》，《史林》第二十五卷第四號，1940 年 10 月，第二十六卷第一號，1941 年 2 月。後收入《亞洲史研究》第二卷，《宮崎市定全集》十九卷。《宋元文化世界第一》，原載大阪市立美術館編《宋元的美術》，1980 年 7 月，後收入《宮崎市定全集》十二卷。

們為主而構成的日本京都學派諸多學人，其論著中又並不混用「近世」與「近（現）代」。所以，這「近世」一詞的含義，須加以進一步檢討。

從漢字的意思來説，「近世」等於「近代」。但「近代」是西方史學的話語，通常情況下，東方世界的「近代」指的是其遭受西方侵略後，傳統的社會文化開始被改變的時期。換句話説，「近代」一詞無可奈何地以「西化」為實際含義。也許就因為這個緣故，內藤不用「近代」而另創了「近世」一詞。這樣，至少中國和日本的歷史分期中既有「近世」，又有「近代」（日本史以接受朱子學為意識形態的江戶時代為「近世」，明治維新後為「近代」）。而且這不光是字面上的重複，實際上「近世」的含義原本就是參照西方的「近代」而來的，否則就不會把中國北宋時代與西方的「文藝復興」相比擬。因此，「近世」的實際含義是：東方世界按自身的發展邏輯走到了相當於西方「近代」的階段，是東方自己的「近代」。用宮崎的話説，叫作「東洋式近世」（此語常被譯作「東洋的近世」，不確）。如此一來，中國宋朝就是世界上第一個近代型的民族國家，中國漢族最早步入近代。還是用宮崎的話説，「宋朝文化世界第一」。

在我們看來，「近世」和「近代」的重複可能真的見證了東亞歷史的不幸，原本有了自己的「近世」，又不得不再來一個「西化」意義上的「近代」。現在我們暫不討論「東洋式近世」的問題，而只以「近世」一詞指稱中國史上宋元至皇帝制度結束前的歷史階段，大約一千年。這個階段確實與漢唐時期存在巨大的差異，而且沒有貴族的千年帝國，正是中國史的特徵所在，很多民族的歷史不擁有這樣的階段，西歐的君主獨裁國家存在時間很短，所以對照西方的歷史，在封建貴族時代與資本主義興起的所謂「近代」之間，中國史特別多出來的這一千年，確實需要特別對待。在此意義上，我們不妨接受「近世」的說法。

那麼，沒有貴族的千年帝國，呈現為何種社會結構？按歐洲史的敘述模式，貴族文化的式微，代之而起的便是庶民文化。這一敘述模式對內藤、宮崎的學說有著顯著影響，他們強調宋代庶民文化的興起。這當然也符合事實，但畢竟自宋至清，中國社會的領導階層一直是科舉士大夫，他們所構成的知識共同體，擔負了社會上幾乎所有領域的主要責任，其所形成的文化，雖與貴族文化有異，却也難以歸入庶民文化。所以應該說，沒有貴族的千年帝國，是科舉士大夫與庶民的天下。

從士大夫的層面來說，「近世」的意義就體現在士大夫的產生方式基本穩定在科舉制度上，從而使這個階層的整體性質與前代的貴族門閥有所差異，士大夫既可以來自庶民，也可能淪落為庶民，科舉制度不但造就這個階層，而且不斷地為這個階層更新血液，使它免於固定、僵化，長久地維持其活力。而庶民文化的興起，實際上也與士大夫階層的性質轉變相關。上面已經提到，「士庶」關係的歷史轉變、社會階層的流動，使庶民與表達工具建立起曲折的聯繫，這才令庶民文化進入我們的歷史視野。所以，科舉士大夫階層的確立和庶民文化的興起，確實構成了中國「近世」史的主要內容。

這樣的「近世」，與現代中國的關係是非常微妙的。在「近世」階段，我們可以看到，士大夫文化與庶民文化構成了上、下層，從上層士大夫的文化中醞釀出了帝國的指導思想，即道學（朱子學），而從下層庶民的文化中，也產生了一些高水平的具有代表性的傑作，比如小説方面就有被稱為「四大奇書」的《西遊記》《水滸傳》《三國演義》和《金瓶梅》。被許為中國歷史進入「現代」之標誌的「五四」新文化運動，號召「打倒孔家店」，其實與孔子關係不大，打倒的主要是朱子學，與此同時，那幾部白話小説則被樹為文學經典。這恰好是把「近世」社會文化的結構翻轉一下，用後來流行的名詞來説，就是「造反」。由此也建立了傳統與現代的親密關係，而且令我們重新解讀傳統，因為站在現代的立場回顧「近世」時，士大夫文化與庶民文化，將是同樣重要的。

## 二、庶民文學

現在我們已經很少再講「勞動人民創造歷史」這樣的話了，但也千萬不要走向另一種極端，以為只有儒佛道、唐詩宋詞等士大夫的創作才是傳統，而忽視「近世」的庶民文化、庶民文學。其實，後者是跟現代中國的關係更為密切的傳統。

「庶民文學」也叫「大眾文學」，或者「俗文學」「通俗文學」，這幾個名稱所指的對象沒有差別，但名稱本身隱含著命名角度的不同。「俗」與「雅」相對，故「俗」或「通俗」是就作品的體裁、語言、風格而言，現在我們談「作者」問題，使用「庶民文學」或「大眾文學」更合適一些。「庶民」和「大眾」都包含了對「作者」、傳播者和接受者範圍的概括，但相對來説，「庶民」是比「大眾」更明確的一種社會身份，如一個平民百姓可以説「我是個庶民」，不能説「我是個大眾」。所以，「庶民文學」的名稱比較突出階級性，而「大眾文學」則傾向於只強調其通行範圍之廣。現在，因為我們把它與士大夫文學對舉來談，所以採用身份性比較明確的「庶民」一詞。

庶民文學的原生狀態，是宋元以來，以充滿錯別字的拙劣文本或者僅靠口頭流傳於民間的白話小說、演劇劇本、說唱、歌謠等。這些作品散在民間，除了少數傑作（如「四大奇書」）進入士大夫的視野，經過修訂而被正式出版外，未經蒐集、整理、刊印的數量很大。現在，各地圖書館和學術機構多少都收藏一些，但被集中保存的情況也較罕見。日本早稻田大學的風陵文庫，在此值得一提。抗日戰爭時期，北平被日軍所佔，於是來了不少日本教授，這裏面就有民俗學者、庶民文學的研究家澤田瑞穗（1912-2002），他長期居住北平，收集了大量寶卷、唱本、畫冊、戲劇劇本等各種類型的資料，有一部份被帶回日本，在他去世後成為其最後任教的早稻田大學的藏書，就是風陵文庫。這是頗為難得的一個中國近世庶民文學的專藏，目前已由早稻田大學圖書館全部掃描上網，可以自由下載閱覽。澤田教授本人也根據這個專藏做了很多開拓性的研究，先後出版《中國之文學》（學徒援護會，1948 年 9 月）、《校注破邪詳辯 —— 中國民間宗教結社研究資料》（道教刊行會，1972 年 3 月）、《佛教與中國文學》（國書刊行會，1975 年 5 月）、《（增補）寶卷之研究》（國書刊行會，1975 年 6 月）、《宋明清小說叢考》（研文出版，1982 年 2 月）、《中國的民間信仰》（工作舍，1982 年 7 月）、《中國的庶民文藝 —— 歌謠、說唱、演劇》（東方書店 1986 年 11 月）、《中國的傳承與說話》（研文出版，1988 年 2 月）、《（修訂）地獄變 —— 中國冥界說》（平河出版社，1991 年 7 月）等著作。遺憾的是，他的學術成果被譯介到國內的並不多。

1963 年 3 月，澤田教授在《天理大學學報》第四十輯，以《清代歌謠雜稿》為題，揭載了一部份風陵文庫的唱本內容，以及他的初步研究。所錄唱本中，有一個民國初年的木刻本《采茶詞》[①]，全文如下：

正月裏的采茶是新年，二十四個美女打秋千，打亦打秋千。劉全進瓜游地獄，借尸還陽李翠蓮，李亦李翠蓮。

二月裏的采茶茶葉發，三下寒江范梨花，范亦范梨花。穆桂英大破天門陣，劉金定報號把四門殺，四亦四門殺。

三月裏的采茶茶葉青，姐在房中綉針綫，綉亦綉針綫。當中綉上牡丹朵，上邊綉上采茶人，采亦采茶人。

四月裏的采茶茶葉長，井臺上打水李三娘，李亦李三娘。三娘受苦真受苦，磨房產生咬七郎，咬亦咬七郎。

五月裏的采茶茶葉團，三國呂布戲刁嬋，戲亦戲刁嬋。三國呂布把刁嬋戲，急的董卓跳蹪蹪，跳亦跳蹪蹪。

六月裏的采茶熱難當，領兵大戰小唐王，小亦小唐王。唐王大戰秦叔寶，薛禮白袍美名揚，美亦美名揚。

七月裏的采茶七月七，天上牛郎會織女，會亦會織女。神仙也有團圓會，金簪畫河分東西，分亦分東西。

---

① 《清代歌謠雜稿》後來收入澤田所著《中國的庶民文藝 —— 歌謠、說唱、演劇》，東方書店 1986 年。《采茶詞》錄文見該書第 19-22 頁。

八月裏的采茶茶葉香，箭射雙刀李晉王，李亦李晉王。打虎收下李存孝，五龍二虎鎖彥章，鎖亦鎖彥章。

九月裏的采茶茶葉黃，伍子胥打馬奔長江，奔亦奔長江。懷揣幼主把江過，楚平王趕的真慌張，真亦真慌張。

十月裏的采茶十月一，紂王無道寵妲姬，寵亦寵妲姬。吳王信寵西施女，武王伐紂分東西，分亦分東西。

十一月裏的采茶冷清清，薛禮白袍去征東，去亦去征東。三箭奪取東海岸，走馬捎帶鳳凰城，鳳亦鳳凰城。

十二月裏的采茶整一年，家家戶戶綉牡丹，綉亦綉牡丹。牡丹綉在門簾上，看花容易綉花難，綉亦綉花難。

十三月裏的采茶閏月年，王禪老祖下高山，下亦下高山。雙手捧定靈丹藥，答救徒弟薛丁山，薛亦薛丁山。

十四月裏的采茶一年多，孫二娘開店十字坡，十亦十字坡。打遍天下無對手，又來了好漢吳二哥，吳亦吳二哥。

這是采茶女子的唱詞，運用了唐代以來就常見的「定格聯章」形式。它本身當然就是一個庶民文學作品，但值得我們注意的是，它還把別的一系列作品的內容概括在內：

正月一首中，劉全進瓜和李翠蓮還魂故事，我們可以在通行百回本《西遊記》的第十一回看到，風陵文庫中另有《李翠蓮施釵》《新刻李翠蓮施捨金釵遊地獄大轉皇宮》等通俗唱本，題材與此相同。

二月一首中的「范梨花」，應為「樊梨花」，是《說唐傳》中的女將；穆桂英是《楊家將演義》和京劇《天門陣》中的女將；

劉金定是《宋太祖三下南唐傳》中的女將。這一首集中了三位女將，似乎適合采茶女「勵志」之用。

三月一首沒有故事，但主人公是「姐」，亦為女性。四月一首中的李三娘是庶民文學中著名的受苦女子，是《劉智遠諸宮調》《白兔記傳奇》《李三娘寶卷》的主人公。「咬七郎」應為「咬臍郎」，是她的兒子，磨房產子，無人協助，三娘自己咬斷臍帶，故名。

五月一首中出現的女子是貂蟬，文本誤作「刁嬋」，她和呂布、董卓的故事見《三國演義》。

六月一首中的「小唐王」指唐太宗李世民，「秦叔寶」是唐朝開國名將秦瓊，「薛禮」指白袍將軍薛仁貴，故事見《隋唐演義》《說唐傳》等。

七月，當然毫無懸念地選擇了牛郎織女的民間傳說來歌唱。

八月唱的是《殘唐五代史演義》裏的故事，提到了晉王李克用及其義子李存孝，還有武藝高強的後梁名將王彥章。「五龍二虎」鬥殺王彥章的故事，有一齣秦腔的名戲，叫《苟家灘》。

九月所唱的伍子胥故事，見《東周列國志》。關於這個故事的現存最早作品則是敦煌遺書中的《伍子胥變文》。

十月一首中出現了兩位被無道君主寵信的美女，一是妲姬，一是西施，都很有名。與「武王伐紂」故事相關的作品，最早有元代的刊本《武王伐紂平話》，但「分東西」的說法，可能指姜子牙一方與聞太師一方的交戰，已經是明代《封神演義》所敘述的形態。

十一月再次出現白袍將軍薛仁貴。

十二月無具體故事，這個月最重要的事情是過年，所以「家家戶戶綉牡丹」。

十二個月都唱完了，顯然意猶未盡，再加一首十三月，勉強說是閏月，唱的是《說唐征西傳》的薛丁山故事。他是前面兩次出現的薛仁貴的兒子，也是二月所唱樊梨花的丈夫。

最後一首十四月，沒什麼道理，不過又出現一位女將，就是《水滸傳》中的孫二娘，「吳二哥」應為「武二哥」，指武松。有關故事是京劇《十字坡》還在演唱的。

這個《采茶詞》把那麼多庶民文學作品的內容串聯在一起，是很有意思的現象。采茶女子當然未必都能讀過相關文本，但無論是通過閱讀還是傳聞、看戲或者別的什麼途徑，她們顯然了解其基本內容。毫無疑問的是，她們一點都不關心「作者」，也不尊重故事主人公姓名的準確書寫。如果在她們的傳唱中，故事情節發生了變化，那些給她們講故事、編歌詞的民間「作者」未必堅持故事的原貌，而不肯適應她們的意願作出一些改編。在一向「重男輕女」的傳統環境下，通俗小說中出現樊梨花、穆桂英等一系列武藝高於丈夫的女將，應該就是說書人對女性聽眾意願、興趣的關照，因為他們的生計可能一半要靠女性聽眾的支持。

由於是女子所唱，《采茶詞》中女性人物出現得較多，是不難理解的現象。另一點可以關心的是，很多故事與歷史相關，而且傾向於互相連貫，比如前後涉及的薛仁貴、薛丁山、樊梨花，就是一家人。實際上，從《隋唐演義》《征東傳》《征西傳》到《殘唐五代史演義》、李三娘故事，從《宋太祖三下南唐》到《楊家將演義》《水滸傳》等，通俗小說幾乎完整地重構了唐宋史，雖然它們與真正的唐宋史距離很大，但庶民們都不懷疑這些發生於唐宋時代的故事的真實性。當然，紂王「無道」，薛仁貴有「美名」，武松是「好漢」，呂布戲貂蟬，董卓活該著急，牛郎織女應該「團圓」等，故事所含的倫理傾向，也被繼承了下來。

這樣來看，傳播於民間的這些故事，雖然其現存的文本都被我們視為「文學」作品，但在當時，未接受士大夫式教育的廣大庶民，其世界觀、宗教信仰、倫理意識、歷史知識、審美趣味、處世態度乃至日常生活的技巧等，除了長輩言傳身教外，大都來自這些通俗作品，然後，他們又以群體的創造力不斷地更新這些作品。對於庶民社會來說，它們的意義並不局限於專業領域意義上的「文學」，而更類似於古代神話之於原始部族，幾乎就是其精神生活的全部。在這種形態下，庶民文學的「作者」根本談不上具有著作權，或者說，這「作者」只能是群體性的。

## 三、文本問題和「作者」問題

與上述原初形態的《采茶詞》不同，庶民文學的某些傑出作品，獲得相對高層的文人留意，經過整理修訂而出版了較為正式的文本，而且往往標上寫定者或出版人的姓名、綽號，這樣仿佛就有了標準的文本和作者。然而，這並不意味著該「作者」擁有完整的著作權，雖然他或許對文本的形成有所貢獻，而貢獻的程度隨各作品的具體情況又有所不同。

「欲知後事如何，且聽下回分解」是我們很熟悉的章回小說的套路。這個套路當然來自說書，而章回小說從早期「話本」演進而來，也已是常識。「話本」就是「說話」的腳本，「說話」就是講故事，隋唐時已有此語。現存的話本中，以敦煌所出的《廬山遠公話》等一批作品為最早，而《西遊記》有南宋《大唐三藏取經詩話》為其前身、《水滸傳》有《大宋宣和遺事》為前身、《封神演義》有元代《武王伐紂平話》為前身，這些都大約可以說明小說演進的某些環節。不過，最適合說明小說文本之形成過程的，是形成時間離我們比較近，從而易於考察的《七俠五義》。這部小說講的包公案故事，當然起源甚早，明代起已經有出版的文本，但小說的直接來源，則是北京的大鼓書。這是一種通俗說唱，在清代後期的北京出現了著名的「石派書」這一流派。所謂「石派書」，就是咸豐、同治間久居北京，以說唱為業的石玉昆及其弟子、再傳弟子所說之書，現存數十種之多。據說，石玉昆最為擅長的，就是包公案說唱。不知是因為弟子們的學習需要，還是因為有些聽眾必須一邊看文本一邊聽說唱，他的口頭文本被人記錄下來，成了書面文本。這書面文本可能經過幾番修訂，後來傳到了浙江學者俞樾的手上，俞樾作了最後的修訂，刪去大量唱詞，疏通說白，改寫了第一回，再加個序言，正式出版，就成為小說《七俠五義》。我們從這個例子可以看到，作為最後寫定者的俞樾確實對這個文本的形成貢獻不小，但就小說而言，不能說俞樾就是「作者」，因為故事根本不是出於他個人的構思。那麼，石玉昆呢？他似乎比俞樾更有資格當「作者」，故事的很多具體情節可能出於他的編造。但是，包公案故事歷代傳唱演說下來，一定有不少內容為石玉昆提供了基礎，作為鼓書藝人，他也擁有從師父、同伴那裏繼承、吸收的機會，而不被指責為剿襲。因此，要把《七俠五義》歸到某一個確定的「作者」名下，實際上既無可能，也沒有意義。

從《七俠五義》這個比較容易考察的例子，不難想見更著名的幾部小說如「四大奇書」，也可能經過了類似的形成過程。在小說《金瓶梅》之前，有個《金瓶梅詞話》，所謂「詞話」就是唱詞和說白相間的文本，用來說唱的。當然這個《金瓶梅詞話》是否真為說唱文本，學者們之間還有爭議。但「詞話」類作品並不少見，1967 年從上海嘉定墓葬中就發現了十六種說唱刻本，為明代成化年間北京永順堂所刻，現已合編為《明成化說唱詞話叢刊》出版，其內容一半是包公案故事，另有三國志、唐五代史故事多種。包公案故事與《七俠五義》相關，五代史故事與《殘唐五代史演義》相關，這且不論，那三國志故事則別具意義。這是比較完整的一個「關索故事」系列，關索是關羽的長子，他出生不久，關羽就因故離家，與劉備、張飛桃園結義，起兵扶漢，建立西蜀。關索長大後，學了一身本事，一路去找他的父親。雖然關索故事並未出現在通行的《三國演義》文本之中，但毫無疑問這曾經是長期流傳的三國志故事裏很著名的部份，《水滸傳》中的楊雄，綽號就叫「病關索」。

在此啟發下，我們不難發現《西遊記》的文本中竟也有不少「詞話」的痕跡，如：

那大聖見性明心歸佛教，這菩薩留情在意訪神僧。[①]（第八回）

---

① 《西遊記》，人民文學出版社 2010 年，第 95 頁。

那長老得性命全虧孫大聖，取真經只靠美猴精。[①]（第四十三回）

這樣的句式很像唱詞，更明顯的是第四十三回的如下一段：

三藏聞言，默然沉慮道：「徒弟呵，我一自當年別聖君，奔波晝夜甚殷勤。芒鞋踏破山頭霧，竹笠衝開嶺上雲。夜靜猿啼殊可嘆，月明鳥噪不堪聞。何時滿足三三行，得取如來妙法文！」[②]

唐僧跟徒弟說話，說著說著便唱起來了。可見《西遊記》應該也經歷了從說唱「詞話」本改編為小說本的過程。

通行的《三國演義》文本中沒有關索故事系列，這件事也值得我們注意。實際上，被我們所確定的標準文本，並沒有把相關的流傳故事全部編織進去，或者編織得不夠合理，這是很明顯的現象。除了關索外，從其他有關資料可以看到的關公審貂蟬，孔明娶醜媳婦等故事，也被遺棄。《水滸傳》的文本問題更為嚴重，現存諸多版本，繁簡不同，情節上一百零八將各有來歷，湊起來不容易，然後一個個死去更難安排，可能征方臘故事編得早，已經安排好損兵折將都在這場戰爭中，而故事編得晚的征遼、征田虎、征王慶數役，只好一個不死。《西遊記》裏，烏雞國和獅駝嶺都有文殊菩薩的坐騎青毛獅子下界為妖的情節，構成了重複。很

① 同上，第528頁。

② 同上，第529頁。

多評論者說，這是作者吳承恩不小心，留了個敗筆，其實這兩個故事應該分別形成，情節都較為複雜，即便「作者」已經意識到重複，可能也不忍捨棄一方，只好讓青毛獅子下界兩次。

那麼，為了與「長篇小說」的觀念相應，而由現代研究者選擇、校勘、確定的標準文本，其本身只是相關故事在歷史上出現過的諸多文本中被我們認為「最好」的一個，是從其傳播發展的歷史流程中截取而來的某個橫斷面。這種文本被出版時，往往標有一個「作者」名，如《三國演義》之羅貫中、《水滸傳》之施耐庵、《西遊記》之丘處機、《金瓶梅》之蘭陵笑笑生等。分別來看，丘處機已被確認出於附會，羅貫中、施耐庵則不知是否實有其人，即使有，史料中也沒多少生平信息，這就等於沒有，關於蘭陵笑笑生是誰的考證結果，也說法多樣，莫衷一是。就算我們考證出這樣的「作者」，他們也只是做了類似俞樾修訂《七俠五義》的工作，根本不能在「作者」與作品之間建立諸如魯迅與《阿Q正傳》那樣的關係。

當然，就白話小說而言，後來也出現了真正由文人創作的作品，如《紅樓夢》《兒女英雄傳》《鏡花緣》等名著，雖然模仿庶民文學的體裁，採用章回形式，但作為個人創作，可以預先設定完整的結構，也可寄寓作者的志趣，具備較強的思想性，接近於現代「新文學」的小說觀念，其性質實同於士大夫文學，自須另當別論。

總之，在面對庶民文學時，過於執著文本的分析，過於依賴「作者」個人信息的解讀，都應該避免。在這個問題上，我們還不得不提到有關《西遊記》「作者」吳承恩的爭議。在否定了丘處機後，二十世紀初的魯迅、胡適等人考證《西遊記》的真正「作者」，結論是明代的吳承恩。這個結論影響太大，以至於現在一般讀者都直接視為事實，而不知其為考證的結論。跟學界對「蘭陵笑笑生」的考證莫衷一是的情況不同，沒有人跟吳承恩競爭《西遊記》的「作者」資格，他的身份也跟羅貫中、施耐庵不同，雖不是嚴格意義上的士大夫，却留下一個詩文集，有明確的自我表達。於是，在「作者」吳承恩與作品《西遊記》之間建立精神聯繫，就成為可能，甚至被看作理所當然之事。所以，對《西遊記》及其「作者」的問題，下面還要專門加以探討。

## 四、《西遊記》及其「作者」

現在，我們把人民文學出版社校點的百回本《西遊記》當作標準文本，絕大多數國人在中學階段就已經讀完，並對其中所述的故事了然於胸。如果沒有特殊的需要，一般人大概不會再重新審視這個文本。然而，中學階段的我們在閱讀時，知識儲備是顯然不足的。能發現青毛獅子兩次下界，已經算讀得仔細，而有些更細微的漏洞，可能就難以發現。

比如，第六回講到太上老君要幫助二郎神擒拿孫悟空，與觀音菩薩有一段對話：

菩薩道：「你有甚麼兵器？」老君道：「有，有，有。」捋起衣袖，左膊上，取下一個圈子，說道：「這件兵器，乃錕鋼摶煉的，被我將還丹點成，養就一身靈氣，善能變化，水火不侵，又能套諸物；一名『金鋼琢』，又名『金鋼套』。當年過函關，化胡為佛，甚是虧他。早晚最可防身。等我丟下去打他一下。」[①]

老君的話中有「化胡為佛」一句，因為跟故事情節的進展沒有什麼關係，讀者完全可以忽略不顧，人民文學出版社的文本也沒有給這句話加注。但是第五十二回又有：

老君道：「我那『金剛琢』，乃是我過函關化胡之器，自幼煉成之寶。……」[②]

這裏老君再次提及「化胡」。當然，忽略了也還是不影響閱讀。但是，如果讀者具備有關《老子化胡經》的知識，就會覺得別具意味。

《老子化胡經》是早期道教徒的傑作，講老子西行，過了函谷關，然後竟然到了印度，為了教化那邊的人民，搖身一變，化成了釋迦牟尼，創立了佛教。按這個意思，佛教乃是道教的一個分支，這顯然是佛、道相爭的歷史產物。在《西遊記》故事開始醞釀形成的唐宋時代，它估計曾是一本眾所周知的書。但是，自元朝政府下令銷毀此書，知道它的人就越來越少，至少它已經退出了大眾的視野。我們現在重新關注到它，乃是因為敦煌遺書中發現了幾個抄本。那麼，寫定於明朝的百回本《西遊記》的「作者」，是從哪裏

① 《西遊記》，人民文學出版社 2010 年，第 72 頁。

② 同上，第 649 頁。

獲得老子「化胡為佛」的知識呢？

當然，如像有些學者認為的那樣，《西遊記》的「作者」是一位道教徒，則他可能在《化胡經》被銷毀後繼續擁有相關知識。然而即便如此，情況也並不因此而顯得樂觀。「老子化胡」的說法在百回本《西遊記》中毫無出現的必要，並無其他情節與之呼應，實際上它與《西遊記》所描述的世界可謂格格不入，無論如何老君也不該面對觀音菩薩去自吹什麼「當年過函關，化胡為佛」，那菩薩的修養再好，怕也不能容忍。很明顯，「作者」並未意識到，他讓老君說出這麼一句話來，是如此地不應場合。

一句沒有必要、沒有呼應、不應場合的話語，孤零零地嵌在文本之中，我們只能把它當作「化石」來看待。在《化胡經》流行的唐宋時代，作為有關老子的言說中極普通的「常識」，在某個通俗文本中形成了這樣的話語，或者在說書人口中成了套語，經過了一番我們難以知其細節的遇合，該文本或套語被百回本《西遊記》所吸收，此時的「作者」已不能確知其含義，故亦不曾加以修改，莫名其妙地保存下來，成了一塊「化石」，很不和諧地夾在文本之中。

其實，類似的「化石」在《西遊記》《水滸傳》等通俗小說中並不稀見。從故事開始流傳，到目前被我們認可的小說文本的形成，經過了漫長的時間，於是，許多不同來源、形成於不同時期的元素，被匯集於此，如果不曾被「作者」充分消化，就成為上述那樣的「化石」。這些「化石」嚴重地影響到「作者」對該作品著作權的完整擁有，不過我們也應該關心另一方面，即這些不同來源、形成於不同時期的許多元素，如何被整合到百回本的文本之中，成為一部理應具備自身統一性的小說。對於具有特定作者的「作品」來說，作者是其自身統一性的直接保障，我們通過了解作者的想法，去有效地解讀他的作品，使這個作品呈現為自身統一的對象。但像《西遊記》這樣世代累積而成的文本，「作者」又是需要考證的，我們只能先從文本自身去檢證其統一性程度如何，然後再去確認這個「作者」對於文本的貢獻力度。

首先，這個文本要完成唐僧取經故事的完整講述，且盡量減少矛盾。應該說，玄奘西行經歷的故事化，從唐代就開始了，後來發展為一次又一次的磨難，所謂「九九八十一難」。這些磨難大抵由盤踞各處的妖怪造成，除妖伏魔是師徒五人（包括白龍馬）的主要任務。就此而言，每一次磨難都可以被講述成相對獨立的小故事，而它們的結構大致相似。有足夠的資料可以證明，在進入百回本《西遊記》之前，這些故事絕大多數已經存在，並各自擁有長短不同的發展歷史。把它們前後連綴起來，成為一書時，當然要有所整合，去掉一些重複、矛盾的情節。這方面，雖然也有一些「敗筆」，但應該承認百回本「作者」所做的工作是基本成功的。而且，與早期取經故事相對簡單的「遭遇妖魔」情節不同的是，百回本中的有些磨難被認作神佛們有意安排的對唐僧師徒的「考驗」。當然，實際上並沒有八十一個故事，為滿足「九九八十一難」之數，是把一個故事拆成好幾「難」的結果，非常勉強。

不過，相比於故事連綴時的技術處理，從「長篇小說」的立場來看，主人公如何獲得「成長」是一個更大的問題。在一個個故事被單獨講述或演出時，唐僧師徒的形象基本上已被角色化，遇到妖怪，唐僧總是怕得要命，八戒總是嚷著散夥，沙僧默默不語，全靠孫悟空辛苦降妖。對於單個故事來說，這個套路具有不錯的效果，但如此聯成一書，就使主人公重複扮演同樣的角色，不會吸取教訓，不會學得聰明淡定，不會「成長」。解決這個問題並非易事，百回本對此有所努力，但顯然做不到盡善盡美，比如唐僧兩次驅逐孫悟空，就因為那兩個故事都是現成的，無法做出根本上的修改，只好任其重複。不過從總體上看，相對於之前的取經故事，百回本在主人公的塑造方面，也顯示了一種策略：弱化唐僧，強化孫悟空。

人民文學出版社的《西遊記》文本，聲稱以明代世德堂百回本為底本，但這個世德堂本，其實缺少有關唐僧身世的正面敘述，所以，只好據清代的本子補了「陳光蕊赴任逢災，江流僧復仇報本」一回，作為附錄插入第八、九回之間，使故事顯得「完整」。如果我們把唐僧看作此書最核心的人物，這個缺失便是不可思議的，即便補上一回，關於唐僧來歷的敘述還是不夠「完整」。百回本多次提到唐僧本是佛弟子金蟬子，因為聽法時疏忽大意而遭貶下凡，但這一點只通過其他人物的對話來補述，而不是正面記敘。南宋的《大唐三藏取經詩話》已明確講述唐僧三世取經，前二世被深沙神所吃，至明代《西遊記雜劇》，則發展為十世取經，九世被沙僧所吃[①]，這一番巨大的曲折也沒有被百回本吸收。當然我們沒有理由要求百回本將此前流傳的相關故事全部吸收，但第八回、第二十二回仍提及沙僧項下挂著九個取經人的骷髏，

① 參張錦池《論沙和尚形象的演化》，《文學遺產》1996 年第 3 期。謝明勳《百回本〈西遊記〉之唐僧「十世修行」說考論》，《東華人文學報》第 1 期，1999 年 7 月。

而且唐僧「本是金蟬子化身，十世修行的原體」（二十七回），故吃他一塊肉可獲長生，又成為一路上許多妖怪決心攔截唐僧的目的，可見在百回本形成的時代，唐僧的這個來歷已經與其他故事構成呼應，無法將其形跡消除乾淨了。那麼，為什麼百回本要將有關唐僧來歷的正面敘述，無論其前世今生，一概削除呢？

從故事之間的呼應來看，唐僧的來歷並非可有可無，從「小說」塑造主人公的立場來看，「十世取經」之說也更能烘托取經之艱難，彰顯唐僧所成就之偉業。實際上，從唐宋以來，取經故事就是按這個方向在不斷演進。所以，無論是《大唐三藏取經詩話》，還是《西遊記雜劇》，故事都從唐僧起頭，整體上呈現為「唐僧取經的傳奇」，孫悟空等其他人物，皆是半路出場的配角。日本學者太田辰夫先生曾在龍谷大學圖書館發現《玄奘三藏渡天由來緣起》抄本，他認為是早於百回本的「西遊記之一古本」[①]，其結構也是如此。然而，恰恰是百回本顛覆了這個原先固有的結構，改以孫悟空為貫穿始終的主人公，唐僧反過來成了半路出場的人物。其第一回名為「靈根育孕源流出，心性修持大道生」，可見「作者」並非不重視主人公的「來歷」，只不過那並非唐僧的來歷，而是孫悟空的來歷。「作者」可能認為，有了這個來歷為全書起頭，如果再安上唐僧的來歷，全書就會有兩個頭，那就必須刪去一個。

結構上的這種改變，使某些故事中與唐僧來歷相關的元素失去了呼應，這些元素沒有被處理乾淨，成為我們判斷「作者」改

---

① 太田辰夫《西遊記研究》第九，「《玄奘三藏渡天由來緣起》與西遊記之一古本」，研文出版1984年。

變結構的證據。另一方面，有關孫悟空來歷的故事，如大鬧天宮等，在《大唐三藏取經詩話》和《西遊記雜劇》中原本只見於主人公口頭的簡單追敘，在百回本中則被鋪衍成前七回的正面詳敘。《明文海》卷三百四十三有耿定向《紀怪》一文云：

予兒時聞唐僧三藏往西天取經，其輔僧行者猿精也，一翻身便越八千里。至西方，如來令登渠掌上。此何以故？如來見心無外矣。從前怪事，皆人不明心故爾，苟實明心，千奇百怪安能出吾心範圍哉。[①]

耿定向《明史》有傳，是嘉靖三十五年進士，時代上早於世德堂百回本的刊行。他幼時似乎聽說了孫悟空翻不出如來手掌心的故事，但這個故事發生在孫悟空幫助唐僧取經，到達西天之後，其性質大概只是一番遊戲。而在百回本中，這是孫悟空大鬧天宮，不可一世之時，如來鎮伏他的手段，故事的發生時間和性質被完全改變。無論如何，關於孫悟空參與取經之前的經歷，百回本的敘述是空前詳細和精彩的。

從「作者」的意圖來說，他顯然是要把本書的第一主角從唐僧轉為孫悟空，只是因為一路遭遇磨難的那些故事都已成形，使他無法將唐僧處理成一個純粹的配角，但相對於《大唐三藏取經詩話》和《西遊記雜劇》，百回本中的唐僧還是被明顯地弱化了，不僅來歷不詳，其祈雨的神通、獨立與某些妖魔打交道的能力，

① 耿定向《紀怪》，《明文海》卷三百四十三，文淵閣四庫全書本。

也一概失去，成了一個「沒用」的「膿包」，所有困難都要依靠孫悟空來解決。同樣被弱化的還有沙僧，凶惡而威猛的深沙神變成了臉色晦氣、默默不語的挑夫。這種弱化的傾向，可能並不始於百回本，但就這個文本自身而言，弱化有其合理性，就是反襯出孫悟空的強化。所以，從敘述故事的方面來看，我們可以這樣設想文本的「作者」：他具有一定的意圖，將「唐僧取經的傳奇」改編為孫悟空先因大鬧天宮而被鎮壓五行山下，後因取經路上勇猛精進而終成正果的行者傳奇。這個意圖基本實現，但也留下不少疏漏。

除了故事之外，進一步需要考察的是文本所包含的具有客觀性的知識，如上述「化胡」的說法那樣，對於一個可能歷經眾手的文本來說，考察其如何處理這類知識，可以檢證「作者」的工作力度。「作者」能夠依據的資料，無論是文本資料還是口述資料，必然不少，但掌握和消化其中的許多知識，顯然是一項艱巨的任務。因為所敘故事在題材上的特殊性，這個文本勢必涵蓋異常廣泛的知識面，出入古今中外，兼及三教九流，如果「作者」不掌握相關的知識，只是剿襲舊文，不加處理，那就會使他的文本夾雜許多與老子「化胡為佛」之說相似的「化石」。文本在這方面顯示的情況，也可供我們據以判定「作者」的知識能力。

百回本的第二回敘菩提祖師教孫悟空騰雲飛翔時，有一段對話：

悟空道：「怎麼為『朝遊北海暮蒼梧』？」祖師道：「凡騰雲之輩，早辰起自北海，遊過東海、西海、南海、復轉蒼梧，蒼梧者，却是北海零陵之語話也。將四海之外，一日都遊遍，方算得騰雲。」[①]

第十二回叙觀音菩薩在長安顯出真身，唐太宗傳旨，找個畫家描下菩薩形象：

旨意一聲，選出個圖神寫聖遠見高明的吳道子。—— 此人即後圖功臣於淩煙閣者。—— 當時展開妙筆，圖寫真形。[②]

這兩段中，「蒼梧者却是北海零陵之語話也」和「此人即後圖功臣於淩煙閣者」，都是補充說明之句。跟「化胡為佛」被孤零零地嵌在文本中不同，「蒼梧」和「吳道子」是這個文本的「作者」自以為能夠掌握的知識，故各有一句話加以說明。然而，這兩句說明恰恰都是畫蛇添足，從知識的角度來說都是錯誤的:「蒼梧」在《尚書》和《楚辭》中都作為南方的地名出現，兩《唐書》記載的「圖功臣於淩煙閣者」都是另一位畫家閻立本。當然，這兩個錯誤不一定是百回本的「作者」所造成的，但他至少並不加以糾正。

與此相似的，是第十四回龍王給孫悟空講的張良拾履的故事：

龍王道:「此仙乃是黃石公，此子乃是漢世張良。石公坐在圯

① 《西遊記》，人民文學出版社 2010 年，第 21-22 頁。

② 同上，第 151 頁。

橋上，忽然失履於橋下，遂喚張良取來。此子即忙取來，跪獻於前。如此三度，張良略無一毫倨傲怠慢之心，石公遂愛他勤謹，夜授天書，著他扶漢。……」[①]

說張良拾履有「如此三度」，並不符合《史記》《漢書》對此事的記載，龍王的講述從知識角度來說也是錯誤的。

比起這些有關地名和歷史人物的知識錯誤來，百回本《西遊記》把釋迦牟尼與阿彌陀佛合為一身，以及對大量佛教名詞如「三藏」「盂蘭盆」等的解說錯誤更為驚人。主張吳承恩作者說的魯迅，也屢次以作者不讀佛書為解[②]。可是，吳承恩即便不讀佛書，也不至於不讀《尚書》《楚辭》《史記》《漢書》、兩《唐書》吧？就此而言，推定任何一位具備傳統士大夫知識能力的「作者」，都是有問題的。

其實，對於《西遊記》的作者是吳承恩這一說法，也有的學者從文獻考據方面提出了異議，因為這樣的考據過於專業化，這裏就不再介紹了。我們並無必要完全否認《西遊記》（以及類似小說）文本形成的過程中可能包含有某位士大夫的貢獻，但無論如何，他也只是群體性「作者」的成員之一。

---

① 《西遊記》，人民文學出版社 2010 年，第 175-176 頁。

② 魯迅《中國小說史略》第十七篇云：「作者雖儒生，此書則實出於遊戲，亦非語道，故全書僅偶見五行生克之常談，尤未學佛，故末回至有荒唐無稽之經目。」《中國小說的歷史的變遷》第三講云：「作《西遊記》的人，並未看過佛經。」見《魯迅全集》第九卷第 172 頁、327 頁，人民文學出版社 2005 年。

## 五、「近世」庶民文學的批評方法

確定的文本、特定的作者，以及隨之而來的有關時代背景、思想認識、敘述角度、寫作風格等，以作者與作品之間必然性的精神聯繫為前提，被現代小說批評視為基本的各種要素，對《西遊記》《水滸傳》《三國演義》這樣的小說而言，如上所述，有許多不盡合適之處。因為它們的實際存在方式，是一個活動的流程，每被說唱、講述或寫定出版一次，都會發生變化，要不是二十世紀的學者們視之為經典，去確定其標準文本，考定其「作者」，或許相關故事直到今天還將繼續發生變化。如果我們願意認可目前一些電視劇、電影、地方戲或者「戲說」文本的改編結果，那麼變化事實上就會繼續發生。

由此，我們自然就要談及，對士大夫文學和庶民文學，在學習、批評、研究時我們理應自覺具備的方法差異。這裏最重要的一點，就是前面反覆講述的群體性「作者」觀。不妨稍帶偏激地說，像《西遊記》的研究那樣，學者們浪費在吳承恩身上的精力，實在太多了。其實，只要我們願意改變從個別作者的生平、思想去解釋作品藝術特徵的習慣，就不難發現，把「作者」視為庶民的群體時，作品所蘊涵的價值會更大。

當然，與群體性「作者」觀相應，我們對於「作品」的把握方式也須有所變化。在資料條件允許的情況下，我們建議放棄對個別文本的執著，而養成一種「全覽」式的文本觀。換句話說，就是對於今天能夠蒐集到的與某故事相關的所有文本，作出全覽式的把握。如此，才能盡量地還原出故事演化的歷史流程。即使對於現在被我們信任為最佳的那個文本，也應該避免直接以文本形成的時期為「時代背景」。世代累積而成的文本包含了許多不同時代的元素，它像一條穿越時代的河流，映現於這條河流中的兩岸風景，是一大段歷史時間的空間式鋪展，對應的是歷史的變化，而不是某一時刻。與群體性「作者」觀一樣，「全覽」式文本觀也提示了「作品」的更大價值。

群體性的「作者」觀和「全覽」式的文本觀，應該成為我們把握庶民文學的基本方式。在具體的藝術分析方面，也可以有一些特殊的考慮。以小說為例，由於近代以後文人獨立創作成為白話小說的主流，「新文學」更明確主張個人的著作權，因此反觀從前自「話本」發展而來的章回小說，批評者便容易站在現代小說的標準去指責其缺點，如總體結構不合理，往往喧賓奪主，人物描寫過於戲劇化（誇張某種性格、「臉譜化」）等。其實，如果我們站在說書人的立場，以「話本」的標準去看，則文人獨立創作的小說也很少可以視為佳作。即便像《紅樓夢》那樣被近人推崇到極致的作品，如今拍成電視連續劇就能看出來，無論怎樣巧妙剪裁，它也決然達不到《水滸傳》《西遊記》《三國演義》那樣每個片段都有戲、高潮迭起、集集精彩的程度，難免有些沉悶乏味的段落，或者純屬鋪墊性的情節，這些對於說書而言，毫無疑問正是大忌。站在說書人的立場，是情願喧賓奪主，或者「臉譜化」，而絕不可以失之沉悶的。為了挽救沉悶，說書人可以「歪曲」人物的性格，讓一個聰明人變得癡癡呆呆，說些諢話來給聽眾逗趣，他甚至可以從故事的世界裏跑出來，直接與聽眾對話。可見，從「話本」發展來的小說被指責的某些缺點，即其與現代小說的許多差異，是與其本身性質相適應，不能當作缺點看待的。就中國白話小説的傳統來看，近代以前尚以「話本」及其發展形態為主流，所以我們也不妨建樹起一種以「話本」為本位的批評立場，而不是以現代小説的眼光去審視。

在「全覽」式文本觀下，我們不但可以看到某個小説文本的形成過程，也不難看到文本形成後，其中的元素依然可能獨立地存在發展，或者也有根據小説文本重新敷演為説唱的。清代鼓書中，就有大量《三國演義》的片段，如《草船借箭》《長坂坡》之類，它們以唱詞為主體，當然要對小説文本有所改編。另外還有《三國演義》裏缺失的情節，如《孔明招親》《關公審貂蟬》等，這些故事來自別的傳承途徑。無論如何，一個故事經過反覆説唱，不但敷演出很多具體的情節，也會越來越精彩，並具有合理性。同時，因為戲劇也往往處理同樣的題材、情節，相互影響之下，小説也吸收了很多戲劇性的因素。所以，具有「話本」功能的優秀小説，即便聯成百回以上的長篇，也可以做到不含草率的片段，因為每個段子都經過了許多表演者的精心打磨和歷代聽眾的考驗，凡不夠精彩的多被淘汰了。在《西遊記》的評論中，曾有學者提出「蚯蚓結構」的觀點，意謂全書就像一條蚯蚓，無論被斬成幾段，每一段仍然可以活。一條生命可以變成許多條生命，實際上就是從「話本」的性質出發所到達的令人嘆為觀止的境界。相比於現代小説，這也可以視為優點。

## 六、關於《紅樓夢》

最後略談傳統小說中最負盛名的《紅樓夢》。《紅樓夢》雖然也採用章回體的擬話本形式，但它的故事顯然不是從話本發展出來，而是由文人創作的，這情形基本上已與現代小說相同。因此，這部小說並不屬於本章所述的「庶民文學」，上文提示的群體性「作者」觀和「全覽」式文本觀，按理並不適合於此書的研讀。然而，幾乎所有讀者都知道，一百二十回的《紅樓夢》不止一位作者，而且後四十回的內容只是根據前八十回所包含的各種提示來「完成」故事的諸多方案之一，我們完全可以（實際上也早就有人）構思出另外的情節去呼應那些提示。換句話說，《紅樓夢》居然也跟《西遊記》等世代累積而成的小說一樣，存在文本和作者方面的問題，就此而言，我們可以把《紅樓夢》視為傳統小說向現代小說的過渡。

實際上，即便我們把後四十回看作一種「續書」，暫時棄去，只以前八十回為曹雪芹的一個作品，其作者問題和文本問題也未完全消解。先看文本，我們翻開此書，第一回開頭一句，就是「此開卷第一回也」。相信不少讀者難以欣賞這樣的開篇方式，會對「作者」有所抱怨：既然我從頭讀起，開卷當然就是第一回，何須你來告訴我？那麼，難道曹雪芹在其作品的開篇，就寫了一句廢話？參考《紅樓夢》的各種早期抄本，基本可以確認，包含此句在內的第一段，原先並非小說的正文，而是脂批，即《紅樓夢》批點者脂硯齋的一段批語，在傳抄、刊刻的過程中，被混入了正文。當代校點出版的《紅樓夢》新本，因為整理者知道了這一段的來歷，大抵會在排版上稍作處理，使它區別於正文，但它曾經混入正文，確是事實。而且，脂批混入正文的情形，不止此處。退一步講，就算不曾混入正文，脂批的內容也不同於一般的批點，它對正文講述的故事有許多補充，可以說共同建造了《紅樓夢》的世界。我們現在對這個世界的了解，是比曹雪芹的講述更豐富一些的，那主要便來自脂批。必須承認，這個世界具有很大的吸引力，使許多讀者沉迷其中，想在曹雪芹的文字之外更探究竟，此時脂批將獲得不下於正文的重視，脂硯齋幾乎成為《紅樓夢》的另一位作者。

脂硯齋何許人也？紅學家有多種猜測，言之成理的主要有兩種：一種說是曹雪芹的妻子，另一種說是叔父。究竟如何，難以斷言，現在能夠確認的，也是脂批中反覆透露的信息，就是書中敘述的許多情節曾是作者和批者的共同經歷。所以，主張妻子說的，往往把曹雪芹本人對應到小說中的賈寶玉，其妻子便是薛寶釵或者史湘雲；而主張叔父說的，則更傾向於認為，這位叔父即脂硯齋才是賈寶玉的原型。要之，對於曹雪芹想要敘述的故事、描寫的世界來說，脂硯齋確實是一位全知者，不管《紅樓夢》的後半部是寫成了遺失的，還是原本不曾寫出，脂硯齋也完全知道其內容。細讀脂批者還不難發現，此人與曹雪芹一起商定了書中的某些情節，最著名的就是曹雪芹原文有「秦可卿淫喪天香樓」一回，是脂硯齋認為不妥，特意令他刪去的。

脂硯齋的存在使《紅樓夢》獲得了比單一作者的確定文本更為豐富的解讀可能性，在很大程度上，帶有脂批的一些抄本即所謂「脂本」的發現，才是促成二十世紀紅學興盛的關鍵因素。當然，這跟《西遊記》那種群體性「作者」的情形也有根本的區別，脂硯齋似乎只參與「設計」而並不親手製作文本的某個部分，脂批混入正文的情形可以被認為是後人不適當的操作所致，那麼曹雪芹畢竟是可以對小說內容擔負全責的「著作權人」意義上的作者，通過對作者思想的了解去闡釋作品，無疑是有效的。這是《紅樓夢》向現代小說跨出一大步的意義。遺憾的是，曹雪芹留下的這個偉大的作品並非全璧，而其中某些伏筆以及脂批的存在，使續書成為可能。於是《紅樓夢》擁有了更多的「作者」，或者可以稱為「續作者」，他們多數不是嚴格意義上的作者，因為他們不能完全自主地構思情節，而要依傍曹雪芹或脂硯齋給予的提示，替後者完成敘述。與此相應的是，此類著作權不完整的「續作者」，也往往不願署出自己的姓名。在紅學家倡導「脂本」研讀之前，普通讀者面對的大抵是程偉元、高鶚整理刊刻的一百二十回印本，即所謂「程本」，但程、高二人都不承認自己是後四十回的作者，他們聲稱獲得了一份字跡漫漶的舊稿，非常辛苦地整理出這四十回。無論該說法是否真實，「續作者」都有意隱去自己，而引導讀者去想象後四十回的初稿就出於前八十回的作者之手。這倒不是因為他們過分尊重原作者的初創權，而是意圖以此方式來增強其提供文本的「可信性」，吸引讀者。「續作者」的情形，在很多方面與《西遊記》《水滸傳》的群體性「作者」相似。

中國白話小說自庶民文學之話本發展而來的歷史，不但決定了它的主流形態，也塑造了它的接受環境，即人們對待小說的一般態度。把小說看作一個文學作品，視為專屬個別作者的確定文本，這樣的習慣在《紅樓夢》的時代尚未形成，抄寫者、出版者都感覺自己有責任去修訂文本，編完故事，目的是使這個文本在敘事和修辭上顯得完善，而不是準確傳達作者的意圖。本身應該是特定作者自創的作品《紅樓夢》，之所以也存在上述的文本問題和作者問題，就與此種接受環境相應。不過，也許值得額外讚嘆的是，曹雪芹的寫法非常特殊，他為書中的主要人物都設置了宿命論式的結局，而對宿命具備提示功能的往往是詩詞韻文，被安插在基本上順時敘述的散文文本之中，呈現了一種迷人的編織。再加上全知者脂硯齋的不斷「劇透」，就使後來參與文本製作的人不得不對「原作者的意圖」有所尊重。或者也可以說，曹雪芹以高超的寫作技能，在脂硯齋的配合下，捍衛了自己的著作權，而《紅樓夢》既遭遇了中國小說的接受環境，也正在改變這種環境。

# 下編

# 作品體裁論

第三章

# 中國傳統的文獻構成與文體文類

近代以來，關於中國傳世典籍中哪些部份屬於「文學」作品，有過不少討論。這個問題其實跟「什麼是文學」的觀念相關，難免異見紛呈。專家們根據各自的理解，去框定「文學」作品的範圍，也製作了大量的選本、辭書等形態多樣的普及性讀物，而中華書局、上海古籍出版社等以「古籍整理」聞名的專業出版社，也為我們提供了許多經過校訂箋注的詩文集。一般情況下，我們習慣從這類書籍去查找和閱讀文學作品。

不過，這些畢竟是現代專家處理古籍的結果，實際上其質量參差不齊，而未經整理的古籍也還大量存在。所以，我們有必要越過這些已經提供的結果，學會直接面對古籍，從中獲取作品和相關材料。因為我們接受了高等教育，就無論如何不能停留在被動接受的地步，總要盡可能地去接觸第一手資料，也就是學會直接閱讀古籍。事實上，文史領域任何稍帶專業性的考察工作，都不能離開古籍而只據校點出版的資料來進行。

閱讀古籍，首先當然要解決文言文閱讀能力的問題，其次則要針對古籍本身的構成形態，有所了解，便於把握。簡單地說，就是古籍在文獻學上的分類問題。

## 一、古籍的分類：從「七略」到「四部」

粗略地講，中國傳統的書籍分類，經過了「七略」法和「四部」法兩個階段。對於「中國文獻學史」或「目錄學史」而言，這是最基本的常識，這裏只簡單介紹一下。

「七略」法創自西漢劉歆所著的一部書目，名為《七略》，各篇分別為：輯略、六藝略、諸子略、詩賦略、兵書略、數術略、方技略。由於輯略是對後面六略的總敘，所以他實際上把書籍分成了六類。《七略》已失傳，但《漢書 · 藝文志》繼承了這個分類方案。

自隋唐以來，則形成了「經、史、子、集」四部的文獻分類法，初見於《隋書 · 經籍志》，嗣後一直沿用。若與「七略」法對照，則六藝略相當於經部；詩賦略相當於集部；史部的書籍原來歸在六藝略當中的「春秋類」，由於數量劇增而獨立成一部，與此相反，其他四略的書籍則因數量減少而合併為子部，後來還把佛道二教的書籍也歸入其中。當然這只是大致的對應關係，某些書籍在歸類上是有前後變化的，最顯著的就是《孟子》，原來屬於諸子略中的儒家類，後來却不入子部，而是升到了經部。這是因為對《孟子》的認識發生了變化。

以四部之法來彙編古籍，規模最大的就是清代的《四庫全書》。它的編纂目標是要將此前的古籍蒐羅一空，這個目標當然沒有達到，但基本典籍確實都有了。從《四庫全書》的分類方案，我們大致可以觀察到傳世文獻的基本構成：

| | |
|---|---|
| 經部 | 易類、書類、詩類、禮類、春秋類、孝經類、五經總義類、四書類、樂類、小學類 |
| 史部 | 正史類、編年類、紀事本末類、別史類、雜史類、詔令奏議類、傳記類、史鈔類、載記類、時令類、地理類、職官類、政書類、目錄類、史評類 |
| 子部 | 儒家類、兵家類、法家類、農家類、醫家類、天文算法類、術數類、藝術類、譜錄類、雜家類、類書類、小説家類、釋家類、道家類 |
| 集部 | 楚辭類、別集類、總集類、詩文評類、詞曲類 |

四庫館臣在編成這套最大型的叢書後，給其中每本書都寫了一個概述和評價性的提要，按照以上分類編集的順序，匯為《四庫全書總目》[①] 一冊，出版單行。對於浩如煙海的古籍來說，這本書可以起到嚮導作用。

雖然現在的圖書館一般採用新的圖書分類法，但在處理傳統文獻時，今天的研究人員仍覺得四部法更為方便。近代引進西方的學科體制，人文學科大致包含文學、史學、哲學三科，高等院校至今依此設立專業。面對傳統的文獻時，「文學」專業雖以處理「集部」書籍為主，但嚴格地說，是從「經、史、子、集」任何部

① 紀昀等奉敕纂《四庫全書總目》200 卷，乾隆間殿本。

類中挑取那些符合今天所謂「文學」範疇的任何一種文獻（或其中某一部份），進行閱讀和研治。另外，為傳統的四部法所排除的白話小說、戲劇、說唱之類「俗文學」也成為相當重要的對象，現在乃至甲骨卜辭、彝器銘文、簡牘帛書、敦煌遺書、歷代石刻，以及僅在口頭流傳的故事歌謠等，也要加以考慮。所以，近代學科體制與傳統文獻分類法的差異，使我們無法避免處理傳統文獻時的複雜性。

雖然如此，「集部」依然是文學作品最集中之處。「集部」的書籍，無論是個人作品集即「別集」，還是多人作品集「總集」，在編纂時也大都要從內部再加以詳細的分類。此種分類就涉及作品體裁的問題。

## 二、從別集編纂方式看文體文類

我們首先來觀察一個北宋的別集，就是歐陽修的《居士集》[①]。這是比較早的一個可以確定是作者親手自編的詩文集。該集共五十卷，分類如下：

| 卷 1-9 | 古詩 |
|---|---|
| 卷 10-14 | 律詩 |
| 卷 15 | 賦、雜文 |
| 卷 16-17 | 論 |

① 《居士集》五十卷收入《歐陽文忠公文集》，比較常見的有四部叢刊本。

| 卷 18 | 經旨、辯 |
|---|---|
| 卷 19 | 詔冊 |
| 卷 20-23 | 神道碑銘 |
| 卷 24 | 墓表 |
| 卷 25-37 | 墓誌銘 |
| 卷 38 | 行狀 |
| 卷 39-40 | 記 |
| 卷 41-44 | 序 |
| 卷 44 | 傳 |
| 卷 45-46 | 上書 |
| 卷 47 | 書 |
| 卷 48 | 策問 |
| 卷 49-50 | 祭文 |

舉此一例，可見別集在編輯之時，編者要給作品分別體裁。在每一體裁之下，宋人的習慣一般會按寫作時間來排列同類作品，但具體情況要專門考察後才能確定。就歐陽修的分類來看，他把詩歌分成了「古詩」「律詩」兩類，然後是介於詩、文之間的賦，和似乎無從歸類的「雜文」，從「論」以下，就都是文的各種類別了。古人把這樣的分類都叫作「體」，現在我們為了稱呼的方便，把詩、賦、文的分別叫作「文體」，而把文的各種類別叫作「文類」。當然，詩和賦這兩種「文體」的內部也可以分類，但相對比較簡單，而「文類」則最為複雜。

就歐陽修標出的文類來說，「論」「經旨」「辯」都是議論性的文章，「詔冊」則是替皇帝起草的命令。很多作者以獲得機會撰寫「代王言」的文章為榮，編別集時把這類作品置於首位，但歐陽修喜歡議論，所以議論性的文類都列在「詔冊」之前。接下來是幾種跟喪葬有關的文類：「墓誌銘」是埋到死者墓裏去的，「墓表」是立在死者墓前的，而「神道碑銘」是地位較高者的墓表，「行狀」則是死者的親人或友生為他寫的生平紀錄，拿去請名人寫墓誌銘或墓表時用的。這些其實都是人物傳記，與「傳」相似，但寫法上有所不同。「記」和「序」是最常見的具有較高文學性的文類，不必多予解釋；「上書」和「書」的區別，在於前者的受書對象地位甚高，而後者是一般書信；「策問」是考試題目，「祭文」是在死者靈前誦讀的悼詞。作為朝廷重臣，歐陽修還寫了許多「奏議」，就是向皇帝提建議、提意見的文章，它們被另外編成了專集，所以《居士集》中不列此類。

作為個人的別集，能夠標出的文類自然是有限的，但若總結歷代文獻中出現過的文類，則數量就會很大。下面我們取某些「文體學」著作和文章選本來加以考察。

## 三、「文體學」著作和文章選本

大概在六朝時期，中國的文學批評中已經形成比較成熟的文體文類的區分方案。《文心雕龍》的大部份篇幅，是對各種文體文類的淵源歷史和寫作特徵的說明，同時期出現的著名選本——昭明《文選》，也分體分類編纂，其區分方案與《文心雕龍》基本一致。隨後，根據不同時期社會的需要，繼續變化發展。到明代徐師曾著《文體明辨》一書時，為詩文區分的種類就達到了 127 類，真是蔚為大觀。

這 127 類中，有二十幾種是詩類，剩下幾乎全為文類。光是議論性質的文章，就有策、論、說、原、議、辯、解、釋等多種。又如命、諭告、詔、敕、璽書、制、誥、冊、批答、御札、赦文、國書等，全是以皇帝名義發佈的文書，而大臣交給皇帝的文書，又有上書、章、表、奏疏、札子、彈事等多個種類。研究這許多文類的來龍去脈、寫作格式等，一一予以說明，就是「文體學」的專門任務了。這個任務不可謂不艱巨，不過這是徐師曾把歷代文獻中出現過的文類名稱都加以敘錄的結果，實際上有些名稱只被使用一時，後來就被別的名稱取代。若就某一時代的士大夫經常使用的文類而言，如上面所舉歐陽修的例子所示，種類還是有限的。大量文類一望而知具有行政功能，這就與「文書行政」的傳統密切相關。每個時代的官僚體制有所不同，行政文書的種類自然也會有所變化。行政文書隨應用場合的不同，有時候差別非常細微，却被嚴格區分。但作為文學作品看待時，有些細微的差別就不必那麼拘執，不妨歸納合併。傳統的文章選本，常會如此處理。

清代姚鼐編的著名選本《古文辭類纂》，就試圖對相近的文類加以歸納。此書將文類大致歸作十三類，列表如下：

| 類名 | 例文 |
|---|---|
| 論辯類 | 賈誼《過秦論》、韓愈《原道》 |
| 序跋類 | 司馬遷《十二諸侯年表序》、韓愈《張中丞傳後敘》 |

| 類名 | 例文 |
| --- | --- |
| 奏議類 | 李斯《諫逐客書》、王安石《本朝百年無事札子》 |
| 書説類 | 司馬遷《報任安書》、王安石《答司馬諫議書》 |
| 贈序類 | 韓愈《送孟東野序》、蘇洵《名二子説》 |
| 詔令類 | 秦始皇《初併天下議帝號令》、韓愈《祭鱷魚文》 |
| 傳狀類 | 韓愈《毛穎傳》、蘇軾《方山子傳》 |
| 碑誌類 | 韓愈《平淮西碑》、歐陽修《瀧岡阡表》 |
| 雜記類 | 柳宗元《小石潭記》、蘇軾《石鐘山記》 |
| 箴銘類 | 崔瑗《座右銘》、張載《西銘》 |
| 頌贊類 | 揚雄《趙充國頌》、蘇軾《韓幹畫馬贊》 |
| 辭賦類 | 屈原《離騷》、蘇軾《赤壁賦》 |
| 哀祭類 | 賈誼《弔屈原賦》、蘇軾《祭歐陽文忠公文》 |

上表之所以要舉出兩篇例文，是因為從中可以看出，姚鼐是從文章內容上加以區分歸類的，不一定拘泥於文章題目的名稱。如蘇洵《名二子説》，題目為「説」，卻因其通過對命名含義的説明來勉勵二子的內容，而歸入贈序類；韓愈《祭鱷魚文》，從題目看似乎是祭文，但內容確實是對鱷魚下令，讓它離開。所以，姚鼐這個做法有一定道理。不過，像賈誼《弔屈原賦》雖然確有哀悼屈原的內容，但體裁上畢竟是一篇賦，歸入哀祭類而不歸入辭賦類，就有點不妥。姚鼐是把辭賦也看作一種文章類別的，在我們看來，辭賦處在詩、文之間，可以獨立成為一「體」，其餘十二類則可算文類。

文類的產生，起初是由於實用，所以許多文類的名稱是由一個動詞轉化來的。應用文會有格式上的差異，本不難理解，但不同文類之間的差異往往不僅在於格式，還牽涉到行文的風格。三國時代的曹丕就在《典論》中說：

> 夫文，本同而末異。蓋奏議宜雅，書論宜理，銘誄尚實，詩賦欲麗。此四科不同，故能之者偏也；唯通才能備其體。①

這種把文體文類與寫作風格聯繫起來的「體制風格論」，在中國可謂蔚為傳統，它對寫作的規範力量並不亞於實際的需要，乃至如王安石所謂「先體制，而後文之工拙」②，文章的好壞首先要看是否適合該文類的風格，然後才看文筆如何。所以，我們現在習知的「風格即人」之說，在這裏恐怕要打問號。「風格即人」意謂作品的風格完全由作者的個性決定，這當然是西方的理論，是歷史上並未發展出如此完備的文類系統的西方文論。在傳統中國，文類幾乎可謂天羅地網，將日常生活涉及「表達」的方方面面都籠罩了，每個方面都有其合適的風格，這叫「得體」。作者的個性也是決定風格的因素，但他必須面對文類的要求，以及在這個文類上已經積累起來的深厚傳統。一般來說，他應該「尊體」，但必要時也可以「破體」，就在這「尊體」與「破體」的矛盾中，他加深或者改變這個文類的傳統風格。舉上表中的一個例子來說，「傳狀類」應該是實事求是的人物

---

① 曹丕《典論・論文》，《文選》，上海古籍出版社 1986 年，第 2271 頁。

② 轉引自黃庭堅《書王元之〈竹樓記〉後》，《豫章黃先生文集》卷二十六，四部叢刊本。

傳記，但韓愈的《毛穎傳》却是一篇寓言。他完全採用史傳的行文筆調展開叙述，這是「尊體」，但他的傳主却是一根毛筆，於是此文在當代就遭到指責，説這簡直是「以文為戲」，非但「破體」而已。此時柳宗元給韓愈有力的支持，肯定這是一篇好文章，而且從此以後，「傳」這個文類中就出現了新的傳統，謂之「假傳」，實際上就是寓言。在後人的眼裏，韓愈是個「匹夫而為百世師，一言而為天下法」[①] 的偉人，但在生前，韓愈要改變一個文類的傳統，也並不容易被認可。

那麼，傳統的文體文類，跟現代所謂的「文學體裁」如何對應呢？近代以來，我們接受了西方的習慣，把文學體裁分為「詩歌、散文、小説、戲劇」四種，依此衡量傳統的寫作體制，則詩、詞、散曲都可算「詩歌」，古文和駢文可算「散文」，「小説」有文言小説和白話小説兩種，「戲劇」則有傳統的雜劇、傳奇、昆曲、地方戲等，現在比較習慣的稱呼是「戲曲」。但除此之外，還有些無法歸類的東西，比如處於詩、文之間的辭賦，處於小説和戲曲之間的説唱等。而且，出於士大夫之手的筆記體或者模仿史傳文體的文言小説，與市井藝人持為説唱腳本的白話小説，其文獻上的性質頗有差別，從現代「小説」的觀念出發把它們歸為一體，也只是差強人意。所以，考慮到中國傳統文獻和「文學」的實際情況，我們採用折中的辦法：首先將士大夫別集中收錄的、四部分類法中所能包含的各種體制，與流行於庶民社會、被傳統四部法所排除的東西分開，大抵來説，這也就是先分別雅、俗文

① 蘇軾《潮州韓文公廟碑》，《蘇軾文集》卷十七，中華書局 1986 年，第 508 頁。

學；而在雅文學的範圍內，我們暫且不論作品的內容，只依其文字形式，區別為詩、詞曲、文，以及介於詩文之間的辭賦諸體；俗文學則區分為小說、戲劇和說唱三體。至於文言小說，據其文字形式，也可以歸入文體，不過按現在的習慣，暫且歸入小說。以下各章，就分體概述之。

第四章

# 辭賦

賦是一種介於詩和文之間的體裁，其來源與楚辭密切相關，所以歷來就有「辭賦」合稱的習慣，這裏也將楚辭和賦放在一起介紹。

「楚辭」的意思是南方楚地的歌詞，如果我們把屈原看作中國最早的詩人，則楚辭便被視為一種詩體，但在傳統的文學創作中，辭賦是五言、七言詩歌之外的另一種體制，歷代都有人寫作，編纂文集的時候一般也不跟詩歌相混。當然，後世文人寫作楚辭體作品，只是模仿其體制，比如句中包含古老的感嘆詞「兮」之類，雖跟詩體有別，畢竟也已脫離了「楚地歌詞」的性質。但原生態的楚辭，應該是歌詞，所以對古籍中記載的早於楚辭的一些歌謠，我們也作為其淵源而簡單提及。

## 一、古代歌謠

在楚辭之前，古代文獻中留下一些歌謠，比如著名的《卿雲歌》，就出於《尚書大傳》：

卿雲爛兮，糺縵縵兮。日月光華，旦復旦兮。[①]

復旦大學的校名和光華樓的樓名，都來自這首《卿雲歌》，觀其形態，與楚辭也頗為相似。遠古的祖先看到祥雲糾集之處，日月每天升起，感受到振作和激勵，通過這樸素的歌詞把他們的文學經驗傳遞給子孫。中華民國剛成立時，有人給《卿雲歌》譜上了曲子，1913 年《卿雲歌》被定為國歌，次年被袁世凱廢止，到 1919 年又成為國歌，1926 年又被廢止，1940 年却被汪僞政府第三度定為「國歌」。自然，汪僞的使用令這首歌的名聲被敗壞，再也沒人願意演唱了。

清代學者曾蒐集古書中記載的歌謠，編為集子，規模最大的可能是杜文瀾的《古謠諺》，達一百卷之多。不過上古的歌謠，以沈德潛《古詩源》卷一「古逸」部份所錄，可稱精要。其第一首為《擊壤歌》，出自《藝文類聚》引《帝王世紀》：

天下大和，百姓無事，有五十老人擊壤於道。觀者嘆曰：「大哉，帝之德也！」老人曰：「吾日出而作，日入而息，鑿井而飲，

---

① 皮錫瑞《今文尚書考證》卷二，中華書局 1989 年，第 133 頁。

耕田而食，帝何力於我哉？」於是景星曜於天，甘露降於地。[1]

「擊壤」可能是跟打陀螺相似的一種遊戲，「五十老人」做這件小兒科的事，所以引起了注意。「觀者」把這種現象的存在歸因到「帝之德」，就是説統治者具有無所不容的大「德」。接下來的《擊壤歌》就是那無憂無慮的老人對「觀者」的回答，意思是他過著自力更生的日子，跟統治者毫不相干。最後的「景星」「甘露」是自古以來習見的「祥瑞」描寫。我們從前後文的描述，可以判斷這段記載的本意，乃是上古的史官對帝堯的歌頌，他的統治讓人民絲毫感覺不到「統治」這件事的存在。所以，借這個「身在福中不知福」的擊壤老人之歌，華夏民族早期不知名史官提出了最早的政治理論：最好的政治，就是讓人感覺不到政治的存在。

這種説法很容易使我們聯想到春秋戰國時期的道家思想，因為道家對政治的態度大抵與此相似。但實際上，儒家也有類似的説法，比如孔子就曾讚嘆：「大哉！堯之為君也。巍巍乎！唯天為大，唯堯則之。蕩蕩乎！民無能名焉。」[2] 就是説，帝堯的政治一切應順自然，令人們講不出它的好處，便是最大的好處。看來，在對於帝堯政治的理解上，經常互唱反調的道、儒兩家，也顯得相當一致。

古書所記的帝堯，是個介於神話和歷史之間的形象。這形

---

① 歐陽詢《藝文類聚》，上海古籍出版社 1999 年，第 214 頁。

②《論語 · 泰伯》，《論語正義》，中華書局 1990 年，第 308 頁。

象確實有些特色，在《尚書》和《史記》的描述中，他被極度推崇，但即便後世學者細心查閱，也找不出帝堯有什麼很突出的偉大事跡。每個民族都有關於上古先祖的英雄傳說，這些英雄都有常人難以企及的接近於神的性格和能力，在中國的古史傳說中，帝堯之前的黃帝、炎帝，之後的舜、禹，也多少都留下一些創建功業的故事，不愧其英雄形象。唯獨這帝堯，除了善於用人外，幾乎沒有什麼可以彪炳史冊的功業。所以，帝堯獲得如此崇高的景仰，似乎有點不可思議。若說他適逢其時，正好坐享了太平天下，却又不然。毋寧說，他領導的正是一個艱難的時代，有洪水滔天，而且長期得不到有效的治理。按通常思路，作為領袖的他似乎應該動員全體人民去跟洪水搏鬥才對，但他沒有這樣做，只將此事委任給一部份有能力的人，讓其他百姓仍能無憂無慮地擊壤而歌。也許他本人失去了建功立業的機會，但隨著後世越來越多的無辜人群被統治者的建功立業奪去了太平安樂、自耕自食的生活，甚至奪去了生命，便有越來越多的思想家推崇帝堯的政治。應該說，這擊壤老人之歌一直迴響在中國傳統政治思想的旋律之中，成為其基本音調之一。

寬泛地說，《周易》裏面的有些卦爻辭，也跟早期歌謠相似。習慣上，我們把《周易》等書稱為「儒家經典」，實際上中國遠古先民創造的文化，見於傳世典籍的記載，就以這幾部「儒家經典」比較集中，其餘就頗為零碎了。所以，這些應該是中華民族的經典，不是儒家一家的經典。文獻上，緊接著經典之後出現的，就是戰國後期在長江流域的楚國所產生的楚辭，在漢代被編成了《楚辭》一書。按理，與楚辭同時，各地各國都應該有自己的歌詞，但因為後來的漢朝為楚人造秦朝的反而創建，特別重視楚地遺留下來的東西，所以他們才會去編《楚辭》而不是「秦辭」「齊辭」之類。《楚辭》流傳下來，後人對此不斷研究、注釋、擬作，以至於《四庫全書》的「集部」書籍中專門單列一個子類，曰「楚辭類」。

## 二、楚辭

楚辭者，楚聲之辭。漢人所編的《楚辭》一書，主要包含了《離騷》《九辯》《九歌》《天問》《九章》等作品，還有漢人的一些擬作。歷來皆以歸在屈原名下的《離騷》為楚辭的代表作。

就表達體式而言，在一般人的印象中，楚辭似乎以使用古老的感嘆詞「兮」為其特徵。這可能是閱讀《離騷》後留下的印象，實際上使用「兮」並非《楚辭》所錄作品的必備特徵。這些作品的體式，大致可以分為以下幾種：

### 1. 天問體

《天問》一篇包含了 170 餘問，但只問不答，如：

遂古之初，誰傳道之？上下未形，何由考之？[①]

這樣不斷地提問，並不需要使用感嘆詞。從現在出土的戰國時期的文獻來看，《天問》的寫法並不孤立，比如楚地竹書中有

① 《天問》，洪興祖《楚辭補注》，中華書局 1983 年，第 85-86 頁。

一篇《凡物流形》，就與此相似：

凡物流形，奚得而成？流形成體，奚得而不死？[1]

這裏引用的都是對自然現象的提問。不過《天問》的提問內容可謂包羅萬象，對神話故事、歷史傳說的諸多方面都一一追問。對於後人來說，探索這些問題的答案，是饒有興趣的，甚至有人寫《天對》去作出回答。今天看來，最具有價值的可能就是神話傳說的部份，參考其他古籍的相關記載，有的提問似乎可以回答，但許多提問無法作答，提問本身透露的內容成為唯一的信息。相對於古希臘、古印度而言，中國上古神話的完備敘述在傳世典籍中的缺乏，使《天問》在這方面的價值顯得非常突出。除了《山海經》外，最受神話學者重視的，就是《天問》了。從《天問》透露的一鱗半爪去追索出比較完整的故事或相對豐富的情節的，有一部值得鄭重推薦的力作，就是聞一多先生的《天問疏證》[2]。此書採用了傳統的注疏形式，可能不太符合現在一般人的閱讀習慣，但欲了解中國上古神話傳說的基本內容，這就是一本必讀之書。

① 《凡物流形》，《上海博物館藏戰國楚竹書（七）》，上海古籍出版社 2008 年，第 77 頁。釋文在第 223 頁。

② 聞一多《天問疏證》，上海古籍出版社 1985 年。

## 2. 橘頌體

大部份楚辭作品，確實帶有「兮」或相當於「兮」的感嘆詞「些」「只」等，但感嘆詞在句子中所處的位置，卻有所不同，如《招魂》在句子的末尾用了「些」，《大招》是句末用「只」。最有名的作品，應該算《九章．橘頌》，開頭部份為：

后皇嘉樹，橘徠服兮。

受命不遷，生南國兮。①

這是句末用「兮」的情況。像這樣把感嘆詞置於句末的，我們歸為一類。出土文獻中也有一篇戰國時代的《李頌》②，與《橘頌》可以同觀。

需要說明的是，這「兮」字的讀音，古今不同。作為感嘆詞，它原本也就相當於元曲中的「呵」，現代的「啊」。當然，後人寫作楚辭體的作品時，並不改成其當代實用的感嘆詞，而依然模仿楚辭，用這個古老的「兮」字。與此相似的是文章中的語氣詞「也」，也一直承用，若改成「呀」之類，便顯得很滑稽。自漢代以下，文言早就成了只寫不說的一種人工語言，其形成主要就參考先秦諸子、楚辭等早期作品而來，所以只有這些古老的感嘆詞、語氣詞才能與文言的行文相適配，要改用實際生活中所用的感嘆詞，那就必須同時將行文變成白話了。

① 《九章．橘頌》，洪興祖《楚辭補注》，中華書局 1983 年，第 153 頁。

② 《李頌》，《上海博物館藏戰國楚竹書（八）》，上海古籍出版社 2011 年。

### 3. 楚歌

這是在句子當中置個「兮」字的句式，如《九歌．湘夫人》：

帝子降兮北渚，目眇眇兮愁予。

嫋嫋兮秋風，洞庭波兮木葉下。[①]

這種句式，似乎最適合實際歌唱，《九歌》十一篇都是如此。後來，漢代所謂的「楚歌」，就是同樣的句式，如漢高祖劉邦的《大風歌》：

大風起兮雲飛揚，威加海內兮歸故鄉，安得猛士兮守四方。[②]

當然，劉邦的對手項羽所唱「力拔山兮氣蓋世」，句式也一致，應該也是「楚歌」。項羽唱這首「楚歌」的時候，他的軍隊也聽到了從漢軍那裏傳來的「四面楚歌」。

### 4．騷體

大部份被歸在屈原名下的作品，對感嘆詞「兮」的放置與上面兩種方式有所不同，是以兩個長句為一單位，而在上句的末尾置一「兮」字以為中頓。如最有代表性的《離騷》，起篇如下：

---

① 《九歌．湘夫人》，洪興祖《楚辭補注》卷二，中華書局 1983 年，第 64-65 頁。

② 劉邦《大風歌》，司馬遷《史記》卷八，中華書局 1982 年，第 389 頁。

帝高陽之苗裔兮，朕皇考曰伯庸。

攝提貞於孟陬兮，惟庚寅吾以降。[1]

除《離騷》外，《九章》中《橘頌》以外的諸篇，也都採用這種以「兮」字綰連兩句的句式。比較而言，這比句末、句中置「兮」都要複雜，而把兩句綰連為一個單位，顯然增大了每個單位的表達容量。一般來説，複雜的形式應該相對晚起，而且有可能出於個別作者的特殊創新。如果我們相信屈原是這一系列作品的作者，那麼也不妨把這種形式看成屈原本人所創的，最適合抒發其深長厚重之感慨的新體制。由於《離騷》是其當之無愧的代表，因此我們稱為「騷體」。實際上，後人寫作楚辭時，也最喜歡模仿此體。

屈原，相傳為戰國後期的楚國左徒。不過戰國時期的史料中並未出現有關屈原其人的記載，現在可以依據的傳記資料，主要是漢代史家司馬遷《史記》中的《屈原賈生列傳》。據説，他是楚國的貴族，主張聯齊抗秦，與秦國派來的縱橫家張儀意見不合，但楚王相信張儀，不采納屈原的意見，這使他痛苦不堪，憔悴行吟於沅湘之間，最後投水而死。這是在秦朝統一中華的前夕，想來被秦所吞並的諸國內部，都曾發生過類似的政策爭論，而如楚國之大，雄踞長江中游，當初未必人人都覺得必須聯齊才足以抗秦，或者聯齊、聯秦只是等值的選擇，可能有明智程度之分，而無道德高下之別。要到漢朝人眼裏，既認楚為祖國，又以秦為暴

① 《離騷》，洪興祖《楚辭補注》卷一，中華書局 1983 年，第 3 頁。

虐無道的敵人，才會覺得當初聯齊抗秦的主張不但明智，而且合乎道德。司馬遷筆下的屈原，一塵不染，眾人皆醉我獨醒，為道德理想而獻身，對後世知識分子的人格影響極大。但這明顯是帶有漢代觀念的屈原，實際上戰國時代有否屈原這樣一個人物存在，還是疑問。不過，像《離騷》及《九章》中的一部份作品，確實蘊含著自我形象比較統一的抒情主人公，現在我們只好把這個形象視為屈原。

仔細看來，《離騷》的抒情主人公與司馬遷描寫的屈原，還是存在一定的差距。後代的畫家，喜歡按司馬遷的描寫去畫《屈子行吟圖》之類，那大抵是個峨冠博帶、神情憔悴的老頭。而《離騷》的主人公，其實是個很愛打扮的人，佩戴許多花草為修飾，還善畫蛾眉，甚至因此而被眾女嫉妒，誣他好淫。為什麼女性會嫉妒他呢？因為《離騷》把主人公與他的君主之間的關係，表達成為男女關係。這種奇怪的表達，被後人理解為一種比擬，這在後世中國文學關於君臣關係的表達中，確實蔚為傳統。不過最先使用這種比擬方式的《離騷》，還是令人困惑。《離騷》中還有很多奇怪的東西，難以一概解釋為比擬，有些不好解釋的，就只能繼續困惑下去。

《離騷》全篇共有 376 句，按內容可以分為三個部份。第一部份是前 130 句，從自己的出生講起，敘述家世和主人公的修養、志向後，交代了他所面臨的困境：他被「黨人」所排斥，既不忍放棄君王，又不肯與「黨人」同流合污，所以只好離去。第二部份是中間 128 句，事態最為豐富。先是向巫師「女嬃」去訴說，但得不到同情，反挨了一頓罵。然後，主人公渡過沅、湘，去尋帝舜。他在舜的陵前陳詞，歷舉史事，表達出道德理想觀念，而且寧死不悔。這大概是《離騷》中最具理性的一段表達，此時的主人公也最接近司馬遷描寫的屈原形象。但自此以後，突然就轉入了狂想，主人公乘龍駕鳳，飛行於空中，早發蒼梧，夕至昆侖，太陽神羲和為他駕車，第二天清早，他又從太陽升起的地方咸池出發，月神望舒前導，風伯飛廉後擁，飄風雲霓都來附和。這浩浩蕩蕩的一行到了上帝的天門口，却碰了看門人一個釘子，此人對他愛理不理，不讓他進去。接下來，主人公開始尋找美女，奇怪的是他要找的全是時代更早的神話傳說中的美女。第一個美女是后羿之妻宓妃，他派了雷神豐隆去打前站，又遣黃帝的舊臣蹇修為媒。但當晚主人公到了窮石，看到宓妃淫逸無禮，就改變了主意。第二個美女是有娀氏佚女，他令鴆為媒，而鴆不肯，主人公似乎不好自薦，猶豫之間這有娀氏已被古代的高辛帝娶走，只好作罷。最後他想趕在夏代的少康帝之前，去求婚於有虞氏二姚，但媒人笨拙，自己的觀點不被理解，又未成功。《離騷》的歷代研讀者都把這麼奇怪的一段叫作「三求女」，其中似乎有寓意，但不明白是什麼寓意。總體來說，第二部份展現了一個奇幻的世界，和主人公在這個世界的追求。他不但可以遊走於廣闊的空間，還能隨意穿越漫長的時間。如果理解為這是詩人馳騁想像力的結果，那自然是最令人嘆為觀止的想像力。第三部份是後 118 句，主人公又找到一位巫師「靈氛」，這位巫師勸他遠走為好。狐疑之下，他又去請教第三位巫師「巫咸」，得到的勸告是潔身自好。於是，他又開始了第三度旅行，八條龍拉了一駕象牙車，從天河啟程，轉眼就到了昆侖、流沙、赤水，一路奔向西海。半路上，他讓隨從的一千輛玉車先去等候，自己停下來散步，奏《九歌》，舞《九韶》以自娛。但此時他忽然回頭，望見了故鄉，又悲傷不忍遠行。最後，勉強表達了決然遠行之志，但顯然並未真正解脫。所以，這個部份大概表示「解脫不成」的意思。

這樣一篇《離騷》，究竟在說什麼呢？從字面上看，「離」是離別，「騷」是憂愁，也就是因離別而憂愁的意思。也有的學者認為「離」是「罹」，即遭遇之意，那麼「離騷」就被解為「遭憂作辭」。這兩種解釋都可以接受，因為主人公懷抱巨大的憂患，飛越時空，尋求解脫，而未成功，這一點在全篇表達中顯著可見。進一步，漢人的注釋把《離騷》中出現的事物落實為具體的比擬，說「善鳥香草，以配忠貞」「飄風雲霓，以為小人」[①]，這就使《離騷》成了政治隱喻詩。現在看來，《離騷》所展示的這個奇幻世界，怕不能用比擬或隱喻的觀念去穿鑿其間的所有事物。許多研究者認為，這個世界與巫術有關，當時的楚地還未全面開化，巫風盛行，所以我們在《離騷》中就可以看到「女嬃」「靈氛」「巫咸」三位巫師。這個說法當然很有道理，但巫術的事，誰都說不清了。

從文學的角度看，《離騷》在蘊含價值判斷的地方，不用善惡對舉，而經常把正面價值表達為「美」，是令人注意的：主人公自稱素質優異，說「紛吾既有此內美兮」；怕自己不能及時地建功立業，說「恐美人之遲暮」；憤恨於世俗對他的排擠，說「世混濁而不分兮，好蔽美而嫉妒」；認為自己才配得上古代的美女，說「兩美其必合兮」「孰求美而釋女」；不肯放棄自己的想法而追隨世俗，

① 王逸《離騷序》，洪興祖《楚辭補注》，中華書局 1983 年，第 2-3 頁。

說「委厥美而歷茲」，不願「委厥美以從俗」；最後似乎想投水而死，說「既莫足與為美政兮，吾將從彭咸之所居」…… 完全從現代的意義上去理解這些「美」字，也許會引起語言學家的不滿，但在一部作品中使用這麼多的「美」字，依然可以令我們感受到某種非常現代的氣息。女性也好，政治也好，個人品德也好，社會風氣也好，凡是值得肯定的方面，都用一個「美」字來概括，在這樣的語境下，「三求女」似乎也無異於對「美」的追求。如果《離騷》真有一個作者叫屈原，而且作品主人公就是其自我形象，那他就是為「美」而生，為「美」而痛苦，為「美」而飛越時空，最後為「美」而死。

以上概舉了楚辭的四種體式。從文體上說，楚辭（特別是「騷體」）具有相當特殊的抒情性，頗能吸引人去嘗試，即便在五言、七言詩體都已成熟後，仍有人不願放棄這個文體。雖然中國的詩歌大致都以抒情為主，但通常一首詩裏，也可兼具其他成分，如描寫、叙述之類，不必一直感情高漲，而楚辭體每句或每兩句要出現一個感嘆詞「兮」，這就使即便描寫、叙述的部份也不得不帶有抒情性，而且情感始終不能低落，一定要源源不斷、排山倒海而來，除非你甘願讓那「兮」字成為空洞的音節。最典型的楚辭體就是上述以一個「兮」字把兩個長句綰連為一個單位的，這一個單位的抒情容量非常大，其長度相當於七言詩的一聯，但七言詩一聯的上下句可以平行地各說一義，而楚辭此類句式則將兩句聯為一體，其間須有轉折或遞進之關係，宜於表達複雜、深厚的感情。可見，沒有相當的感情飽和度，就難以撐托起這個特殊的抒情體式，僅靠文辭功夫而為文造情，一定會捉襟見肘，而文辭功夫又决不可少，因為實際上這個體式也需要堆積大量美觀的辭藻。所以，對抒情詩人來説，楚辭體是對其創作力的最嚴峻的考驗，也是最富有挑戰性的。後世模仿楚辭體的作品，以初唐四傑中的盧照鄰所作，獲得的評價較高。但也許因為後世的作者已經得不到巫術的滋潤，所以這些作品並不能像《離騷》那樣展現一個奇幻的世界。後世以驚人的藝術想像力續寫這奇幻世界的，是李白的詩歌，而不是楚辭體的擬作。

在漢人所編的《楚辭》中，除了屈原以外，還有宋玉等作者的作品。據傳宋玉是屈原的後輩，而他還留下了歷史上最早的一批名稱為「賦」的作品，如《高唐賦》《神女賦》《登徒子好色賦》等。這種以問答形式展開的賦體，可以被視為楚辭的一種發展形態。

## 三、賦

自漢至唐，賦在各種文學體裁中，可以説佔據了最核心的地位。在南朝五言詩獲得大幅度發展之前，賦甚至是比詩更重要的體裁，昭明《文選》分體裁選錄作品，第一個體裁就是賦，一般別集也大多把辭賦放在第一卷。那時候，評價一個作者的文學水平，主要看他寫的賦能否被人傳誦。

不過，作為一種體裁，除了説它介於詩、文之間外，我們實在很難概括賦的形式特徵。班固在《漢書．藝文志》裏列了「詩賦略」，把賦解釋為「不歌而誦」[1]，意思是賦用來朗讀，而不歌唱。應該注意，這是在詩、賦對舉的語境下説的，因為「詩賦略」對詩的理解是「歌詩」，即歌詞[2]，都是可以唱的，所以與此相對，賦就不是歌詞，是用來朗讀的。簡單地説，詩是唱的，賦是讀的，所以「詩賦略」用這個辦法來區分詩、賦。當然，除了唱的都是讀的，這並沒有描述出賦的本質特徵。

從漢代標題為「賦」的作品來看，體式上大約有三種：一是楚辭體的賦，如賈誼《弔屈原賦》，與楚辭體完全一樣，實際上就是楚辭，只不過標題叫「賦」；二是詩體的賦，如揚雄《酒賦》，是一首四言詩；班固《竹扇賦》，實為現存最早的一首完整的七言詩，其標題的意思是用詩歌來「賦竹扇」而已；三是文章體的賦，如司馬相如《子虛賦》《上林賦》之類，這種賦倒是比較特殊的，因為它跟一般的文章有所不同，注重鋪寫形容，堆積大量辭藻，其內容一般以主客對話的方式展開，形式上跟上述宋玉賦相近。主客對話的方式也令人聯想到戰國時期縱橫家的説辭，但漢賦關注的重點已不在説辭的邏輯力量，而在如何連綴常人看不懂的大量漢字語彙，去刻畫種種物色。

由此來看，漢人可以把楚辭體、詩體、文體的作品都叫作「賦」，原本就沒有給「賦」規定特殊的體制。所謂「不歌而誦」的「賦」，即朗讀，是個動詞，轉化為名詞而成「×× 賦」的篇題，起初也只是「賦 ××」之意，其具體作品的體式可以是詩，

① 班固《漢書 · 藝文志》，中華書局 1962 年，第 1755 頁。

② 參考下一章對「詩」的釋名。

也可以是文。像唐代白居易的詩《賦得古草原送別》，題中的「賦」意謂「賦詩」，如果是在先秦或漢初，這個作品也可以題作「古草原送別賦」，那就會被我們看作賦了。但白居易身處唐代當然不會這樣做，因為此時的賦已經被認作獨立的文體，跟詩區別開來了。

那麼，賦怎麼發展為獨立的體制呢？楚辭體和詩體的賦，本來就是標名為賦的楚辭和詩而已，形式固定，無可發展；唯有文章體的賦，則特別地發展其與一般文章不同的方面，而形成自身的特色。不過，考察賦體在歷史上的流變，可以發現這些變化還是跟文章總體的流變相關。

近代學界對賦史的梳理，以鈴木虎雄（1878-1963）於 1935 年自序的《賦史大要》為較早，影響也頗為深遠。他把楚辭和賦算在一起，把賦的發展分成了「騷賦」「辭賦」「駢賦」「律賦」「文賦」五個階段[①]。「騷賦」實際上就是楚辭，現在我們把楚辭與賦分開，而接受他把賦的發展分成後面四個階段的說法。

「辭賦」，就是上述漢代文章體的賦，以司馬相如那種侈陳誇張的作品為代表。因為其篇幅往往比較巨大，所以也常稱「漢大賦」。自劉歆、班固用「七略」法制作典籍目錄以來，這種「不歌而誦」的賦從一般文章裏區分出來，而跟詩放在一起，成立「詩賦略」，此事本身就意味著一種「文學」觀念。這種「文學」包含了全部詩歌和一部份文章，就是賦。其他的文章根據所寫的內容編到「諸子略」或「數術略」等部份，不入「詩賦略」，它們被當作「文學」作品看待，要到更晚的魏晉時期。與此同時，「詩」

① 參鈴木虎雄《賦史大要》，殷石臞 1936 年譯本，山西人民出版社 2015 年。

被限指能唱的歌詞，而這樣的歌詞至少就現存部份來看，是以收集自民間的無名氏作品為主。那麼，士大夫文學最核心的表達體制，就是辭賦了。為了與一般言事説理之文相區別，辭賦往往突出其取悦耳目的描寫、刻畫、形容之功能，乃至於被認為過度刺激感官（所謂「麗而淫」），而遭受批評。不過寫大賦的作者，心中總有個偉大的典範，就是《離騷》，他們想用自己時代的文體，去追企《離騷》所達到的表現力、感染力。

「駢賦」流行於六朝時期，東漢張衡的《歸田賦》可以算它的先驅，隨著文章體式的駢化，賦也傾向於採用比較整齊的句式，形成了駢儷對偶的風格。所以，賦史進入「駢賦」的階段，與文章史進入「駢文」階段是同時發生的①。有一部份駢賦作品，其內容從鋪張物色轉為抒發情懷，篇幅也縮小了，故我們也經常有「抒情小賦」的説法，以江淹的《恨賦》《別賦》較為典型。還有以遠方獻到朝廷來的貢品等難得之物為題材，專門加以描寫的賦，謂之「詠物賦」。當然既是難得之物，數量就必然有限，而抒情之賦以情感的某個種類為題材，這數量也有限，所以寫來寫去，大家難免會寫到一起去，造成重複。實際上六朝時期的貴族文人們也形成了故意選擇同樣的題材，競寫同題作品的習慣，而且這些作品通常構思相似，推進程式一致，各部份功能相同，只是表達詞句相異。比如陶淵明的《閒情賦》，是寫一個老年男子如何克制自己希望接近年輕女子的「綺情」，因為中間大膽熱烈的愛慕表達，而傳為名作，但同樣題材的賦，之前就有張衡的《定情賦》，蔡邕

---

① 參考本書第七章論駢文內容。

的《檢逸賦》等。很多人喜歡寫這個題材，陶淵明在相當激烈的競爭中勝出。

六朝「駢賦」中，雖以「抒情小賦」和「詠物賦」較受關注，但這個時期也並非沒有大賦，當然跟漢代大賦相比，減少了鋪陳，增強了言志述懷的成分。謝靈運就寫過《山居賦》《撰征賦》這樣的鴻篇巨製，除描寫場面外，主要表達自己的志向、經歷和對政局的看法。寫作這樣的大賦，依然是在努力追企《離騷》，因為作者對《離騷》的主題就是如此理解的。追企《離騷》的努力也並非沒有結果，在南北朝將近結束的時候，出現了一部真正可以媲美《離騷》的大賦，就是庾信的《哀江南賦》。庾信的生平太多曲折，這使他擁有了比《離騷》主人公更為複雜的心理，他的表現力後來受到杜甫的高度肯定和自覺繼承。

接下來的「律賦」，是在唐代進士科考試中形成的，格律上比較嚴謹的賦體。一般情況下，是從古代經典中摘取一句話做賦題，再找一句八個字的成語，要求依此八字為韻，也就是一篇換七次韻。唐以來詩賦的押韻，並不是按當代的字音讀起來韻母相近就可以，實際上必須是被官方采納的韻書（如《唐韻》）編在同一韻部的字，才算押韻，所以唐代考生的作品也經常出現「落官韻」的情況，他自己讀起來覺得押韻的字，實則並不符合「押韻」的要求。當時還有人作了《賦譜》，歸納寫賦的各種技巧，比如「隔句對」，即每一聯由兩句構成，兩兩相對的對偶，就被分成了「輕隔」「重隔」「疏隔」「密隔」「平隔」「雜隔」六種[1]。如此煩瑣的分類，印證了「隔句對」在寫作實踐中的重要性，因為只有頻繁使用的東西，才需要仔細地分類。

「律賦」其實也還是一種句式整齊、多用對偶的駢賦，只是又加上了不少規則，以適應考試作文便於評卷的需要。因為是考試文體，所以唐人寫得很多，但這方面具有擅長名聲的，如王起、李程等，現在並不受文學史家的重視。

賦史的最後一個階段是宋代的「文賦」，以歐陽修《秋聲賦》、蘇軾《赤壁賦》等作品為代表，包含較多古文句法，形式更為自由，明顯是受到唐宋「古文運動」影響的產物。與一般古文不同的是，作為賦，它仍注重描寫，句式亦仍相對整飭，但加入了大量最受宋人喜歡的議論成分。當然，此時科舉考試仍用律賦，按宋人的習慣，把律賦以外的賦稱為「古賦」，意謂律賦規則形成之前的賦體，這就好像他們把駢體形成之前的文章稱為「古文」一樣。律賦的正式消失，要等科舉改革發生，從此不再考賦以後。可見，賦體的變化是與文章體制的變化或科舉的要求相應的，至宋代以後，科舉既不考賦，文章體制的變化亦盡，賦體也就沒有新變了。

與體制上沒有新變相伴隨的，是賦的整體衰落。隋唐以後，詩已成為最核心的文學體裁，賦的創作能夠維持其繁榮，主要就靠進士科以詩賦為考試文體。宋代科舉取消詩賦，對於具有強大

---

① 唐．佚名《賦譜》，見張伯偉《全唐五代詩格彙考》，鳳凰出版社 2002 年。對六種「隔」的具體解説，參考本書第七章論「八股文」的部份。

交際功能的詩來説，所受影響較小，而對於賦來説，就成為致命的打擊。從此，文人寫賦純粹出於興趣，不再有應舉的需要去促動他的努力，賦的衰落也就成為必然。

與楚辭體一樣，賦原本也是需要堆積大量辭藻的寫作體制，故早在漢代，就被揚雄貶之為「童子雕蟲篆刻」。但它不像楚辭體那樣以感嘆詞「兮」為常備元素，故不必始終情感飽滿，更適合於做一般的練習，以鍛煉寫作能力。所以，在賦受到重視的時代裏，士大夫的詩思、文才，都通過賦來表現。現在我們説賦是介於詩、文之間的體裁，這已經站在了詩與文的立場上，而其實賦的出現和成熟，比五七言詩、駢文和唐宋時期所謂的「古文」都早，所以不如説它兼備詩、文的藝術因素。回到「賦」的動詞含義，「不歌而誦」一語既明説了賦與詩的區別，也暗示了賦跟一般文章的區別，那麼，「賦」也就有了以文學形式把握、刻畫對象的意思。就此而言，詩或文自然也有這樣的功能，但人們可能認為，賦是最充分地發揮這種功能的體裁，因為詩和文似乎只具備賦的某一方面好處，而賦能兼綜之。不過，也正是詩和文的發展成熟，加上科舉方面的打擊，賦漸漸淡出文壇。因此，賦的繁榮應該標誌著這樣的歷史時期：詩和文還未分別形成穩定的藝術傳統，其藝術因素尚處融而不分之狀態。而實際上，若回到漢代作者那裏，賦本來就既可以用詩體來寫，也可以用文體來寫。

## 第五章

# 詩

《西遊記》第八回中說，觀音菩薩路過五行山，想起大鬧天宮的神猴如今被壓在山下，不禁感慨系之，當場便吟詩一首，不料給孫悟空聽到，高聲喊叫：「是那（哪）個在山上吟詩，揭我的短哩？」現在看來，菩薩作詩的情節有些滑稽，但在前人的觀念中，一個略有文化的人，情動於中，就一定會作詩的，觀音菩薩也不例外。無論其目的是否真在揭人之短，反正寫詩被視為知識人的標誌性特徵。所以，詩是傳統中國最重要也最普及的表達樣式。

現在，我們把「詩」視為文學體裁，而直接與英語的 poetry 相對應。不過這裏有個有趣的現象：傳統中國的作者一般把「詩」「詞」「散曲」「楚辭」看作並列的體制，彼此之間沒有從屬關係，而英語則習慣把中國的「詞」譯為 Ci poetry，「楚辭」譯為 Chuci poetry，只有「詩」並不是 Shi poetry，它被直接譯作 poetry。也許翻譯史可以考察一下這個現象如何形成，從文學體裁的角度說，這是把「楚辭」「詞」「散曲」等看作中國歷史上特別的詩歌樣式，即具有民族特徵、時代特徵的 poetry 種類，而唯獨對「詩」不這麼看。

確實，傳統的文學批評中以「詩」泛指古今一切 poetry 的情況，亦早有出現，所以上述現象也不妨說是自然的。問題只在於，這樣一來，「詩」作為與「詞」「散曲」等並列的表達樣式的一面就被掩蓋起來。本來，當我們聽說「好詩都被唐人做完」這句話時，不必感到太遺憾，就如「好的楚辭都被楚人寫完」「好的詞都被宋人寫完」「好的散曲都被元人寫完」一樣，某種表達樣式在某個歷史時期達到高潮，令後人無法超越，是一件很正常的事。換句話說，「詩」作為通貫古今中外的一種文學體裁，和作為這個體裁具有民族、歷史特徵的樣式之一，這兩方面在我們考察「詩」的歷史時，是應該兼顧的。尤其是後一方面，應該成為我們考察的重點。

## 一、作為歌詞的「詩」

首先我們要考察「詩」的起源。必須注意的是，這樣的考察並不是要研究「詩」這個字的字義，而是要調查「詩」作為一個名稱，在其起初被使用時，是指什麼樣的事物。

「詩」原本又叫「詩歌」或「歌詩」，在中國早期的文獻中，「詩」往往與「歌」並舉，比如：

詩言志，歌永言。（《尚書 · 舜典》）

詩以道之，歌以詠之。（《國語 · 周語下》）

對此，古人的解釋也很清楚：

> 誦其言謂之詩，詠其聲謂之歌。（《漢書．藝文志．六藝略》）
>
> 凡樂辭曰詩，詩聲曰歌。（《文心雕龍．樂府》）

也就是說「詩」「歌」本為一體，讀出來是詩，唱起來是歌，或者說，其文字是詩，其曲調是歌。這樣，用今天的話說，「詩」就是「歌詞」的意思。

這當然是「詩」的原初意思，其實也符合詩歌起源的一般說法，因為各民族、各語言的早期詩歌，恐怕也都是歌詞。就此而言，把「詩」「詞」「散曲」看成中國詩歌樣式發展的三個階段，也具有相當的合理性，若略去一些細節不言，它們正好就是歌詞體制變化的三個階段。當代著名的文學史家任半塘先生就曾提出過按「歌詞總體」的觀念來研究中國詩歌史的設想。

不過，事實的另一面是，「詩」「詞」「散曲」的出現固有先後，却也並不是後者取代前者的關係。雖然我們通常說「唐詩」「宋詞」「元曲」，但這並不表明唐以後就沒有「詩」，宋以後就沒有「詞」了。在歌詞體制的變化引起詩歌樣式變化的同時，舊的樣式並未消亡，而是在文字形態上穩固下來，與新的樣式一起並列存在。

實際上，從歌詞脱胎的任何一種詩體，一旦形成，便都有文字形態上穩固化的傾向，使人們長久地認為，符合這一形態的作品才是「詩」。在中國，自從最早期的詩歌被結集成一部《詩經》後，多數人就認定只有《詩經》或與其體制相似的作品才配叫作「詩」。孟子說：「詩亡然後《春秋》作。」他以為「詩」有一個終點。《詩經》中最晚的作品，也許是《秦風．黃鳥》，其所詠之事發生在公元前621年，自那以後，「詩」就沒有了。當然，現在的中國詩歌史會在《詩經》後面接著寫楚辭，但其實兩者在時間上相隔好幾百年，而且後者自有名稱，喚作「楚辭」，不喚作「詩」。

「詩」曾經面臨終點，肯定是古代世界的一件大事，只因年代久遠，我們不太能體會到而已。西漢末劉歆撰《七略》，東漢班固據此作《漢書．藝文志》，其中《詩賦略》收錄了「歌詩二十八家」。他們根據「詩」就是「歌詞」的觀念，把漢代的樂府歌詞也叫作「詩」——這大概值得被讚許為歷史上一次偉大的思想解放，不但「詩」的歷史得到了延續，而且自此以後，「詩」的所指主要是新興的五言、七言體制，而不是《詩經》採用得最多的四言體制了。

隨後，五言、七言詩體的觀念又逐漸穩固下來，而且這一次幾乎是凝固不化了。雖然後來產生了詞、曲，也有些作者宣稱詞、曲與「詩」相通，甚至本質無異，但畢竟它們被喚作「詞」「曲」，不喚作「詩」。以五言、七言為「詩」的觀念凝固了大約兩千年，至二十世紀初「新詩」出現，才獲解凍。

這樣，回顧漢語詩歌體制的流變，我們大致就可以總結出傳統的「詩」實際上就經歷了四言詩和五言、七言詩兩個階段（漢詩偶爾也會有三言、六言的句子，或者字數多少不等的「雜言」，但它們沒有體制性意義，編輯詩集的時候也不單立一類，而是歸入七言詩中）。從四言變化為五言、七言，起初是適合歌詞形態的結果，但隨後便穩固下來，與新的歌詞形態相區別，而並行發展。

四言詩階段，簡單地說，主要就是《詩經》時代。可以肯定

《詩經》的每一首原本都是歌詞，但其產生的時間早晚，可能相隔非常遙遠。含有民族起源方面神話內容的，應該可以推想其產生得很早，比如《商頌．玄鳥》：

天命玄鳥，降而生商，宅殷土芒芒。古帝命武湯，正域彼四方。方命厥後，奄有九有。[①]

這裏夾雜了五言句，但以四言為主，因為含有商人起源的神話，所以也經常被看作小型的「史詩」。雖然經學上研究的結論，並不肯定《商頌》是商代的原作，但其中有些內容是自商代傳唱下來，似乎沒有疑問。不過，從簡狄吞玄鳥之卵，而生商人始祖契，到商湯征服四方，擁有天下，這麼漫長的過程，只唱了短短數句，作為「史詩」也實在太簡略了。相對而言，《大雅．生民》一篇對姜嫄感孕而生后稷的故事，就講得詳細多了：

厥初生民，時維姜嫄。生民如何？克禋克祀，以弗無子。履帝武敏歆，攸介攸止，載震載夙，載生載育，時維后稷。誕彌厥月，先生如達。不坼不副，無災無害。以赫厥靈，上帝不寧。不康禋祀，居然生子。誕置之隘巷，牛羊腓字之。誕置之平林，會伐平林。誕置之寒冰，鳥覆翼之。鳥乃去矣，后稷呱矣。實覃實訏，厥聲載路。誕實匍匐，克岐克嶷，以就口食。蓺之荏菽，荏

① 方玉潤《詩經原始》卷十八，中華書局 1986 年，第 647 頁。

菽旆旆，禾役穟穟，麻麥幪幪，瓜瓞唪唪。誕后稷之穡，有相之道。茀厥豐草，種之黃茂。實方實苞，實種實褎，實發實秀，實堅實好，實穎實栗。即有邰家室。誕降嘉種，維秬維秠。維穈維芑。恒之秬秠，是穫是畝，恒之穈芑，是任是負。以歸肇祀。誕我祀如何？或舂或揄，或簸或蹂；釋之叟叟，烝之浮浮；載謀載惟，取蕭、祭脂，取羝以軷；載燔載烈，以興嗣歲。卬盛於豆，於豆於登。其香始升，上帝居歆。胡臭亶時，后稷肇祀，庶無罪悔，以迄於今。[①]

后稷出生後，被丟棄了三次，但因種種奇遇而活了下來，長大後擅長種植業，使其部落獲得發展，而為周人之祖。很顯然，《生民》的題材跟《玄鳥》相似，但在敘述細節、描寫場面上，委曲詳盡遠過《玄鳥》，其四言的句式也更為穩定。我們似乎也可以從這兩篇之間的對比去觀察時代的差異，並且把這種差異理解為「進步」。但從詩歌的角度說，後世也有一些評論者嫌《生民》說得囉唆拖沓，反而欣賞《玄鳥》的簡潔有力，謂之「詩骨神秀」。

北宋的蘇轍曾經把《詩經》《尚書》裏面有關商、周的篇章進行對比，得出的結論是：

《詩》之寬緩而和柔，《書》之委曲而繁重者，舉皆周也；而

① 方玉潤《詩經原始》卷十四，中華書局 1986 年，第 503-504 頁。

商人之《詩》駿發而嚴厲，其《書》簡潔而明肅。[①]

這個結論來自其細心閱讀、沉潛玩味的心得體會，對我們了解商、周文化的不同特點，頗有啟發。

《詩經》裏面更多的篇章，是來自各地的「國風」，其產生時間更難判斷，但有些應晚至春秋時期，因為其中提到了春秋時發生的史事。把它們編在一起，據説出自孔子之手，因此後人難免要從孔子學説即儒學的立場去解釋《詩經》，同時把四言視為「詩」的標準、古典之形式，時而模仿寫作。自漢朝以來，歷代都不缺乏四言詩，但究屬少數，而且已經不是歌詞了。

「詩」的五言、七言階段起自漢代，綿延至今。傳統的觀點是：五言從《詩經》演化出來，七言則從《楚辭》演化出來。當然《詩經》《楚辭》出現在前，《詩經》的四言句再添一字就成為五言，《楚辭》的有些句子刪去一個感嘆字「兮」，就相當於七言了，這都是事實。但其間是否真的存在一個「演化」的關係，似乎很難追究。可以肯定的是，五言、七言形態的直接來源是漢代的樂府歌詞。

西漢的政府機構中，原有太樂一署，其長官叫作「樂府令」。到漢武帝時，又設置樂府一署，與太樂分掌雅樂和俗樂。現存有關漢代音樂的文獻，都説「漢樂四品」，就是分為四種：一是「大予樂」，在郊廟祭祀的場合演奏；二是「雅頌樂」，配社稷辟雍之祀歌；三是「黃門鼓吹」，為燕樂；四是「短簫鐃歌」，為軍樂。

① 蘇轍《商論》，《蘇轍集·欒城應詔集》卷一，上海古籍出版社 1987 年，第 1574 頁。

這些都屬雅樂，另外還有俗樂，叫作「五方之樂」，即從各地蒐集來的民間音樂。所謂樂府詩，就是以上這些音樂的歌詞。雖然我們經常會聽到「樂府民歌」的說法，其實民歌只是樂府詩的一部份而已，並且是通過中央政府的蒐集而得以保存的。

據說，西漢末保存在中央政府的樂府歌詞有一百三十八篇，但現在我們能看到的漢代歌詞只有五六十首，而且學者們認為它們多半是東漢的作品。北宋郭茂倩編纂《樂府詩集》時，鑒於這些作品大多作者不明，故統稱為「古辭」。不過，接下來的三國曹魏時期，由於曹操、曹丕、曹植父子的重視和提倡，樂府詩的創作遂進入一個高潮。郭茂倩根據音樂系統將漢魏至唐代的樂府詩分類編列，其漢魏部份有：

(1)「大予樂」系統的漢郊祀歌，二十首，今存「古辭」。

(2)「短簫鐃歌」系統的軍樂，有所謂「鐃歌十八曲」，三國時魏、吳兩國各改其曲，但漢代「古辭」猶存，細目有：《朱鷺》《思悲翁》《艾如張》《上之回》《擁離》《戰城南》《巫山高》《上陵》《將進酒》《君馬黃》《芳樹》《有所思》《雉子班》《聖人出》《上邪》《臨高臺》《遠如期》《石留》。

(3)「橫吹曲」，也是一種軍樂。據說張騫入西域，帶回《摩呵兜勒》一曲，西漢音樂家李延年據此鋪衍出二十八曲，魏晉以來，傳其十曲：《黃鵠》《隴頭》《出關》《入關》《出塞》《入塞》《折楊柳》《黃覃子》《赤之揚》《望行人》。但這十曲也只有名目，並無「古辭」，現在所見的多為後人擬作。十曲之外，後來又產生八曲：《關山月》《洛陽道》《長安道》《梅花落》《紫騮馬》（即「十五從軍征」）、《驄馬》《雨雪》《劉生》。這樣，「橫吹曲」的系統共有十八曲。

(4) 俗樂系統，有所謂「相和歌」。「相和」的意思是絲竹（弦樂器和管樂器）相和，執節者歌。這是民歌色彩最濃厚的一部份，大概也是曹氏父子最感興趣的，所以現存多有曹操之詞，如《氣出唱》《精列》《度關山》《對酒》《薤露》《蒿裏》。曹丕作詞的有《十五》，「古辭」今存者則有《江南》《東光》《雞鳴》《烏生》《平陵東》《陌上桑》（一曰《艷歌羅敷行》），另有《覲歌》《東門》二曲無詞。以上總謂之「相和十五曲」。

「相和歌」的音樂通過曹魏而流傳到晉代，又隨著司馬氏的南遷而散落江左，後來北魏孝文帝從南方重新獲得，謂之清商樂。按其曲調細分，則有平調、清調、瑟調、楚調、側調，總謂之「相和五調」。平調七個曲子，其中《長歌行》《君子行》有「古辭」，《短歌行》《猛虎行》《燕歌行》《從軍行》《鞠歌行》皆有魏辭。清調六個曲子，其中《豫章行》《董逃行》《相逢行》有「古辭」，另三曲為《苦寒行》《塘上行》《秋胡行》。瑟調的曲子較多，存「古辭」者為《善哉行》《隴西行》（即「步出夏門行」）、《折楊柳行》《西門行》《東門行》《飲馬長城窟行》《雁門太守行》《艷歌行》等。楚調曲中，《白頭吟行》《怨歌行》也有「古辭」，另外還有《泰山吟行》《梁甫吟行》《東武琵琶吟行》等曲名。

(5) 無法歸入以上音樂系統的樂府詩，後世謂之「雜曲歌辭」，其中亦不乏名作，如《蛺蝶行》《驅車上東門行》《傷歌行》《悲歌行》《羽林郎》（東漢辛延年作）、《東飛伯勞歌》《董嬌嬈》（東漢宋子侯作）等，著名的《焦仲卿妻》（即「孔雀東南飛」）也屬此類。

以上樂府歌詞，基本上都為五言、七言，以此為「詩」，使「詩」的文字形態從四言變成了五言、七言。上面的敘述中，之所以要列出許多具體的曲名，不僅因為其歌詞多為樂府詩的名作，而且熟悉唐詩的人不難從這些曲名看出，它們中的很大一部份直到唐代還受到詩人的青睞，不斷為之作詞。唐人還能否演奏原曲也是頗成問題的，但有些曲子在產生的時候伴隨著一個動人的故事（「本事」），其曲子雖失傳而故事仍可作為詩歌的題材，不斷改寫，此類作品仍歸入樂府詩。甚至曲子失傳，「本事」亦無，僅僅是一個題目，也可能令唐人由此生發聯想，去寫作樂府詩。所以，樂府詩不光是漢魏以來的一種歌詞形態，也是詩歌創作的一個巨大傳統，有些樂府舊題簡直是出產名作的搖籃，如《出塞》《燕歌行》《秋胡行》之類，而「秋胡戲妻」的故事一直到元明時期的戲劇，猶是上好的題材。更為重要的是，對於唐詩來說，除了提供題材外，樂府詩就某個題目反覆創作的方式，往往成為刻畫某種形象、營造某種意境、抒發某種情懷或鍛煉某種技巧上前後相承、不斷提升的途徑。也就是說，此種創作傳統為藝術創造力的歷史積澱準備了非常具體的場所，仿佛積土為山，積水成川，而千古英靈之氣，皆凝聚於此，終成名山大川。偉大的唐詩藝術，固非某個詩人偶然的靈感所能造就，大量的佳作是通過這種積澱的方式，終於被提煉出來。而且，此種方式一直為國人所喜好，後世的詞曲也是在同一個詞牌、曲牌上反覆填寫，乃至近世的民間歌謠也是如此，比如清末民初甚為流行的「嘆十聲」一調，就有《公子嘆十聲》《美女嘆十聲》《煙花女子嘆十聲》《小尼姑嘆十聲》《小光棍嘆十聲》《煙鬼嘆十聲》《紅燈照嘆十聲》乃至

《外國洋人嘆十聲》等種種作品，廣義地說，它們也可以算作近世的「樂府」。

繼漢魏樂府後，南北朝也曾產生新的樂府曲目，南方有「吳聲西曲」，北方有「傖歌」。它們中有的也來歷甚早，但更多的是新創，而亦為唐代詩人所繼承。除了多襲樂府舊題外，唐人還創造了「即事名篇」的方式，如杜甫的《兵車行》《麗人行》之類，只是題目上仿照樂府詩，與音樂沒有什麼關係。中唐時期白居易等人所謂的「新樂府」，也是不曾歌唱的。真正的新樂府倒是此時產生的曲子詞，也就是我們熟知的「詞」了。

作為歌詞的「詩」，大約就到唐代為止。

## 二、字音與聲律

接下來要探討的問題是，以四言、五言、七言為體制特徵的漢語詩歌，如此講究每句的字數，有什麼道理。

與「歌」合為一體的歷史，使「詩」帶有與生俱來的禀性：音樂性。即便後來與音樂脫離，這音樂性仍被大多數詩歌理論所強調。而以語言文字來傳達的音樂性，是通過語詞的音節來表現的。所以，世界各民族的古典詩歌，對每句的音節數及其長短、輕重的配置，大抵都有講究。拿與中國古典詩歌關係頗為密切的印度梵語詩歌來說，就有一種「八音節詩」，即每句包含八個音節，以四句構成一章，形式上很像中國的絕句。著名的作品有馬鳴（Asvagosa）的 *Buddhacarita*，多含這樣的詩體。中國北涼的和尚曇無讖將它譯成漢語，名《佛所行讚》。他用五言詩去對譯，得九千三百多句，可謂洋洋大觀。如今，這部巨著現存的梵文本殘缺嚴重，而漢語譯本則非常完整，堪稱中國對世界文學的一個偉大貢獻。

由此來看，漢語詩歌對字數的講究，正好與講究音節數的性質相同，因為漢字是單音節文字，一個字一個音節，故字數等於音節數。那麼，講究字數決不意味著中國人寫詩比外國人更受限制。現在要討論的是，四言、五言、七言在音節（字）的配組上各有什麼特點。

上面已經提到，最早的漢語詩歌是四言詩，《詩經》中的作品就以四言句式為主。現在看來，這應該跟漢字在組詞造句上體現的特點相關，到今天為止，流行的大多數成語仍是四言的。據學者考察，中古時代的僧人們翻譯佛經時，譯者也很喜歡用四言句。這個現象頗能說明問題，因為從未有人規定必須用四言句去翻譯，其在譯文中的大量出現，全屬自然。就詩歌方面來說，儘管五言和七言後來已成為一般的詩體，但仍有人喜歡做幾首四言詩。而且在文章方面，中國曾長期流行一種以四字、六字句為主的駢文，又稱「四六」。無論如何，對於用漢語寫作的人來說，四言句式具有相當大的吸引力。

當然後來最常見的漢詩詩體是五言、七言。相比之下，四言在表達風格上顯得古老、莊重、樸素，但鑒於漢語常以兩個字為一個閱讀單位，故四個字的組合方式幾乎只有「二二」一種，「一三」或「三一」的方式比較少見。五言雖只多了一個字，却等於多出一個閱讀單位，其與另兩個閱讀單位的組合也頗為靈活，像「白日依山盡」讀起來是「二二一」，「烽火連三月」是

「二一二」，另有少量的「一二二」之句，如韓愈《南山》詩中「時天晦大雪」那樣。有時候，三個字也不妨構成一個閱讀單位，比如曹操《苦寒行》開篇之句「北上太行山」和第三句「羊腸阪詰屈」，因為「太行山」和「羊腸阪」是固定的地名，不能拆作兩截，這樣就又增添了「二三」或「三二」兩種組合方式。總之，五言句在結構上具有豐富的可能性，供詩人去嘗試，適於構思精巧的句子。相對來說，七言字數雖多，通常情況下倒真的是五言句再加一個單位而已，組合方式上未必有多少花樣翻新，它的好處一是流暢，宜於表現一瀉千里的氣勢，二是畢竟增加了閱讀單位，全句就能容納更多的曲折、層次，就是古人所謂的「頓挫」，大概李白和杜甫的七言詩便分別發揮了這兩種特長。

就藝術上成熟的作品產生的時間來說，四言自是最早，隨後是五言詩在六朝時期大獲發展，最後才是七言詩在唐代的成熟。這方面確實有先後。就在五言詩充分展現了其適於構思精巧句子的魅力後，南朝人沈約總結了他對詩歌史的看法：

> 夫五色相宣，八音協暢，由乎玄黃律呂，各適物宜。欲使宮羽相變，低昂互節，若前有浮聲，則後須切響。一簡之內，音韻盡殊。兩句之中，輕重悉異。妙達此旨，始可言文。…… 自《騷》人以來，多歷年代，雖文體稍精，而此秘未睹。至於高言妙句，音韻天成，皆暗與理合，匪由思至。張、蔡、曹、王，曾無先覺，潘、陸、謝、顏，去之彌遠。世之知音者，有以得之，知此

言之非謬。如曰不然，請待來哲。[1]

他的表述看上去很複雜，其實意思簡單：所謂詩歌，一要好看，二要好聽。以前的詩人做到了好看，却不懂怎麼才好聽。有的作品雖然也好聽，却是偶然天成，並非詩人自覺追求的結果。所以，此後的詩歌創作應該朝好聽的方面去努力。

必須注意的是，沈約要求的好聽，不是指詩與音樂相配的效果，而是指詩句本身在音韻上體現的音樂性。換句話説，這音樂性並不訴諸樂曲，而是訴諸字音。很顯然，產生此種理論的背景，是「詩」與「歌」已經分裂，「詩」已經不僅僅是「歌詞」，所以「詩」現在需要一種不必借助於歌唱的音樂性。從此開始，「詩」走上了講究聲律的道路，這方面的成功，使「詩」與「歌詞」判然相別。當「詩」可以以自己的方式去獲取音樂性的時候，它就不必改變自己的形態去追隨「歌詞」的流變。從漢魏六朝隋唐的樂府詩，到唐宋詞，到金元散曲，「歌詞」形態代興，但五言、七言「詩」則保持了體制上的穩定，因為它跟「歌詞」有不同的藝術追求。當然，後起的「歌詞」如「詞」，也難免逐漸脱離樂曲，而走上與「詩」相似的講究字音、聲律的道路，但即便如此，「詩」「詞」也大抵不相混合。

沈約對聲律的探求極為精深，後人評價説，南北朝的人文文化大抵不足取，但「惟此學獨有千古」，即詩歌聲律之學，它是這個時期的中國留給後世最有價值的東西。沈約的理論一般被歸結

① 沈約《宋書 · 謝靈運傳論》，中華書局 1974 年，第 1779 頁。

為四個字，曰「四聲八病」。

先說「四聲」。這是漢語的特色，自當為漢語所固有；但其被發現，則不得不有待於他種語言的對照。恰好此時「五胡亂華」，操著各種語言的人奔馳在中原大地，加上因佛教傳播而為僧人們努力研習的梵文及西域各國語言，中國人可以接觸的外語已相當豐富。反過來，當然也會有許多異族人需要學習漢語。在此情形下，「四聲」的問題肯定會被關注。不過當時的漢語發音與今天的普通話有很大差別，而接近於現在的南方方言。今天普通話的「四聲」是陰平、陽平、上聲、去聲，當時所謂「四聲」則是平聲、上聲、去聲、入聲。就聲音而論，平聲有點像現在的陰平，即按一定的音高可以持續延長的。而上聲、去聲則有或升高或降低的變化，入聲只有很短促的發音，一發就收，這三種聲調都不能按原來的音高持續延長，所以被歸納為「仄聲」，「仄」就是不「平」之意。就字數來說，大概因平聲字和仄聲字數量相當，故後來詩歌的聲律只講平仄，對上、去、入三聲的區分不太嚴格。

再說「八病」。上面的引文中有「一簡之內，音韻盡殊；兩句之中，輕重悉異」的說法，意謂詩句中的平聲字和仄聲字要交錯使用，方為動聽。如果使用不當，就會產生種種難聽的效果，「八病」就是八種難聽的效果，寫詩時要求避免。不過，據說沈約自己的詩歌也不能完全避免這八種毛病，所以現代人對這個理論頗有指責。其實，古人對待它的態度比我們要巧妙得多。沈約的說法是針對所有詩歌而言的，此後的詩人則允許一部份詩歌基本上不必顧忌「八病」，謂之「古詩」；而另外專創一種「近體」，就是五言、七言的律詩和律絕，嚴格講究聲律，講究的方式不是消極地迴避「八病」，而是更為積極地制定平仄交替和用韻的規則，供人遵守。對比沈約的理論，這是既有揚棄，又有發展，體現了較高的智慧。

近體詩聲律規則的完全形成，大概要到唐代，但形成之後，唐人並不完全遵守。其完全被遵守，則自宋人始。現在簡單介紹一下這個規則，先列出五言的四種句式如下：

仄仄平平仄，

平平仄仄平。

平平平仄仄，

仄仄仄平平。

其遵循的原理其實至為簡單，可以概括為五點：雙音節、平仄交替、對、粘、平聲韻。漢語以雙音節（即兩個字）的詞語為多，故基本上以二字為一交替單位；一句之中，則平聲單位與仄聲單位交替出現；一聯之中，上下句平仄互對；二聯之間，則首二字聲調相粘（即平仄相同）；一詩之中，由於漢詩雙句用韻，而律詩必用平聲韻，故偶句必以平收，奇句必以仄收。依此規律，只要知道一句，便可推出其上下句乃至全詩之聲調格式。稍須注意的是首句，因為經常會出現首句也押韻的情況。此時，便將第五字與第三字互換，即換「仄仄平平仄」為「仄仄仄平平」，換「平平平仄仄」為「平平仄仄平」，仍在四種句式之內。但接下來的第二句仍照舊，如首句為「仄仄仄平平」，次句還是「平平仄仄平」，而不是「平平平仄仄」，因為次句是要押韻的，且必須是平聲韻。這樣，四種句式中，任何一種都可以作為首句，然後依照上述「對」和「粘」的規律輪換下去。

七言的情況與五言一樣，只是在五言句的前面加上一個交替單位，「仄仄」之前加「平平」，「平平」之前加「仄仄」。對、粘和押韻的規則沒有任何變化。

除此以外，律詩的四聯中，中間兩聯一般要求對偶，而且關於四聯的內容常有「起承轉合」的説法，但這是文字和意義上的經營，不屬聲律範圍了。就聲律來説，五律四十個字，七律五十六個字，平仄上須如上佈置，這就好像點兵佈陣一樣，作詩的人猶如指揮官，從漢字字庫中調來適當的兵，放在適當的位置，放錯了就是失敗。所以，古人常説詩法就如兵法。

當然，要求每個字都符合規則，未免太嚴格。實際創作時，有「一三五不論，二四六分明」的説法，就是七言中的第一、第三、第五字可平可仄，不必固定，而第二、第四、第六字則須嚴格遵守，至於第七字，因處於韻腳位置，自然是必須講究的了。不過這個説法也不是太準確，因為還要避免「孤平」的情況，即一句中除韻腳外只有一個平聲字。比如「仄仄平平仄仄平」的句式中，如果第三字變成仄聲，則全句除韻腳外就只有一個平聲字了。此時，要麼遵守原來的句式，保持第三字為平聲，要麼在第三字改成仄聲的同時，將第五字改成平聲，這叫「拗救」。「拗」的意思是違反了聲律，實在無奈只好違反的情況下，要另設辦法補救一下。此種「拗救」的法子還有幾種，因過於細碎，此處暫不介紹了。關於近體詩聲律的研究，以王力先生的《漢語詩律學》①最為詳盡，可以參考。

---

① 王力《漢語詩律學》，上海教育出版社 2002 年。

上面說過，「平」是可以按一定的音高持續延長的聲音，「仄」是發聲過程中有高低變化或者不能延長的聲音。將這兩種質地不同的聲音，按以上規則交替佈置，整首詩便會呈現動聽的音樂效果。但是，我們知道漢字的發音有歷史變化，即便聲調仍存在，同一種聲調的發音方式也有今古區別，比如現代普通話的陽平字，大抵是從前的平聲字，但現代陽平一調的發音方式，便不是按一定音高平穩地延長。即便是同一個時代，各地的方言也有很大的差異。所以，實際寫作時，並不是按照詩人自己的發音，而是按照官方編定的韻書。韻書把什麼字編在什麼聲調，就是什麼聲調；韻書把哪些字編在同一個韻部，它們就是押韻的。為了追求統一，看來也只好如此，如果自己的發音與韻書不同，那也只好硬記韻書。唐代詩歌創作繁榮，韻書也就極其暢銷，因為還沒有雕版印刷，據說便有人以抄寫韻書為生。按理，隨著語音的歷史變化，應該適時編輯新的韻書，但實際上編輯工作相當滯後，而且往往以沿襲前代韻書為主。因此，從詩歌遵循聲律的情況看，宋元明清幾代的詩人一直必須按照基本上沿襲了唐代韻書的語音系統來創作。這大概使方言中保存了較多古音的南方詩人佔了很大的便宜。當然，像戲曲那樣必須追求實際演唱效果的作品，其押韻和聲調交替的情況，就遠比詩歌更符合實際的發音。

站在今天的立場，不妨說，在發音方式變化之後，上面講述的聲律規則已經達不到原先追求的音樂效果，此時遵循規則基本上是自縛手腳，沒有多少積極的意義了。但一方面，戴著腳鐐跳舞對很多詩人頗具誘惑力，另一方面，我們至少應理解唐以前人們對聲律的追求。另外，因為語音的變化也是有規律的，所以在發音方式變化之後，原先的音樂效果也未必完全蕩然無存，比如杜甫「無邊落木蕭蕭下，不盡長江滾滾來」一聯，於「平平仄仄平平仄，仄仄平平仄仄平」字字合律，今天讀來，仍不失其抑揚得宜之妙。

而更為重要的是，以這樣的方式追求音樂性，不必依賴與詩歌相配的樂曲，這一點值得反覆強調。在近體詩格律形成的唐代，詩歌也進入了科舉考試的領域，可以說，考試文體的程式化趨向，對詩歌格律也有促成和加固的作用吧。

## 三、「唐音」與「宋調」

唐代詩歌格律的成熟，使五言、七言的絕句、律詩、排律等各種詩體都流行起來，但這並不排斥不遵格律的古體詩，以及配曲的樂府詩等。因此，從詩歌史上說，唐朝乃是漢詩的所有詩體都已形成的時代。換句話說，如果撇開詞、曲及後來的白話新詩，中國的「詩」在體制上的展開，就到唐代為止，此後不再出現新的詩體。如果「詩」是一朵花，唐詩就是它完全綻放的階段；如果「詩」是一張網，唐詩就是它萬目齊張的狀態。當我們以唐詩為中國古典詩歌的高峰，甚至說「一切好詩都被唐人做完」時，並不是說後世的詩人寫不出新的內容，或者技巧上沒有進步，而是基於一個確定無疑的歷史事實：正好是由唐人窮盡了詩體展開的一切可能性。文學上的創新成果，總是依托於寫作的體制，也呈現於體制的改進和豐富，但某一種文體，如中國的「詩」，其包含的具體體制又總有一個限度，不能無限分化，故一般情況下，體制上充分展開的時代，可以看作一種文體的創作高峰期，唐之「詩」、宋之「詞」、元之「曲」，都是這個道理，「一代有一代之文學」的說法，也由此而來。

當然，詩在唐代能獲得體制上的充分展開，離不開唐人作詩的熱情。科舉考試對詩的採用，是喚起和維護這種熱情的重要因素，除了給詩人提供改變命運的有限機會外，其更為巨大的作用是造成了一種社會風氣：以即席賦詩或者題壁、投贈等方式向別人展示自己的詩作，成為唐人呈現自我的主要手段。相對來說，家學深厚的貴族子弟，尚有經學、史學等學問可以自傲，而出身較為貧寒，讀書不易，又須依靠科舉等途徑獲得上升的絕大多數文人，便只能以作詩的能力來表現他的價值。因此，作為那個時代的「士」，其最為基本的身份標識就是作詩的才能，其噴薄而出的作詩熱情也就不難理解。

一個龐大的社會階層，或曰群體，以詩為自我呈現的主要手段，使唐詩的意義遠遠超出文學史的範疇，從而須在整部文明史的視野中加以考察。由唐入宋，隨著貴族的消亡，圍繞著科舉的這個階層或群體，即將成為中國社會中兼具政治領導與文化精英身份的特殊共同體，而作詩能力是進入這一共同體的必要前提。於是，除了自我呈現以外，詩的另一種功能顯得越來越重要，即上述共同體又以詩為最常用的交際工具。當然，不妨說任何時代的任何文體都具有自我呈現與社會交際的雙重功能，但一時一體，其功能的側重點有所差異，必將導致寫作內容與表達風格的明顯改變。唐詩和宋詩，經常被認為前者重「情」，後者主「理」，若從其功能的側重點來講，也是合適的。

把唐宋兩代詩歌對舉為「唐音」與「宋調」，構成了中國詩歌批評最核心的一個傳統。這個傳統，可以南宋嚴羽的《滄浪詩話》為明確的起點。嚴羽的本意是指責宋詩「以文字為詩」「以才學為詩」「以議論為詩」，大抵被交際功能所牽引，而違反了「吟詠情性」即自我呈現的本旨。他的創作主張是要重新以唐詩為師。這一主張在明代獲得了比較普遍的響應，但大約到明清之際，就有人反過來主張學習宋詩。自此，或尊唐，或學宋，分為兩派，互相爭論，成為詩學上最大的一個問題。錢鍾書先生撰《談藝錄》，也首先面對這個問題，此書第一條的標目，就是「詩分唐宋」，其略云：

> 詩分唐宋，唐詩復分初盛中晚，乃談藝者之常言。而力持異議，頗不乏人。…… 唐詩、宋詩，亦非僅朝代之別，乃體格性分之殊。天下有兩種人，斯分兩種詩。唐詩多以豐神情韻擅長，宋詩多以筋骨思理見勝。[①]

錢先生超越了褒貶立場，從文學風格的意義上論定了唐宋詩各自的價值。雖然我們仍不免要從唐宋兩代不同的歷史情況去解釋兩種風格各自形成的原因，但就詩歌鑒賞而言，理應認同這種態度。

確實，把題材、主題或體制上具有某種共同性的唐、宋詩找出來對比閱讀，是一件饒有趣味的事。下面我們舉兩組例子。

---

① 錢鍾書《談藝錄》，生活 · 讀書 · 新知三聯書店 2007 年，第 2-3 頁。

唐代的王維被稱為「詩佛」，因為他的詩能夠在山水田園的描寫中寓含禪意。這方面最受推崇的是他的一些五言絕句，如：

空山不見人，但聞人語響。返景入深林，復照青苔上。①

獨坐幽篁裏，彈琴復長嘯。深林人不知，明月來相照。②

木末芙蓉花，山中發紅萼。澗戶寂無人，紛紛開且落。③

人閒桂花落，夜靜春山空。月出驚山鳥，時鳴春澗中。④

從字面上看，這些詩只是呈現了明淨的畫面和寧謐的意境，並沒有提到「禪」，但這正是王維的高明之處。

什麼是禪意？從本質上說，禪意是一種時間意識。佛教的道理千條萬條，歸根到底只有一條：「世上無一人不死，無一物不滅，所以一切都是空的。」在這個基礎上建立了「諸行無常」「諸法無我」「涅槃寂靜」諸說，即所謂「三法印」。當然這並不是要人們去執著於「空」，而是在認識到萬物本質為「空」的同時，也應該承認其虛幻「假有」之存在。這就是禪宗所謂「萬古長空，一朝風月」，實際上就是以存在時間的有限性來否定對存在物的過分迷戀。

由此，我們不妨考察上引王維詩中蘊涵的時間意識。山水田園，作為觀賞的對象，在觀賞者的直覺中首先具有空間形式，其

---

① 王維《鹿柴》，《王維集校注》，中華書局 1997 年，第 417 頁。

② 王維《竹里館》，同上，第 424 頁。

③ 王維《辛夷塢》，同上，第 425 頁。

④ 王維《鳥鳴澗》，同上，第 637 頁。

在時間上也必有一個有限的存在過程，但這個時間性並不直接呈現於觀賞者的意識，所以中國早期的山水詩也就停留於對其空間形式的刻畫描寫。而且，在山水詩中直接以自然物存在的時間有限性來提示一種「正確」的觀賞態度，也並不合適，如果描寫了一番空間景致後，說這些景致也不能長在，所以毫無意義，那麼可想而知此詩也就毫無趣味。實際上王維有一部份作品就是這樣寫的，但那明顯不能算成功，也很少進入鑒賞者的視野。在上引的傳世名作中，時間性的傳達就非常巧妙。「返景入深林，復照青苔上」，是把空間畫面轉寫成仿佛延續的動作；「深林人不知，明月來相照」，「月出驚山鳥，時鳴春澗中」，是在畫面中點綴了某個動作；而「澗戶寂無人，紛紛開且落」，則更是用畫面涵括了某種過程。他以這樣高度凝練的技巧將時間因素折疊到空間畫面裏，使畫面本身包含了指向時間意識的啟發性。王維詩中膾炙人口的一些名句，也有這個特點，如「隔牖風驚竹，開門雪滿山」[①]「渡頭餘落日，墟里上孤煙」[②]等，最典型的例句是「行到水窮處，坐看雲起時」[③]，一個延續的動作被「時」字定格，使之轉為畫面，而這個畫面其實空無所有，它只是「時間」的一個橫斷面。

蘇軾對王維詩曾有一個著名的評價，曰「詩中有畫」。王維確實具有呈現畫面的傑出能力，這除了高度的文字技巧外，還因為他似乎特別地耳聰目明，聽得見空山人語、深澗鳥鳴，看得到夕

① 王維《冬晚對雪憶胡居士家》，《王維集校注》，中華書局 1997 年，第 525 頁。

② 王維《輞川閒居贈裴秀才迪》，同上，第 429 頁。

③ 王維《終南別業》，同上，第 191 頁。

陽的光綫透過深林，再反射到青苔上。視聽感知上的細微入神，源自他無比寧靜的心靈。像王維那樣寧靜的人，在人類中可能非常少見，這估計也跟他習禪有關。他通過遠勝於常人的視覺、聽覺捕捉到一些元素，把它們構建成畫面，但並不是機械地拼合起來，而是在其中蘊涵了時間意識。這時間意識是禪意，也是詩意。

在北宋詩人的涉禪作品中，也有黃庭堅的一首名作《題山谷石牛洞》：

司命無心播物，祖師有記傳衣。
白雲橫而不渡，高鳥倦而猶飛。[①]

此詩採用比較特殊的六言形式，是它引人注目的原因之一。對於習慣了五言、七言的詩人來説，六言詩是一種新的嘗試，但只是偶然為之，因為六個字的組合方式，通常情況下是極其單調的，兩個字一讀，絕大多數句子就呈現為「二二二」的結構，跟四言的情形相似，句式不易變化，所以無法與五言、七言並盛。黃庭堅顯然也知道句式單調是六言詩的致命弱點，但他有意要去挑戰，在後兩句用入虛字「而」，使它們跟前兩句相比略有變化。這種做法，在嚴羽看來就是「以文字為詩」了，但語句上夭矯生新，筋骨外露，不像王維那樣明淨無痕，正是黃庭堅詩的特點。

表面上看，「白雲橫而不渡，高鳥倦而猶飛」，似乎跟王維詩

---

① 黃庭堅《題山谷石牛洞》，《山谷詩集注》，上海古籍出版社 2003 年，第 16 頁。

一樣，也在描摹畫面，但出現在這裏的，絕不是黃庭堅視覺、聽覺所捕捉到的元素，鳥在高處飛翔，如何能看出它「倦」了？「倦而猶飛」只是作者托物言志，表示我雖已厭倦世俗，但沒有辦法停止為生活而奔波。那麼，前一句説白雲停在那裏不動了，肯定也不是實際見到的景象，只是後一句的反襯，而與勞生奔波相反襯的，正是主題——禪！由禪而可以獲得的止息、寧靜。黃庭堅的老師蘇軾曾有兩句詩，拿自己和寺中僧人對比：「身行萬里半天下，僧臥一庵初白頭。」[①] 其構思和含義跟「白雲」一聯全同。對句的形式使這種通過對比而被強調的反差更為凸顯，而在上引王維詩的對句中，我們沒有發現這一功能。王維使用對句，聯合打造或反覆熏染同一意境，渾然一體，而蘇黃的對句却把世界撕裂為兩半。

再回頭看黃庭堅詩的前二句，它們也是對句，而且其使用效果同樣是撕裂：無心的自然和有意借一種標誌物（法衣）來代代相傳的禪法。我們很難確定作者這樣寫的目的，是要表示肯定還是質疑，反正他通過對比揭示了禪法違背自然的一面，從而在作品的一開頭就構建了自然與人文現象之間的對抗局面，雖然沒有繼續生發議論，但也差不多揭開了「以議論為詩」的序幕。無論如何，黃庭堅在這個問題上想要傳達的意思比王維複雜得多，王維的禪是一種享受，而黃庭堅的禪是個話題，王維的禪在他描寫的風景裏找到了家，而黃庭堅的禪只是他作為一個具有高度文化

① 蘇軾《龜山》，《蘇軾詩集》卷六，中華書局 1982 年，第 291-292 頁。黃庭堅對蘇軾這一聯詩很感興趣，曾跟張耒討論，見張耒《明道雜志》。

修養的知識分子所掌握的「才學」之一。若放在嚴羽的眼裏，這也是「以才學為詩」。

上面對比了一組短詩，接下來我們取一組長詩來對比。李白有一首樂府《梁甫吟》：

長嘯《梁甫吟》，何時見陽春。君不見朝歌屠叟辭棘津，八十西來釣渭濱。寧羞白髮照清水，逢時壯氣思經綸。廣張三千六百鈎，風期暗與文王親。大賢虎變愚不測，當年頗似尋常人。君不見高陽酒徒起草中，長揖山東隆準公。入門不拜騁雄辯，兩女輟洗來趨風。東下齊城七十二，指揮楚漢如旋蓬。狂客落魄尚如此，何況壯士當群雄。我欲攀龍見明主，雷公砰訇震天鼓。帝旁投壺多玉女，三時大笑開電光，倏爍晦冥起風雨。閶闔九門不可通，以額扣關閽者怒。白日不照吾精誠，杞國無事憂天傾。猰貐磨牙競人肉，騶虞不折生草莖。手接飛猱搏雕虎，側足焦原未言苦。智者可卷愚者豪，世人見我輕鴻毛。力排南山三壯士，齊相殺之費二桃。吳、楚弄兵無劇孟，亞夫咍爾為徒勞。《梁甫吟》，聲正悲。張公兩龍劍，神物合有時。風雲感會起屠釣，大人峴屼當安之。[1]

《梁甫吟》的題目讓人聯想到諸葛亮，此詩開頭兩段「君不見」講西周太公和西漢酈生的故事，他們也與諸葛亮同類，是遭逢明主、「風雲際會」的典範。本來，這都用以反襯詩人自己的

---

① 《李太白全集》，中華書局 1977 年，第 169-174 頁。

「懷才不遇」，但李白對渭濱釣叟和高陽酒徒的描寫，却把兩段歷史濃縮為以「快鏡頭」播放的戲劇性片斷，仿佛主人公創造歷史，真是如此輕而易舉。然後，當他敘完了用來襯托的歷史故事，似乎必須回到「懷才不遇」的現實時，我們却看到一個極似《離騷》的奇幻世界突然被展開。「筆落驚風雨，詩成泣鬼神」的李白，依靠其想像虛構方面的驚人能力，在《離騷》的千年之後，真正續寫了這個世界的瑰麗怪奇，而用以代替原本應該痛苦不平的訴說。按清人王琦的解說，「白日」以下的詩句抒寫了對世道不平、人才不受重視的憂慮，而最後仍對「風雲感會」保持希望。不過，從「世人見我輕鴻毛」一句可以看出，與其說李白期待明主，還不如說他更期待世間的知音，或者說明主不過是知音的一種。

在李白的時代，已經有科舉制度為擅長寫詩的人提供了改變人生的機會，但科舉錄取人數之少，使它還不能像宋元以降那樣，成為士人謀生的穩定出路，更何況李白未必看得上科舉之士。一個社會不能建立起為大部份士人提供穩定出路的機制，則士人的命運窮達，就具有傳奇性。毋寧說，對唐人而言，連考上科舉本身也是一個傳奇。尤其是在貴族制解體、科舉制尚未完善的過渡時期，似乎整個社會都充滿了傳奇性。「盛唐」是這種傳奇性達到登峰造極的時代，而「盛唐」詩人李白正是其標誌之一。他的生和死都是故事，長庚入夢而生，在長江裏捉月而死，其實來去不明。他在長安的出現也是一個傳奇，賀知章一見面就喚他為「謫仙人」，一下子名聲暴起。所以，除了確屬難得的個人才華，李白的成名實際上得益於時代的氛圍，就是以詩歌呈現自我的做法已經被廣泛接受。出色的詩作能夠令一個來歷不明的人物轟動長安、震驚宮廷、風靡天下，這在以前根本無法想像。我們很難相信李白真像他自我期許的那樣具備渭濱釣叟、高陽酒徒，或者諸葛亮的政治才能，但只要詩寫得好，就可以如此自許而並不太令時人驚異，這才是李白與他的時代顯得水乳交融之處。如果他真的走上了他所懷想的那種遭遇明主知音，「風雲感會起屠釣」的前途，那就是傳奇性的完美實現了。自然，由於詩歌真的不具備定邦安國的功能（雖然科舉制度似乎希望通過詩歌考試來錄取定邦安國的人才），所以詩人終究不能達到他的自我期待，就此而言，李白的一生始終是「懷才不遇」，充滿痛苦不平的一個悲劇。

長嘯《梁甫吟》，而永遠期待不到他的「陽春」，此詩歌詠的，實際上正是李白的生存困境，但他却給這樣的生存困境填充了噴薄而出的激情狂濤、不假思索的誇張、驚天地泣鬼神的夢幻展現、想像虛構的自由馳騁：所有具備詩的特質的東西聚萃於此，讓我們看到一個為詩而生、為詩而死的詩人。

在所有詩體中，像《梁甫吟》這樣的七言長篇，可以說是天才的禁臠，唐代最善此體的自是李白，而宋代則莫過於蘇軾。《百步洪》就是蘇軾最享盛譽的傑作之一：

長洪斗落生跳波，輕舟南下如投梭。水師絕叫鳧雁起，亂石一綫爭磋磨。有如兔走鷹隼落，駿馬下注千丈坡。斷弦離柱箭脫手，飛電過隙珠翻荷。四山眩轉風掠耳，但見流沫生千渦。嶮中得樂雖一快，何意水伯誇秋河。我生乘化日夜逝，坐覺一念逾新羅。紛紛爭奪醉夢裏，豈信荊棘埋銅駝。覺來俯仰失千劫，回視此水殊委蛇。君看岸邊蒼石上，古來篙眼如蜂窠。但應此心無所住，造物雖駛如吾何。回船上馬各歸去，多言譊譊師所呵。[1]

蘇軾在徐州擔任地方官的時候，禪師參寥子來訪，他們一起到附近的百步洪遊玩，然後蘇軾作此詩贈參寥子，就是詩末提到的那位「師」。詩的前半部份寫景，描寫迅急的水流中冒險直下的行舟，「有如」以下四句連用七個比喻，若加上第二句的「投梭」則有八個比喻，此之謂「博喻」，或稱之為「車輪戰法」。這樣寫的目的，當然是為了形容出對象的特點，但其實，詩語本身的雄奇生新，已經成為更令人注目之處。這也與宋人對詩的理解有關，準確地捕捉對象應該不是詩語的唯一目的。「四山眩轉風掠耳」，是蘇軾詩中比較常見的「視點轉移法」：以動者為參照，則靜者皆動。此法可能也出於蘇軾的首創，但在此詩並不擔任主要角色，後面的更大部份篇幅轉入了議論。

迅急的水勢令蘇軾思考世間事物「變化」的本質，變化無所不在、無時不在，而且迅急無比，佛教所謂一彈指間，包含三千大千世界的成壞，這是無法形容的速度。心念的飛越、歷史的巨變，與此相比，百步洪的迅急水勢也顯得安閒從容得多了。宋代禪僧經常告誡人們：生命短暫，時光稍縱即逝，為什麼不抓緊時間去作終極關懷，以解決「生死」的根本難題，而將寶貴的光陰花費於世間變幻無常的虛假事物呢？對沉迷的人來說，這是當頭棒喝吧，蘇軾也說，心靈不執著於外界的事物，才是對付變化的唯

---

① 《百步洪》（其一），《蘇軾詩集》卷十七，中華書局 1982 年，第 891-892 頁。

一辦法。思如潮水，洶涌一陣後歸於寧靜，最後是一個幽默的尾聲：道理只要點明，不要多說，再多說恐怕就要挨禪師的呵斥了。

李白與蘇軾，雖然都以罕見的天才駕馭著七言長篇，但兩首詩對比之下，確實風格迥異。如果說李白多的是噴薄而出的激情狂濤，蘇軾的這首則充滿理性的思辨；李白是不假思索的誇張，蘇軾則仔細地安排句法來多方比喻；李白是驚天地泣鬼神的夢幻展現，是想像虛構的自由馳騁，蘇軾則隨物賦形，用鞭辟入裏的智慧隨處點化，曲曲折折地推向深處。李白具備所有被我們認作詩的特質的東西，蘇軾則力破餘地，把所有不具備詩的特質的東西變成了詩。李白為詩而生，為詩而死，而對於蘇軾來說，詩還只是他所掌握的「才學」之一。

## 四、詩人的歷史境遇和自我體認——以杜甫為例

上面提到，詩是傳統中國最重要也最普及的表達樣式，寫詩是知識人的標誌性特徵。其實我們還熟知，寫詩為中國作者帶來的不光是個人聲譽，還有科舉功名、進入社會上層的機會，甚至實際的經濟利益，許多窮困的男性還因此獲得文化教養良好的小姐垂青，從而獲得美好的婚姻。當然，以上這些都是李唐一朝三百年歷程留給中國社會的遺風，此前的詩人則並未如此幸運。

在「詩」之前，更早地與作者命運相關的文體是「賦」，漢代以來就有不少人因善於作賦而致身通顯，而作詩並無此種功效。所以，一般人寫詩沒什麼用處，六朝時期的詩歌創作主要依靠貴

族文人，他們把寫作的重心慢慢從賦轉到了詩。但貴族的文學是以相當封閉的交際圈為其產生場合的，漢語裏面似乎沒有合適的詞來稱呼這種交際圈，用歐洲的說法，則叫「沙龍」(salon)。數量有限的幾家貴族把持了朝政，也把持了詩歌的沙龍，其中最高級的沙龍便是宮廷。南朝的梁武帝有幾個頗具才華的兒子，他們把一批貴族詩人拉攏在周圍，使宮廷文學達到了可以領袖潮流的水準。此種宮廷寫詩的傳統不但延續到陳朝，也為北齊、北周所效仿，隋唐的統一則使南、北宮廷合流，唐初的宮廷詩人包括唐太宗本人在內，寫詩都帶齊梁的餘風，而且從唐太宗到武則天，以及唐中宗，都喜歡主持宮廷詩會，要求在短時間內作成精緻新巧的詩句。

並不是所有貴族詩人都有機會參與宮廷唱和，尤其是在連續的政權更迭中曾經「站錯隊」的，更不會受到新朝君臣的邀請，但他們自己有足夠的經濟能力，可保生活無虞，寫作不輟。從現存資料來看，龍門王氏家族在隋唐之交擁有思想家王通、小說家王度、詩人王績等著名文士，而且王績的詩文集《王無功文集》現在被看作初唐文學的代表作之一。固然，王績的故國之思、獨立情操和深沉感慨，使其作品的價值遠遠超過同時代的宮廷詩，但我們難以估計像王績這樣的詩人當時是否更廣泛地存在。稍後，從這個王氏家族還將走出「初唐四傑」中的王勃，他從幼年起便聲名遠揚，並且來到了長安，但他與宮廷的詩會也交臂錯過，二十九歲便死在帝國的遙遠南疆。「四傑」中其他的幾位（盧照鄰、駱賓王、楊炯）也和王勃一樣有「神童」之名，急於表現自我使他們遭受到「輕薄為文」的指責，但以詩歌呈現自我的風氣由此開始，這非常重要，而且也合乎時宜。

隋唐大帝國畢竟不同於之前的南北小朝廷，龐大的帝國僅僅依靠數量有限的幾家貴族是無法運轉的，它需要各方面的人才為之服務，而人才的選拔則需要一個公共的平臺，這便造就了中國史上舉足輕重的「進士」科考試制度。按當時的習慣，詩在考試項目中佔據了相當重要的地位，這等於為全國詩人設置了一個大家都看得見的舞臺，可以公開競技。所以，詩歌走出宮廷或貴族沙龍的狹小唱和圈，成為士人在公共舞臺上呈現自我的基本手段，是不可阻擋的趨勢。對此趨勢推波助瀾的，是武則天的政治。當擅長經學的貴族子弟或唐室舊臣反對她「牝雞司晨」時，她決定大規模提拔「寒士」來充實支持者的隊伍，而這樣的「寒士」多是從科舉出身，擅長詩歌，因為太渴望得到提拔，所以能對皇帝的性別問題持寬容態度。

善於作詩的寒士，通過科舉而走上了仕途，又因為非常特殊的政局而被迅速提拔，穿插在一向被貴族門閥所盤踞的朝廷裏，固然極有可能成為依附於權力者的弄臣，乃至於弄臣的依附者，但作為公共平臺的科舉制度並不只能培養弄臣。偉大的儒家傳統要求「士不可以不弘毅」，無論對門閥之士還是科舉之士，「任重道遠」的教誨是同樣適用的。古代典籍當然為前者提供了許多為了不辱沒光榮的祖先而積極努力的教訓，却也沒有為後者提供因為先祖不顯便可放鬆道德修養的理由。相反，科舉既令越來越多的人成為「士」，同時與此出身方式相應的道德觀念就會迅即形成：帝國所設置的這個公共平臺並不比光榮的祖先更缺乏莊嚴性，由此進身不但並非羞於啟齒，而且將不再像貴族那樣考慮「門戶私計」，而直接對這個公共平臺所賴以存在的最高共同體——國家負責，成為「國士」。這樣的道德自覺將使中國產生一種面貌嶄新的士大夫，其「感激論天下事，奮不顧身」的風采，到下一個朝代即北宋時就有了臻於完美的展現。

另一方面，傳統的中國文士，包括很多著名的詩人在內，經常在人品方面遭受質疑，他們被承認為富有才華，但同時會被批評為作風輕浮。所謂「文人無行」「輕薄才子」，乃至「一為文人，便無足觀」等，彷彿寫作才能與人品成反比，寫得一手好詩的，多半不會是品行端莊的人。對比當下，因為今人對情感豐富、易於越軌的文學藝術家也多有相似的成見，所以也把古人的此類觀念視為當然。但若考察這種觀念本身的源流，却可以發現：在秦漢乃至六朝時期，擅長文學的人並不會遭受類似的指責，除非他們確實品行不良；詩才、文才傑出的人，無論真實情況如何，幾乎必然地被斥以「輕薄」，乃是唐代開始形成的一種習慣。在那個時代，除了王勃、李白等少年聲名暴起，或個性過於張揚者外，連杜甫、韓愈那樣詩風忠厚沉鬱或思想上主張道統的人，也逃不脫「輕薄」「險躁」之類的批評。《舊唐書．杜甫傳》說杜甫「性褊躁，無器度」，對偉大詩人的這種看起來不可思議的評價，遠遠超越了現代人對文學藝術家的一般成見，這在唐代却並非孤立的現象。可以說，絕大部份唐代詩人都面臨了被如此指責的危險。

其實這還是跟科舉制度相關。「詩賦取士」確實培養了貴族以外的新生政治勢力，對貴族政治向科舉官僚政治的轉變起到了重大的推動作用，但由此也帶來一個後果，就是進士出身往往與「暴發戶」的形象聯繫起來。與教養良好的世家子弟相比，門第不顯的科舉之士總是不夠優雅端莊，往往為突然降臨的幸運而得意忘形，舉止輕狂。即便個性不甚輕狂，也因為只擅長詩賦，缺乏深厚的經學素養和有關政治的必要知識，不了解上流社會的禮儀，而顯得言行不甚「得體」。所以，隨著科舉的重要性日益顯著，進士群體的日益龐大，對於這一群體的概括性批評——「輕薄」，也差不多就成了唐人的一種口頭禪。所謂「文人輕薄」，實在來源於唐代「進士輕薄」的觀念。這與被批評者的個人品德未必有多大的關係，極端地說，除了原本處於上層的貴族外，其他來自較低的階層而希望擠入上層的人，都被認為是「輕薄」的。對於已經考取功名的科舉官僚，或者像李白那樣被人驚為「謫仙」的名士，這種明顯帶有偏見的批評，未必能構成多大的殺傷力，毋寧說，不少人還享受著與此相關的傳奇性和浪漫人生。被此種社會觀念傷害最深的，是那種正在狹窄的科舉之道上辛苦奔走的詩人。這樣的詩人裏，就包括杜甫。

《舊唐書》對於杜甫「性褊躁，無器度」的批評，顯然不會沒有來歷，因為在唐代，所有與他同類的圍繞在科舉周邊的人都將面臨這樣的批評，這是由他們的歷史境遇所決定的。但這個歷史境遇的另一方面，是「門戶私計」正在轉向國家意識，杜甫以自己痛苦潦倒的一生，在詩歌中實現了這個轉向。

### 1. 飛揚跋扈為誰雄

杜甫比王維和李白小十一歲，雖然自稱是西晉大司馬杜預的後裔，但這個「門第」並未令他獲得出仕資格，可見時人並不承認他是貴族出身。他的青年歲月當然是在所謂「盛唐」度過的，但對他來説，「開天盛世」是旅食京華、浪遊各地，到處遭遇殘杯冷炙的悲辛歲月。而且，再怎麼努力寫詩、投贈，他也沒有像王維、李白那樣受人欣賞，既不能如王維般少年登科，也不能如李白般詩名遠播。此時的杜甫，與一個世紀後的賈島，其實並沒有多大的區別。在此期間，他還擁有過一段追隨李白的短暫時光，共同的「清狂」經歷給他留下深刻的記憶，但他並未因此而分享到李白的傳奇性。所以，只好回頭去走科舉求官之途。

然而，杜甫很善於自我體認，自我反省。他不像李白那樣陶醉於自身的傳奇性，相反，在追隨李白不久以後，他馬上對後者的生存方式提出了疑問：

> 秋來相顧尚飄蓬，未就丹砂愧葛洪。
> 痛飲狂歌空度日，飛揚跋扈為誰雄？①

我們很難分辨這是犀利的批評還是同病相憐式的訴説，很可能兩種意思都有，甚至連作者本人也處於自相矛盾之中，而與此相似的複雜性一直充滿在杜甫的文本裏。無論如何，杜甫確實意識到李白的生存方式只能帶來一無所獲的結果，既不能成仙，又不能入仕。「謫仙」是個空名，飲酒狂歌不能使人接近什麼目標，滿腹自信來得毫無依據。

深刻的反省能力使杜甫企圖擺脱以李白為標誌的這種「盛唐」詩人的生存形態。然而另一方面，他的科舉之路也始終沒有走

---

① 杜甫《贈李白》，仇兆鰲《杜詩詳注》卷一，中華書局 1979 年，第 42 頁。

通，直到「安史之亂」發生的前夕，他才因為獻賦朝廷而得到一個小官。

### 2. 宮殿風微燕雀高

在一般評論者眼裏，杜甫作賦的水準與他的詩相去甚遠，但他獲得官職竟依靠獻賦。當然那樣的小官，在李唐朝廷中並不受人注目。可是不久以後，在令整個朝廷都驚慌失措的「安史之亂」中，這默默無聞的小官卻做到了包括王維在內的許多大官、名士都做不到的事：他冒著危險從叛軍佔據的京城逃出，千辛萬苦地奔向流亡在外的唐朝政權。雖然這一行為並未引起多少人對他刮目相看，但還是有一點效果：本來只能與李白同命運的他，在亂後卻獲得了與王維同朝唱和的機會。

乾元元年（758），轉危為安的唐朝漸漸恢復制度禮儀，中書舍人賈至在一次早朝後寫了《早朝大明宮呈兩省僚友》七言律詩，形容朝廷氣象。可能當時在朝的許多官員都有「重建秩序」的同感，所以對此詩紛紛唱和，現在我們可以讀到的有太子中允王維、右補闕岑參、左拾遺杜甫的和作。這四首同題的七律，出自一時名家之手，後世許多詩評家喜歡給他們排比名次。總體而言，岑參一詩較受好評，但最受推崇的一聯卻是王維的「九天閶闔開宮殿，萬國衣冠拜冕旒」[①]，顯出高貴、尊嚴、威武、博大的氣象。令人稍感意外的是，「詩聖」的這一首被認為只能在第三或第四名之間徘徊：

---

① 王維《和賈至舍人早朝大明宮之作》，《王維集校注》，中華書局 1997 年，第 488 頁。

五夜漏聲催曉箭，九重春色醉仙桃。旌旗日暖龍蛇動，宮殿風微燕雀高。朝罷香煙携滿袖，詩成珠玉在揮毫。欲知世掌絲綸美，池上於今有鳳毛。[①]

按律詩的一般情形，第二聯（即「頷聯」）對句是全篇中最緊要的，王維的上述名句正是頷聯。我們不難發現，杜甫也明白這一聯的重要性，而描寫日光下的「旌旗」、微風中的「宮殿」，其功能實與王維那一聯相似，無非要呈現一種偉觀。可是，正如一些批評者指出的那樣，這個場合出現的動物是應該有所選擇的，龍可以，蛇就不配，鳥類則最好是鳳凰、鷗鷺，燕還勉強，雀就太過低級，顯得寒磣、不得體了。雖然這不至於像當年李白把楊貴妃不適當地比擬為趙飛燕那樣引來不佳的後果，但看來杜甫在此類題材上也同樣不甚擅長。

儘管同朝唱和，杜甫與王維仍然處在不同的世界。「萬國衣冠拜冕旒」當然是難得的佳句，但若聯繫時勢來看，這只能表明王維依舊生活在他的「盛唐」時代。事實上，這個重建的朝廷難道不正是龍蛇並居、燕雀同飛嗎？我們不知道杜甫是否有意這樣去寫，但他的不夠「得體」的詩句，却與王維所看不見的現實具有更為密切的對應性。王維的世界正在成為過去，重建的秩序裏含有許多原本不該在此出現的東西，仿佛宮廷描寫中不該出現的蛇和雀。不妨說，杜甫本人便是這樣的雀。田野裏的小鳥為自己爭

---

① 杜甫《奉和賈至舍人早朝大明宮》，仇兆鰲《杜詩詳注》卷五，中華書局 1979 年，第 427-428 頁。

取到了一個機會，飛到宮殿的上空。

然而，這個機會對杜甫而言，既可以說來得太晚，也可以說來得太早。如果他在「盛唐」時代像王維那樣早入仕途，也許他可以走上一條與王維同化之路；如果時代再晚一些，他也許可以有白居易、韓愈那樣介入政治的表現。而在乾元年間的朝廷，他確實是誤入宮廷的雀。好不容易謀得一份公職的杜甫，馬上就將發現自己畢竟與王維不是一類人，曾經他所夢寐以求的能夠為帝國服務的正當職位，還不如投靠故友、寄人籬下更足以養家糊口。我們無法想像被迫放棄公職的杜甫經歷了怎樣痛苦的心路歷程。

### 3. 江湖滿地一漁翁

無論如何，杜甫確實放棄了公職，並且長途跋涉，來到西川地方長官嚴武的幕下，在此擁有了一段相對安定的生活。於是，浣花溪邊簡陋的「杜甫草堂」，使成都擁有了一個堪與莊嚴高貴的武侯祠並存千古的文化遺跡。李白出蜀和杜甫入蜀，中間隔了一場「安史之亂」，真是饒有趣味的對照：去者是被夢想牽引而去，來者則被現實所迫而來。就詩歌史而言，杜甫入蜀以後的作品是藝術成熟的典範，「詩聖」的地位主要在此奠定。在評論方面確立這一點的，是北宋的王安石、蘇軾等士大夫詩人，他們對杜甫處「嘆老嗟卑」的生活之中而「一飯不忘君」，表示了真誠的景仰。不過杜甫的身份與他們相去實在遙遠，此時的杜甫只是一個幕僚，在唐人的觀念裏，這與「隱居」差不多。

根據詩歌語言來探討杜甫的思想狀況，有較大的困難，因為他的表述不像王維、李白那樣單純，各種複雜的因素經常被並置在一首詩中，而以同樣具有「並置」特點的對句技巧來處理，使讀者難以判斷他在被並置的因素中傾向於哪一方。或許，這也是杜詩在其生前不受時人好評的原因之一。在那個時代，詩歌用來呈現才華、表達訴求，讀詩者不習慣從詩歌中獲得對某種道理的深刻剖析，也不由此去了解作者內心糾結的思想矛盾，北宋的士大夫詩人才樂於此道，而這顯然需以詩學觀念和寫作技巧上的許多改變為前提。就杜甫的情形來說，我們能夠肯定的一點是：他始終企求任職於朝廷的機會，即便入蜀入幕，大概也希望通過幕主的推薦而獲得比以前相對較好的職務。所以，杜甫並未終老於他的「草堂」，最後也死於離蜀歸朝的途中。直到此時，也並沒有多少人知道世上有他這樣一位詩人，正如其自嘆：「百年歌自苦，未見有知音。」[①]

離蜀歸朝的旅途也是非常漫長的，中間曾在夔州停留較久，杜甫在此寫作的《秋興八首》是歷代詩歌中被注釋、評論、鑒賞最多的一組七律。其第七首如下：

昆明池水漢時功，武帝旌旗在眼中。織女機絲虛夜月，石鯨鱗甲動秋風。波漂菰米沉雲黑，露冷蓮房墜粉紅。關塞極天唯鳥道，江湖滿地一漁翁。[②]

① 杜甫《南征》，仇兆鰲《杜詩詳注》卷二十三，中華書局 1979 年，第 1950 頁。

② 杜甫《秋興八首》之七，仇兆鰲《杜詩詳注》卷十七，中華書局 1979 年，第 1494 頁。

此詩在結構上可稱奇特，前六句都是對長安的描寫，杜甫選擇了昆明池及其周邊的名勝、湖面的植物為詩語刻畫的具體對象，但「武帝旌旗」則表明描寫長安只因為那是朝廷所在之地，而「在眼中」可見他望眼欲穿。最後一聯驀然回到了夔州，此處通向長安的路只有「鳥道」，幾乎讓人絕望，「江湖滿地」意味著一個失去秩序的世界，而詩人的現實身份乃是江湖上的一個「漁翁」，這是杜甫晚年的自我體認。

在詩歌傳統中，「漁翁」是與隱士相當重合的形象，如果用道家的話語，或者有關「隱」的思想資源來處理這個形象，整首詩的意思就會顯得單純許多。但杜甫却在絕大部份描寫長安以凸顯其對朝廷的忠實歸向之心後，突然在詩末展開一方被隔絕的天地，而將「漁翁」置身其中。他究竟想說什麼？

與杜甫生存的時間相隔五百年，南宋詩壇上出現了一大批「江湖詩人」，他們多數是科舉之路上的失敗者，詩歌寫作能力使他們的某些同行步入了仕途，而他們只能行走於「江湖」。與朝廷隔絕的這個「江湖」，正與杜甫筆下「漁翁」的所處之地，寓意相近。所以，這個「漁翁」與其說是隱士，還不如說就是「江湖詩人」的先驅。

籠統地說，與詩人命運攸關的科舉制度造就了兩種詩人，其成功者是士大夫詩人，失敗者則是「江湖詩人」，而杜甫既被前者所景仰，又在事實上成為後者的先驅。無論身處朝廷還是「江湖」，無論身份多麼卑微，無論思想因素多麼複雜，杜甫對人生的價值觀始終以服務國家為指歸，而且在這一點上特別地死心塌地。與之前的詩人相比，這確實是杜甫創造歷史之處，也使他無愧於「詩聖」之稱，而贏得之後的詩人幾乎一致的崇敬。杜甫的宋代崇敬者中，有另一位大詩人，把這種可貴的精神表述為一句詩，就是「位卑未敢忘憂國」[①]。

---

① 陸游《病起書懷》，《劍南詩稿校注》卷七，上海古籍出版社 2005 年，第 578 頁。

第六章

# 詞曲

詞又稱「詩餘」，前人認為它是從詩變來的；曲又稱「詞餘」，前人認為它是詞的繼續變化。其實這都是誤解，詞曲並不是在詩的基礎上將句子弄得長短不齊，而是因為要跟音樂相配，才會如此。那麼，從前的樂府詩也跟音樂相配，為什麼句式整齊，而詞曲的句式却錯落不齊呢？我們首先要解決這個問題。按歷史上出現的順序，從詞說起。

## 一、唐曲子和宋詞

詞在唐代被稱為「曲子」或「曲子詞」，就是流行音樂的歌詞。據說，白居易、元稹從政府機構下班時，就喜歡騎著馬一路唱著這樣的曲子回家。當時長安的百姓可以看到兩位高級官員在大庭廣眾對唱流行歌曲，真是別樣的風景。此時的流行音樂叫作「燕樂」，其主要的來源，是北朝以來不斷傳入中國的中亞、西域之音樂，所以曲子詞的音樂系統與早先的樂府詩已有所不同。但更為重要的是，曲子詞與音樂相配的方式，跟樂府詩的配樂方式有很大的差異。簡單地說，樂府詩是「選辭配樂」，就是詩人只管作詩，到配樂時，樂工要對這首詩做些剪裁，使它適合於音樂的旋律。而曲子詞則是「由樂定聲」，詞人主動地按照音樂的節拍來確定詞句的長短，所以作詞又叫「填詞」，一個「填」字形象地表達出「由樂定聲」的創作方式。雖然後人也經常把詞叫作「樂府」，但那僅指其與音樂相配而已，至於配合的方式，却大有不同。

士大夫填詞之風，大約自中唐始。劉禹錫就是較早填詞的人，他很明確地交代其創作方式，是「依曲拍為句」。就是說，句式由「曲拍」決定。這裏的關鍵便在「拍」之一字，理解了這個「拍」字，就能大致明瞭曲子詞的結構形態。「拍」本指拍板，是節樂的工具，但唐人什麼事都講規矩，拍板的運用也有一定的規矩，不能亂打。牛僧孺初見韓愈的時候，韓愈問他一個問題：「且以拍板作什麼？」僧孺回答說：「樂句。」從此他便深獲韓愈的欣賞①。這個故事可以說明拍板的運用規則，同時也就說明了「拍」作為音樂的一個結構層次的含義，即所謂「樂句」。那麼，詞句的長短就是由「樂句」來決定的。

這樣，我們觀察詞的結構時，就可以看到三個層次。最基礎的層次當然是一個一個的字，與音樂中具體的聲音相對應；而全詞一般分為上、下兩闋（少數有三闋），所以闋是最高層次，它對應的是一支曲子，古人稱為「片」「遍」或「變」之類；最關鍵的

---

①《唐摭言校注》卷六，上海社會科學出版社 2003 年，第 118-119 頁。

是中間層次，就是「拍」，一段曲子由幾個樂句構成，一闋詞就由幾個「拍」構成。現在，詞的音樂都已失傳，我們只能從文字上尋找「拍」的痕跡。通常情況下，詞中押韻的地方，即是「拍」的標誌，用一個韻就是一拍。唐人愛講規矩，一段曲子的拍數也基本穩定。原則上，曲子詞一闋由二拍或四拍構成，一般雙闋之詞，便是四拍或八拍，從文字上看，則是押四個或八個韻腳。按唐宋人的稱呼，四拍的叫作「令」，八拍的稱為「慢」。自然，「令」短而「慢」長，所以後來又叫作「小令」「長調」。有關曲子詞體制方面的以上這些情況，詳細內容可參考吳熊和先生的名著《唐宋詞通論》[1]。

二十世紀初從敦煌石室出土了一大批唐代遺書，其中就包括一個曲子詞的集子，叫作《雲謠集雜曲子》。這個詞集早於五代時期編纂的《花間集》，是我國現存最早的詞總集，大抵反映出詞的原生狀態。《花間集》專門收集男女綺情之作，使人們誤以為這是詞的「本色」，但觀《雲謠集雜曲子》就知其不然，無論是題材抑或風格，本來都是相當多樣化的。從曲調上看，它和《花間集》所收的，大抵都是四拍的「令」。一般認為，「慢」在填詞中的大量出現，應歸功於北宋時代精通音樂的柳永。北宋最優秀的詞人蘇軾，據傳不甚精於音律，但從現在保存下來的宋詞看，有不少「慢」調是他首先運用的，如《沁園春》《永遇樂》《賀新郎》《念奴嬌》《水調歌頭》等。而且蘇軾是當代流行文化的引領人，他愛穿戴的帽子、衣服的樣式都會風行甚久，以上這些「慢」調經

① 吳熊和《唐宋詞通論》，浙江古籍出版社 1985 年。

他運用後，也便廣為流行。其中《念奴嬌》一曲，因為他所填的「大江東去」那首特別有名，後人索性將這個詞牌另名為《大江東去》。我們以此詞為例來觀察一下「拍」的情況：

> 大江東去，浪淘盡、千古風流人物。故壘西邊，人道是、三國周郎赤壁。亂石崩雲，驚濤裂岸，卷起千堆雪。江山如畫，一時多少豪傑。　遙想公瑾當年，小喬初嫁了，雄姿英發。羽扇綸巾，談笑間、檣櫓灰飛煙滅。故國神遊，多情應笑我，早生華髮。人間如夢，一尊還酹江月。①

上下闋各用了四個韻腳：「物」「壁」「雪」「傑」和「發」「滅」「髮」「月」。這就是「慢詞」八拍（即八個樂句）的通常情況。看來《念奴嬌》的每一拍，長短大致均勻，另外有些詞牌是不太均勻的，但一闋四拍、雙闋八拍的結構，却是基本穩定的。違反者大致有特殊之說明，如《十拍子》一曲，曲名就表示它有十拍，與一般八拍之詞不同。有些詞調在八拍之外，還包含一兩個短拍，稱為「豔拍」，「豔」就是多出來的意思。這也表明八拍乃是通常情況。所以，為古人的詞作加上現代標點符號的時候，我們最好不要拘泥於字面含義，而是根據韻腳來尋繹拍數，以句號表示拍。也就是說，一首詞基本上是標四個或八個句號。這樣可以反映出詞「依曲拍為句」的結構形態。

以上談了「拍」的問題，由「拍」而構成闋，就是一支曲子，

① 蘇軾《念奴嬌．赤壁懷古》，《東坡樂府箋》，上海古籍出版社 2009 年，第 183 頁。

一首詞大抵是將曲子奏兩遍，有時候上下闋的開頭處稍有變化，叫作「換頭」。每支曲子有個名稱，謂之「詞牌」。至於構成「拍」的一個一個字，為了與音樂配合，也須講究平仄。將一個詞牌中每個字的平仄，每句的長短，以及用韻之處記錄下來，就成了「詞譜」。對音樂不太精通的人，根據詞譜也可以填詞。這樣，只要習慣了長短句式，填詞與做律詩的差別其實不是很大。但也有些填詞的專家，覺得這樣還不行，這樣填出來的詞，按李清照的說法，只是「長短不葺之詩」，唱出來很可笑。那麼詞應該怎樣區別於詩呢？除了藝術風格上應有差別外，就格律來說，他們主張不光講究平仄，還要再具體地講究四聲，比如曲調上揚的地方要用上聲，急停的地方要用入聲，等等，甚至有些字的聲母的清濁高低也要講究。做到如此細微的功夫，那才算填詞的行家，才不會使歌女的喉嚨唱破。這樣的主張，似乎很尊重音樂，但在詞樂早已失傳的今天，我們從詞的文本上很難體會到那樣做的效果。

實際上，從樂府詩、唐宋詞及後來的元散曲、民間歌謠等中國歷代「歌詞」的總體來看，歌詞與曲調的配合有著相當大的寬鬆度，所謂的「填」也只是相對照顧演唱的方便而已。古人無錄音留聲設備，曲調的傳授靠口耳相遞，很難相信一支曲子從唐朝唱到宋末，幾百年間都沒有改變。所以，我們不必設定每一個詞牌都有固定不變的曲調，也不必想像每一個歌者都精確而機械地複製著前人的唱腔，毋寧說，它們每被演唱一次，都在發生變化。當然，每一次可能只有小小的變化，但這是「家族相似」的情形：每一代父子母女的面目都有相似之處，隔了多代後則面目全非。可以說，曲子的生命力，倒正在其具體歌唱效果的不斷更新之中，而帶來這種更新的，無非就是填詞者和歌唱者。當然，這樣的更新有的成功，也有的失敗，此亦在所難免。所以，那種嚴格地講究每個字的發音的主張，也只能就其本次創作所追求的演唱效果而肯定之，決不能以此為準，推而廣之，說不符合這要求的便是外行，便不適合歌唱。這還只是就唐宋詞的情形而論，至於元明以後的詞，則完全是一種句式特殊的格律詩而已了。

從文學上說，真正值得注意的倒是，詞的藝術風格究竟如何與詩有別？影響藝術風格的有歷史方面的原因，比如《花間集》長期被視為最早的詞集，使人們容易把它的風格看作詞的「本色」，以至於「詩莊詞媚」之類的說法甚為流行。這當然是很重要的方面，但這裏只討論體制方面的原因。我們之前講詩的時候提到過，五言詩句的結構方式，有「三二」「二三」或者「二一二」「二二一」等，也有像韓愈「時天晦大雪」那樣「一二二」的句式，但這種句式在詩中畢竟少見，就連韓愈也不曾多用。可到了詞裏，這個句式便極其常見，比如柳永《八聲甘州》中就有「漸霜風淒緊」「望故鄉渺邈」「嘆年來踪跡」三句，王安石《桂枝香》也有「正故國晚秋」「嘆門外樓頭」兩句。王詞還有「背西風酒旗斜矗」「但寒煙衰草凝綠」那樣「一二二二」的七字句式，在七言詩句中也是幾乎沒有的。同樣，詞中的四字句，雖也多為「二二」結構，但如柳詞中「倚欄杆處」那樣的「一二一」結構，亦並不罕見。此類不同於詩句的句式出現於詞中，當然不是詞人有意破壞句子的格調，而是婉曲入樂的需要所致。

不過，在這個問題上，僅以詩詞對比，恐怕還不能窺見全貌。如果我們把元代以後的散曲也納入視野，可能更容易看得清楚。元人鄭光祖有《正宮·塞鴻秋》三首，錄其二、其三兩首曲詞如下：

雨餘梨雪開香玉，風和柳綫搖新綠。日融桃錦堆紅樹，煙迷苔色鋪青褥。王維舊畫圖，杜甫新詩句。怎相逢不飲空歸去。

金谷園那得三生富，鐵門限枉作千年妒。汨羅江空把三閭汚，北邙山誰是千鍾祿。想應陶令杯，不到劉伶墓。怎相逢不飲空歸去。[①]

一樣的曲調，但後一首的前四句都多出一字，演唱時不過快一些而已，其實無妨。然而，就句子的格調來説，這一字之多實在非同小可，前一首讀起來仍像詩詞，後一首則一望而知其為散曲。在詩詞中，除偶然情況下，大多用單音節、雙音節詞語，而元曲則有大量三音節詞，鄭光祖曲中就連用「金谷園」「鐵門限」「汨羅江」「北邙山」，而正是這些三音節詞使曲句變得不像詩句，更通俗的還有「恰便似」「滿口兒」「做些個」「響噹噹」「兀的不」「也麼哥」之類，它們的加入使句子的節奏感被完全改變，從比較極端的情形來説，可以把詩句的格調捨棄無餘。還是舉鄭光祖的作品為例，其《雙調·駐馬聽近·秋閨》的《尾曲》，寫蟋蟀的叫聲惱人：

一點來不夠身軀小。響喉嚨針眼裏應難到。煎聒的離人。斗

① 鄭光祖《正宮·塞鴻秋》，隋樹森編《全元散曲》，中華書局 1964 年，第 462-463 頁。

來合噪。草蟲之中無你般薄劣把人焦。急睡著。急警覺。緊截定陽臺路兒叫。[1]

真可謂沒有一句像詩了。反過來再看詞，雖然句式比詩靈活，句子的節奏感却仍與詩相近。固然也有一部份詞作，包含了類似元曲的異樣句格，但總體上仍被控制在詩句或近似詩句的格調中，不至於十分放縱。所以，若把詞放在詩和曲之間來觀察，我們便不得不認為，詩詞的句格是大同小異的。雖然詞是「依曲拍為句」，但詞人還是以類似詩句的句格去填入曲拍。當然，句式的多樣化，自是必須肯定的，這方面對後來的曲句，應也不無影響。

## 二、詞的士大夫化

唐代士人填詞的還是少數，宋代的士人則多數都曾填詞。當我們說「宋詞」的時候，大抵是指士大夫詞。當然，作為流行「曲子」的歌詞，它本來在民間生長，像敦煌遺書《雲謠集雜曲子》中的作品，就都出自民間人士之手，找不到確定的「作者」。在士大夫普遍填詞之後，這種民間的詞應該也不會消失，現在有的研究者就主張民間「俗詞」仍是宋詞的重要組成部份，甚至說，民間「俗詞」才是詞的主流，士大夫詞只是一個支流。但實際情況是「俗詞」很少被傳世文獻所記錄，我們面對的宋詞不得不以士

① 鄭光祖《雙調 · 駐馬聽近 · 秋閨》，隋樹森編《全元散曲》，中華書局 1964 年，第 466 頁。

大夫詞為主。換句話説，從俗文學到士大夫文學，詞有一個「士大夫化」的歷程。

所謂「士大夫化」，並不僅僅是説士大夫成為詞的主要作者，這裏還有一個作者的寫作姿態問題。詞是用來歌唱的，而歌者多為女性，所以詞的作者雖為男性的士大夫，起初却也經常替歌者代言，就是以女性第一人稱的姿態來寫作歌詞。從五代時期的《花間集》起，詞都有了「作者」，但這個「作者」不一定是作品中的抒情主人公，我們經常看到抒情主體為女性的情形。從這個角度説，即便作者是男性士大夫，其作品却是女性的文學。那麼，宋詞的「士大夫化」便有一項重要的內容，就是抒情主體從其所代言的女性，轉變為士大夫本人。

有關北宋詞人晏殊的一個故事，在此值得一提。《苕溪漁隱叢話前集》卷二十六引范溫《潛溪詩眼》云：

> 晏叔原見蒲傳正云：「先公平日，小詞雖多，未嘗作婦人語也。」傳正云：「綠楊芳草長亭路，年少拋人容易去，豈非婦人語乎？」晏曰：「公謂年少為何語？」傳正曰：「豈不謂其所歡乎？」晏曰：「因公之言，遂曉樂天詩兩句云，欲留年少待富貴，富貴不來年少去。」傳正笑而悟。[①]

晏叔原是晏殊之子晏幾道，他提出的晏殊詞「未嘗作婦人語」之説，後人多有論及，大抵不以為然，有的學者還認定這「顯

① 胡仔《苕溪漁隱叢話前集》卷二十六，人民文學出版社 1962 年，第 178 頁。

然是開脫之語」[1]，因為描寫男女纏綿情思、離愁別恨，不但是晏殊詞很常見的內容，而且還寫得非常出色。

這裏的問題在於，「作婦人語」是什麼意思？如果理解為詞的描寫對象涉及「婦人」，那麼晏殊詞中女性形象確實俯拾即是。但既然如此，晏幾道、蒲傳正又何必斤斤計較「年少」一詞的理解問題呢？蒲傳正將「年少」理解為「所歡」，即女性所喜歡的那個年輕男子，如此一來，「年少拋人容易去」便是女性的哀怨口吻，所謂「作婦人語」，應該理解為代女子抒情，也就是晚唐五代詞中很常見的代言寫法。那麼，晏幾道的確切意思就是，他父親從不採用這樣的寫法。這與描寫對象涉及「婦人」並不是一回事，因為同是男女之情的內容，寫法上也可有種種不同，可以男性為第一人稱直接抒情，也可以女性為第三人稱加以刻畫，不一定要用代言體。

那麼，晏殊詞究竟用不用代言體呢？這個問題並不容易回答，因為詞句中確切表明了人稱的，其實很少，許多相思怨恨之語，我們閱讀時可以體認為第一人稱的抒情，也可以理解為第三人稱的刻畫，更何況，即便確認為第一人稱，也很難分辨那是女性還是男性口吻，往往兩種解讀都是可以的。今天的讀者如不考慮晏幾道的說法，對於部份晏殊詞，是不妨解讀為代言體的；但既然晏幾道敢於斷言他的先公「未嘗作婦人語」，此事就當慎重考慮。雖然我們不能排除晏幾道有「開脫」的動機，但他總不能閉著眼睛抹殺事實去「開脫」，也就是說，他的「開脫」至少要基於

① 孫望、常國武主編《宋代文學史》，人民文學出版社 1996 年，第 114 頁。

一個事實，即晏殊詞可以不從代言的角度去解讀。也許像「年少拋人容易去」那樣的句子，不解為女性對情人拋棄的怨恨，而解為男性對年華流逝的慨嘆，有些過於勉強，但現存晏殊《珠玉詞》難以判定哪一首斷然無疑地採用了代言體，這也是事實。就此而言，還有一段晏殊與柳永之間關於詞的著名對白，也不妨重新看待，見《畫墁錄》：

柳三變既以調忤仁廟，吏部不放改官。三變不能堪，詣政府。晏公曰：「賢俊作曲子麼？」三變曰：「只如相公亦作曲子。」公曰：「殊雖作曲子，不曾道『針綫慵拈伴伊坐』。」柳遂退。[①]

柳永因為作詞而被高層人士看不起，同樣作詞的晏殊則高居相位。據說，他們的區別就在於晏殊從不寫「針綫慵拈伴伊坐」這樣的句子。這是什麼意思？若就男女情愛的內容而言，晏殊寫的並不比柳永少。一般認為，這是晏殊嫌柳詞太俗，不夠高雅。但是，我們也可以從另一個角度來理解。「針綫慵拈」自是女性行為，則「伴伊坐」的「伊」當是男性，故此句乃女性口吻，即代言體，是毫無疑問的。晏殊自稱不曾作這樣的詞句，恐怕與晏幾道所謂「未嘗作婦人語」的意思相同，就是不用代言體。

用不用代言體，並非無關緊要的細枝末節，因為從晚唐五代以來詞體發展的角度說，結束為女性代言的歷史，也曲折地體現

① 張舜民《畫墁錄》，文淵閣四庫全書本。

出詞人寫作態度的變化，即詞從娛賓侑觴之具，逐漸轉變為士大夫自我表達的一種體制。此轉變的明確完成，當然有待於蘇軾詞的登場，因為蘇軾詞中凡出現第一人稱的，無一例外是他本人，並非代言。但如果我們願意認同晏幾道的説法，承認晏殊詞「未嘗作婦人語」，則晏詞已經表現出「士大夫化」的傾向。

近代詞評家王國維曾云：「詞至李後主而眼界始大，感慨遂深，遂變伶工之詞而為士大夫之詞。」[①] 其實，李煜乃是南唐皇帝，視為「士大夫」多少有些勉強，北宋士大夫詞的開山，大概要算晏殊。

美國漢學家艾朗諾的《美的焦慮：北宋士大夫的審美思想與追求》[②] 一書，其中第五、第六兩章，就可以被看作一部性別視角的北宋詞史。在他看來，唐五代詞是一種女性文學，男性作者因為要替女性代言，就必須去體會和形容女性的「敏感和多情」。到了北宋，詞中的抒情主體一步步發生變化，據艾朗諾的閱讀體會，晏殊詞「一個突出的特點便是其敘述者性別的模糊，讀者在字裏行間找不出任何可以將敘述者確定為女性的細節或暗示」，與此同時，柳永詞也是「言情多取男性敘述視角」，下一代晏幾道的詞，「給我們印象最深的就是詞人腦海中女孩的形象，還有她們在他心上刻下的印記」，「晏幾道是第一個將這一主題確立為創作中心的詞人」，最後還有周邦彥詞，「特別關注男性在戀愛中的體

---

① 王國維《人間詞話》「李後主詞眼界大」條，唐圭璋編《詞話叢編》第 5 冊，中華書局 1986 年，第 4242 頁。

② 艾朗諾《美的焦慮：北宋士大夫的審美思想與追求》，杜斐然等譯，上海古籍出版社 2013 年。

會」。隨著代言習慣的消失（這表示寫詞的行為被士大夫社會所接受），與詞體相適應的「敏感而多情」的主人公形象由女性變成了男性。一方面，「一種偏愛自然之美與纖細風格的文學審美情趣正在詞的發展中確立」，另一方面，被接受的詞體也塑造著它的作者，使之具有在中國社會被稱為「才子」的某種招牌性特徵，所謂「男性的敏感和多情」。

西方的學者很關心中國文學中這種敏感、多情、纖細、文弱的男性形象，這也許真的跟詞替女性代言的那段歷史有關。無論如何，這是一個有趣的話題，它極易讓人聯想到《西厢記》中被「傾國傾城貌」驚艷的那位「多愁多病身」。為什麼「多愁多病」的男性跟「傾國傾城」的美女才是匹配的一對？這有點不可思議，但文弱書生的病體，似乎也曾具欣賞的價值。對此，魯迅有一段相當刻薄的形容：

> 願秋天薄暮，吐半口血，兩個侍兒扶著，懨懨的到階前去看秋海棠。①

現代人眼裏，這樣病態的「才子」絕不討人喜歡，但具有藝術氣質、「敏感而多情」的文弱男性，生命中的盛期和衰暮無非如此。北宋的幾位「婉約派」詞人，當然還不至於此，但士大夫投入詞的寫作，對培養「男性的敏感和多情」，當然有不小的作用。這可以說是詞的「士大夫化」的結果之一。

---

① 魯迅《病後雜談》，《魯迅全集》第六卷，人民文學出版社 2005 年，第 167 頁。

不過眾所周知，詞的「士大夫化」還產生了另一個結果，就是「以詩為詞」的寫作態度，把詞當作一種新的詩體來寫，完全納入士大夫的詩歌傳統。這方面的代表人物，當然是蘇軾。下面這首《江城子．密州出獵》，寫於熙寧八年（1075）的冬天，一向被視為「豪放派詞」的開山之作：

老夫聊發少年狂。左牽黃，右擎蒼。錦帽貂裘，千騎卷平岡。為報傾城隨太守，親射虎，看孫郎。　酒酣胸膽尚開張。鬢微霜，又何妨。持節雲中，何日遣馮唐。會挽雕弓如滿月，西北望，射天狼。①

在一次打獵活動之後，蘇軾填了此詞，填完了自己頗為得意，寫信給朋友說：「數日前獵於郊外，所獲頗多，作得一闋，令東州壯士抵掌頓足而歌之，吹笛擊鼓以為節，頗壯觀也。」並自謂：「雖無柳七郎風味，亦自是一家。」② 柳七郎就是柳永，蘇軾顯然是有意要改變柳永詞的寫法。

柳永擅長的，就是以柔婉的風格表現男女情愛題材，再請妙齡少女們歌唱。關於柳永與歌妓的密切關係，從他生前起就是既遭人非議也引人羨慕的話題，後來還出現了以名妓們「春風弔柳七」為題材的小說。可見，他的創作方式與《花間集》作者沒有根本區別。當然，生在北宋太平時代，他也不免兼為一個企圖

① 蘇軾《江城子．密州出獵》，《東坡樂府箋》，上海古籍出版社 2009 年，第 80 頁。

② 蘇軾《與鮮于子駿三首（其二）》，《蘇軾文集》卷五三，中華書局 1986 年，第 1560 頁。

通過科舉而成為士大夫的書生，後來也當過小官，所以他的詞中也含有士大夫自我表達的成分，只不過與詞的傳統題材、風格經常融合在一起，用古人的評語來說，叫作「將身世之感打併入艷情」，是他最受欣賞之處。與此相比，蘇軾則更進一步，將身世之感從艷情中擺脱出來，成為純粹的士大夫的自我表達。他使詞脱離了《花間集》以來的傳統，成為士大夫的文學。就此而言，他改變的不僅僅是風格而已，重要的是他改變了對詞這種文學體裁的認識，是一種觀念上的根本變化：從歌姬的唱詞變成了士大夫的抒情詩。所以，他有意強調自己跟「柳七郎風味」不同，而且也知道他的作品不再適於歌姬演唱，於是他改變了演唱方式，讓「東州壯士」伴隨簡單的舞蹈動作來歌唱。從他特意説明「吹笛擊鼓以為節」來看，顯然他選擇的樂器也與通常有別。我們現在不清楚《江城子》曲調原來習用什麼樂器，就唐代「燕樂」的一般情況而言，用琵琶比較多些。

與觀念上的改變相伴隨的，當然也有風格上的創新和題材上的開拓。狩獵的題材用以吟詩作賦是常見不鮮的，但用以填詞，却很可能是第一次，而與這一題材相應的風格，即便不是雄壯豪放，至少也無法「婉約」。值得一提的是，作者並不是簡單參與狩獵而已，他是作為地方長官，親自組織和指揮了這次狩獵活動，上闋一開頭就突出了他的豪邁意氣，自稱「老夫」之「狂」不減「少年」，繼而寫嚴整的裝備，包括獵犬、獵鷹和軍人裝束的隨從，接下去是開闊的狩獵場面，他不但率領「千騎」將「平崗」團團圍住，而且讓全城老少都來觀看，還親自表現一番，彎弓去射猛虎。與狩獵活動的傳統一致的是，這裏也包含了濃重的儀式性的意味，目的不是去弄點獵物來下酒，而是與今天召開體育運動會的情況相似。那麼，事後的作詞、演唱，便也是這次活動的繼續，仿佛運動會的閉幕式。無論如何，從頭到尾都出自這位太守詞人的精心策劃、組織、指揮。我們可以看到，這「聊發少年狂」的「老夫」已兼有多重領軍人物的身份：作為密州知州，他是當地軍民的長官，在狩獵活動中，他是總指揮，而填出一首《江城子·密州出獵》的他，又成為「豪放詞派」的開創者。毫無疑問，蘇軾以他的行為和作品塑造的這個自我形象，就是千年以來主宰中國社會的精英 —— 士大夫形象，而他的「豪放詞」，自然便是士大夫的自我表達。

士大夫的自我表達，在下闋中呈現得更為明確而複雜。喝酒壯膽，是表達他的激情，這種激情沖淡了對歲月流逝、兩鬢微霜的憂慮。不過，畢竟歲月流逝而壯志難酬，什麼時候皇帝會派一個使者來給自己委以重任？這一層意思似乎不宜直說，所以蘇軾采取用典的方式來曲折地表達。不過，典故也只是勉強地表達出希望被重用的意思，其實蘇軾的處境跟漢代的魏尚並不相同。魏尚起初被貶，是因為皇帝不了解情況，未認識其才能，一旦得到馮唐的説明，就會立即起用之。蘇軾則不然，宋神宗對他的情況並非缺乏了解，相反，對他的才能是有足夠認識的，不加重用的真正原因，在於政見不同。換句話説，蘇軾之所以不得志，根本是因為他自己反對現行政策（即王安石「新法」），怨不得皇帝。對此，蘇軾本人肯定心中有數，所以最後也是非常勉強地把自己和皇帝捉置在一條戰綫上：面對外國，他們總是一致的。雖然從歷史上的邊關英雄寫到自己立功邊疆的志向，似乎順理成章，但後來的事實表明，蘇軾其實並不贊成向西夏用兵。我們了解蘇軾的生平和政見後，就會感覺這首詞的下闋表達得十分複雜，不像字面意思那樣簡單。如果君臣之間只有在面對外國時才能勉強尋求到一致的立場，那麼這位士大夫的苦悶幾乎就是無法消釋的，更何況這對外作戰的說法也是言不由衷。實際上，蘇軾根本沒有與宋神宗合作的可能，他只好抱著一腔籠統抽象的報國激情，沒有具體實踐的途徑。然而這抽象籠統的激情却又確實存在，無處釋放，於是我們看到一個接近神話的形象：他把雕弓拉得如滿月一般，向天上的星座射去。按中國的閱讀傳統，「射天狼」當然可以理解為對外作戰，按當時的局勢，甚至可以將外國落實為西夏，蘇軾也肯定利用了這一層寓意。但是，文學作品中出現的形象是具有多義性的，箭射星座的形象更能凸顯他報國無門的真實處境。無論如何，這個形象不是與歌姬廝混的風流才子，而是一個憂患深重的士大夫。

就這樣，蘇軾把詞完全地變成了士大夫的文學。

以上梳理了宋詞「士大夫化」的兩個結果，基本上可以與傳統詞學批評中「婉約派」「豪放派」二分法的情況相對應。不過，這「婉約」「豪放」的問題，幾乎是有關宋詞的所有言說中最基本的一個傳統，任何閱讀宋詞的人都無法迴避，所以下文還要繼續展開。

## 三、豪放與婉約

將「豪放派」與「婉約派」對舉，從字面上看，似乎僅僅是風格上陽剛與陰柔的區別，但若聯繫到詞的發展歷史，則不只是一個風格的問題，甚至可以説，主要不是風格問題。

無論是作為歌詞，還是作為一種新生的詩體，詞本來都不應該存在確定的風格。就像詩一樣，作者各人有各人的風格，從來沒有「豪放詩派」和「婉約詩派」對舉的説法。現存的唐代詞集《雲謠集雜曲子》，從風格上看，也是多種多樣的。只不過，宋人是看不到這個詞集的，他們大概只看到文人的詞作。文人「填詞」之風始於唐代中期，至晚唐、五代而愈趨流行，恰好這個時代的文人喜歡填「婉約」詞，他們總是在歌筵酒席之間，填一首新詞付歌姬去唱，內容當然是這些文人與歌姬之間的不必負責的「愛情」，而且多數是以歌唱者即女性的口吻寫的，風格大抵「婉約」乃至綺靡。這當然並不妨礙一些感人的優秀作品的誕生，而且在五代時期的西蜀，還編出了一部影響深遠的詞集《花間集》。看不到敦煌寫卷的宋人，就把這部《花間集》認作詞的祖宗，如此一來，詞竟是天生「婉約」的體裁了！在此背景下，「豪放」詞的出現，除了風格上的創新外，更主要的意義就在於對詞這種文學體裁的認識的改變，所以「豪放派」總是跟「以詩為詞」的寫作態度融為一體。這當然不僅僅是個風格的問題，而且主要不是風格問題。

有不少學者致力於從文學批評史的角度清理這個問題，在此推薦王水照先生的兩篇論文，一篇是《蘇軾豪放詞派的涵義和評價問題》，發表於《中華文史論叢》1984 年第 2 輯；另一篇是《從蘇軾、秦觀詞看詞與詩的分合趨向》，發表於《復旦大學學報》1988 年第 1 期。根據他的清理，「豪放」一詞在宋人筆下已經出現，但本來是指一種快意的、不受束縛的創作態度，不一定指作品的審美風格。從審美風格的角度把詞分作「婉約」「豪放」二體，也就是這二分法的最早來源，現在可以找到的是明代張綖的《詩餘圖譜・凡例》：

按詞體大略有二，一體婉約，一體豪放。婉約者欲其辭情蘊藉，豪放者欲其氣象恢弘。蓋亦存乎其人，如秦少游之作多是婉約，蘇子瞻之作多是豪放。大抵詞體以婉約為正，故東坡稱少游「今之詞手」，後山評東坡詞「雖極天下之工，要非本色」。①

我們從這段文字可以看出，雖然張綖提出了二分法，但在他心目中，這兩派並不是對等的、並列的關係，他說「詞體以婉約為正」，婉約詞才是正體，那麼豪放詞只能是變體了。當然，王先生提示我們，從今天尊重歷史的態度出發，應該把所謂的正體、變體理解為傳統的詞與經過革新的詞。從而，當我們談論「豪放派」時，相比於作品風格，是更應該注重其寫作態度，即革新詞體之意義的。

不過另一方面，正如我們在上一節分析的那樣，無論婉約詞還是豪放詞，都是「士大夫化」的結果。也就是說，它們對詞的原生態都有所改變。那麼所謂的傳統與革新，也就只能作相對的理解。不妨說，以蘇軾為代表的豪放派，革新的程度是更為徹底

① 此段文字出自國家圖書館藏明刊本及萬曆二十九年游元涇校勘的《增訂詩餘圖譜》本，本書據王水照《唐宋文學論集》（齊魯書社 1984 年）轉引，見該書第 297 頁。

的。用宋人自己的話來說，他指出了「向上一路」[1]。

然而，據我們的考察，雖然蘇軾在那個時代具有無與倫比的影響力，在詞的領域，却也並無多少人願意跟他去走這「向上一路」，包括他的弟子。毋寧說，蘇軾門下諸人，大多對他的寫法不以為然。這方面最著名的言論，就是陳師道所說：「子瞻以詩為詞，如教坊雷大使之舞，雖極天下之工，要非本色。」[2] 他認為「以詩為詞」不符合詞的「本色」，詩詞應當有別。這個論調很值得注意。

晁補之和張耒也有相似的議論，據宋人詩話記載：

> 東坡嘗以所作小詞示無咎、文潛曰：「何如少游？」二人皆對云：「少游詩似小詞，先生小詞似詩。」[3]

這個說法也反映出將詩詞加以區別的觀念，而且明確主張詞應該寫得像秦觀（字少游）那樣。陳師道在批評蘇詞不合「本色」的同時，也推崇秦觀為「今代詞手」。宋人筆記《能改齋漫錄》中保存了「黃魯直詞謂之著腔詩」一篇，記載晁補之指責黃庭堅詞「不是當行家語，是著腔子唱好詩」，對於蘇軾，也說其詞是「曲子中縛不住者」[4]。他所謂的「當行」，大概與陳師道

---

① 見王灼《碧雞漫志》卷二：「東坡先生非心醉於音律者，偶爾作歌，指出向上一路，新天下耳目，弄筆者始知自振。」

② 陳師道《後山詩話》，何文煥《歷代詩話》，中華書局 2004 年，第 302 頁。

③《王直方詩話》「蘇王黃秦詩詞」條，郭紹虞輯《宋詩話輯佚》，中華書局 1980 年，第 93 頁。

④ 吳曾《能改齋漫錄》卷十六，上海古籍出版社 1979 年，第 469 頁。

講的「本色」意思相近。蘇軾的這幾個弟子，幾乎要構成「本色」論的一個合唱團，來與老師相抗。倒是被他們推崇的秦觀本人，這一位婉約派的聖手，卻沒有類似的言論。

接下來，可以說是蘇軾再傳弟子的李清照，則有一篇詞學批評史上著名的《詞論》，把那些著名詩人寫的詞都貶為「句讀不葺之詩」，主張詞應該「別是一家」[①]。這個意思，其實跟「本色」論也相近。那麼究竟怎樣才是「本色」呢？蘇軾的另一個弟子李之儀說了出來：

> 長短句於遣詞中最為難工，自有一種句格，稍不如格，便覺齟齬。⋯⋯ 大抵以《花間集》中所載為宗。[②]

這段話揭示了「本色」論的底蘊，所謂「本色」，就是「以《花間集》中所載為宗」。實際上，所有主張詩詞區別的批評家，幾乎都把《花間集》認作了詞的祖宗、原點，從這個原點出發，來建設一種與詩不同的「詞體」。

我們掌握了唐代的《雲謠集雜曲子》，當然不再把《花間集》認作原點了。在詞樂已經失傳的情況下，連「著腔子唱好詩」也不可能，詞只能成為「句讀不葺之詩」，幾乎就是理所當然。所以，北宋人的「本色」論，只能視為那個時代的產物。但這個「本色」論所強調的詩詞區別，實際上為後世多數詩詞作者所接受，

---

① 李清照《詞論》，《李清照集箋注》，上海古籍出版社 2002 年，第 267 頁。

② 李之儀《跋吳思道小詞》，《姑溪居士全集》，中華書局 1985 年，第 310 頁。

其影響和意義並不比蘇軾小。

## 四、蘇軾詞之「豪放」表現

回頭再看蘇軾，他確實是有意識地在詞的領域大膽創新，我們可從以下幾個方面來考察其創新之處，也就是「豪放」的表現。

### 1. 題材

敦煌曲子詞的題材，原本是很寬廣的，但自《花間集》以來，則變得非常狹窄。蘇軾「以詩為詞」，首先就是把詩歌能夠表現的題材都寫到詞裏。被譽為其第一首豪放詞的《江城子 · 密州出獵》，就是狩獵題材，與《花間集》的倚紅偎翠，真是相去萬里。其他，如著名的《水調歌頭 · 丙辰中秋》，內容為說理；《浣溪沙》五首組詞，寫的是農村風光；《念奴嬌 · 赤壁懷古》，是懷古題材；《水龍吟》（似花還似非花）詠楊花，《卜算子》（缺月挂疏桐）詠孤鴻，則為詠物詞。所以，清代批評家劉熙載《藝概》云：「東坡詞頗似老杜詩，以其無意不可入，無事不可言也。」[①]

### 2. 詞調

蘇軾粗通音樂，其所用詞調，至少就現存唐宋詞的作品來看，有不少是他首用的，如《沁園春》《永遇樂》《滿庭芳》《洞仙歌》《賀新郎》《念奴嬌》《水調歌頭》等，這些詞調經他使用後，

---

① 劉熙載《藝概》，《藝概注稿》，中華書局 2009 年，第 497 頁。

都變得廣為流行，《念奴嬌》還因為他的名作而擁有了另一個名稱《大江東去》。另外，還有《哨遍》《醉翁操》等少數曲子，是他的「自度曲」，就是自己作曲的。

既然如此，為什麼蘇軾的詞又被批評為「曲子中縛不住」呢？這看來跟他「填」詞時不拘守格律有關。若對照一般的詞譜，我們可以發現蘇詞的斷句時有問題，如《念奴嬌・赤壁懷古》中，「故壘西邊人道是三國周郎赤壁」，按詞譜當在「是」字下斷句，但據詞意則只能斷在「邊」字下；「小喬初嫁了雄姿英發」，按詞譜「了」字屬下句，據詞意只能屬上句；「多情應笑我早生華髮」中的「我」字也一樣，詞譜屬上句，詞意屬下句。《水龍吟》（似花還似非花）中，「細看來不是楊花點點是離人淚」，詞調斷於第二個「點」字，而詞意則斷於「花」字。這類情況不少，當時演唱的時候很可能會有破句，但今天看來，則不妨文自為文，歌自為歌了。

### 3. 詞題詞序

這一點非常重要，很可能是「以詩為詞」的一項最有價值的成果。在蘇軾以前，填詞大抵沒有題目，只標一個詞牌，即樂曲名，接下來就是詞的正文了。但從蘇軾的詞集《東坡樂府》始，詞牌與正文之間，還有一行字，長短不同。現在，我們把較短的叫作詞題，較長的則稱為詞序。詞題如《江城子・密州出獵》《江城子・乙卯正月二十日夜記夢》《水調歌頭・丙辰中秋，歡飲達旦，大醉作此篇，兼懷子由》等，詞序如《定風波》（莫聽穿林打葉聲）有序：「三月七日，沙湖道中遇雨，雨具先去，同行皆狼狽，余獨不覺。已而遂晴，故作此。」更長的還有《哨遍》（為米折腰）、《洞仙歌》（冰肌玉骨）、《水調歌頭》（昵昵兒女語）等篇的序。

蘇軾如此大量地製作詞題、詞序，説明了什麼呢？題序的作用，是限定作品的意義指向，凸顯抒情者的個體情景，從而加強個性化的程度。從根本上説，這是對「作者權」的強調，表明何時何地何種情境下，由何人創造了這個作品。換句話説，題序可以被視為作者的一個聲明：「這個作品是我的。」所以，蘇軾製作題序的意義在於，他開始把詞當作自己要負責的一個作品，與詩一樣。而在此之前，人們只習慣把詩當作自己的作品，詞只是臨時填寫了交付歌女去唱的，唱過就算了，不視為作品。

### 4. 筆法

筆法跟風格有關，但不完全相同。從風格來説，蘇軾除了「豪放派」的一些名作外，也有不少被視為「婉約」的詞，如《江城子·乙卯正月二十日夜記夢》：

十年生死兩茫茫。不思量，自難忘。千里孤墳，無處話淒涼。縱使相逢應不識，塵滿面，鬢如霜。　夜來幽夢忽還鄉。小軒窗，正梳妝。相顧無言，惟有淚千行。料得年年腸斷處，明月夜，短松岡。[①]

這是一首悼念亡妻的詞，深情款款，不能説不「婉約」。依一

① 蘇軾《江城子·乙卯正月二十日夜記夢》，《東坡樂府箋》，上海古籍出版社 2009 年，第 77 頁。

般的讀法，全詞都可解作蘇軾自抒其相思之情，其亡妻只有一個小窗梳妝的剪影。但仔細閱讀，却覺不然。乙卯為熙寧八年（1075），當時的蘇軾明明知道自己决無可能每年回鄉掃墓，怎麼能「料得」自己將「年年腸斷處，明月夜，短松岡」呢？這裏還得考慮用典的情況，唐代孟啟的《本事詩》中，有一條記載幽州一個已亡婦人，因為她的兒子被繼母虐待，忍不住從墓中出來，贈其夫一詩曰：「欲知腸斷處，明月照孤墳。」蘇詞顯然用了這個典故。詩中所謂「腸斷」者，是指死後孤處墳中的婦人，非指其夫；蘇詞中「千里孤墳，無處話凄涼。縱使相逢應不識」及「年年腸斷處，明月夜，短松岡」等句，無論從用典看，還是從上下文的語意看，也都應該是指亡妻，而不指自己。因為「塵滿面，鬢如霜」指的是自己，那麼「不識」者當指亡妻不識自己；而「料得」的主語是自己，則所料者當是亡妻的情形。如此，則全詞的意脉可以疏通如下：上闋從自己的難忘，說到亡妻獨處墓中之凄涼無訴；然後假設相逢，從亡妻「應不識」，說到自己的狀貌處境。下闋從自己做夢還鄉，說到亡妻的梳妝；然後達到全詞的高潮，即二人相會，無言流淚；最後又從自己夢醒思量，料得亡妻在彼處腸斷。全詞情意深沉，婉約多思，而筆勢一來一往（自己、對方；聚、散；生、死），場景不斷變換跳躍，却又縈回不斷。尤其是把死者也寫成一個情感的主體，以她的凄涼、腸斷，來反襯自己銘心刻骨的思念，其藝術效果是極強烈的。這是用豪放的筆力、思力默運於婉約的情境，所以感人至深。就情境言，我們可以說這是一首婉約詞；就筆力、思力言，我們也可以說這是一首豪放詞。

### 5. 抒情主體

詞中的抒情主體，從被代言的女性，轉變為士大夫作者本人，是北宋詞「士大夫化」的關鍵內容。這方面，蘇軾的表現是很徹底的。曾有學者做過統計，《全宋詞》第一冊收入了蘇軾以前的 1200 餘首詞，出現「我」字 88 次，多數是女性口吻；而至蘇軾詞 360 餘首，則有「我」字 66 個，如「多情應笑我」「我欲乘風歸去」等，無一例外是他本人。

以上五個方面，大致概括了蘇軾對詞這一文學體裁的富有個性的塑造，也是他在此一領域的具有歷史性的貢獻。雖然如上所述，他的寫法並未馬上被包括其弟子在內的後輩所認可，但至宋室南渡，時勢大變，詞人們情動於中，便有許多樂於繼承其豪放之音，發為英雄的劇唱。南宋的豪放詞，以辛棄疾的成就為最高，故後人亦將豪放派稱為「蘇辛詞派」。

## 五、散曲

宋代士大夫填詞，大抵在酒宴之間，填了後由歌妓或主人家的姬妾去演唱，表演的場面、規模有限，所以基本上是單支曲子，即一個詞牌，多首詞聯唱的場合並不多。大規模的演出在宮廷時而舉行，也有的文官為之作詞，但那是相當程式化的，雖由多個作品構成一整套，形式上顯得繁複，措辭却必須十分典雅，其活潑程度還不如單支曲子的詞。真正富有生命力的比較複雜的演出，是在市井勾欄之中，由民間藝人不斷推陳出新，曲子與曲子相聯接的類似「套數」的形式，口語中新生詞語的加入，也就是我們在元曲中看到的一些現象，在宋代的民間應已被醞釀起來，但其具體的作品則很難得以留存。至於士大夫，偶然跑去玩賞，應景填些新詞，也是有的，但絕不至於專門去給他們作詞。所以，從唐代傳衍下來的曲子詞，發展到宋代的士大夫詞，其實已脱離民間的「流行樂壇」，而成為它分入士大夫社會的一條支流，某些曲調可能被打磨得非常精緻，但小規模的表演方式使它不得不捨棄那些過於複雜的音樂形式，而基本上保留著單曲的面目。民間新生的種種複雜形式，其實倒是唐曲子合乎邏輯的發展，但也一時難以被士大夫吸收。隨後，中國歷史上一個特殊的時代——元朝，却把大量知識人逐出「士大夫」階層，迫使他們不得不去給勾欄藝人填寫曲詞，以此謀生。於是，與新的音樂形式相配的歌詞——元曲，從民間奔湧而入詩歌史。故元曲與宋詞同是承傳唐曲子而來，正如詞並非詩變來的那樣，曲也不是詞變來的。

唐宋以來，成熟的科舉制度給讀書人提供了通向「士大夫」的穩定途徑，也大致決定了他們的知識結構，是基本上只適合做官的。為科舉而苦讀的書，跟做官以外的其他行業所需要的知識差異較大，考不上進士的人能從事的營生，也多是從科舉衍生出來的，如教授童生、編寫參考用書之類。元朝在很長時期內不設科舉，不但剝奪了讀書人當官的機會，也相應地減少了讀書人能謀生的職業。如果恥於行乞，就只好去給勾欄藝人編劇填曲，從那藝人的收入中分得一部份以充生計。藝人大抵為「娼」，元人的社會等級中有「八娼、九儒、十丐」的説法，把「儒」（非「士大夫」的書生）排在「娼」之下、乞丐之上，在當時實屬合理的，因為劇本和曲詞固然也重要，但直接創造經濟效益主要靠表演者的色藝。不過，元雜劇和元散曲的特殊生氣，却有賴於創作者與表演者的親密結合，元曲與詩詞的種種差異，根源就在作者境遇之不同。

上面説過，元曲的音樂從唐曲發展而來，但其間畢竟經歷了宋、遼、金時代，而且這幾百年間南北分裂，儘管民間仍有交流、傳播的渠道，終究被不同的政權所隔離，加上方言差異等因素的作用，其音樂體制和演唱風格竟形成了顯著的南北差異。至元代混一後，大家立刻意識到這種差異，故有「北曲」「南曲」對立的説法，戲劇上也有「北雜劇」和「南戲」的對立。大致説來，南曲、南戲要到明代中期以後才佔上風，元代則以北曲、北劇為主。所謂「元曲」，其內容應包含南北曲的劇曲和散曲，但此處重點説北曲的散曲。所謂「散曲」，就是區別於劇曲的獨立歌詞，性質上與樂府歌詞相類，故元人也把散曲稱為「樂府」。從音樂形式和曲詞形態上，可以分為「小令」和「套數」兩類。「小令」又叫作「葉兒」，即一支曲子的歌詞，體制上與宋詞相似，但宋詞常由兩闋構成，即一支曲子唱兩遍，而元曲小令一般只有單曲。最有特色的乃是「套數」，也稱「套曲」，即由多支曲子前後連貫，有首有尾，構成一套。這在劇曲與散曲中都被廣泛應用，而散曲的套數就叫「散套」。南曲起初並無套數，後來仿照北曲而組套，所以曲之有「套」，就是在北曲中形成的。

「套數」的出現使曲詞能夠容納更多更豐富的內容，表達空間大大拓寬，這一點自然無可爭議。但這是就北曲音樂形式給曲詞提供的條件而言，反過來從曲詞對音樂的要求來説，我們不能設想元代以前的人就只滿足於與一支曲子（或雙闋）的長度相應的表達量，而絕不尋求更大的表達空間。實際上，歌詞要鋪叙的內容較多、不能為一支曲子所容納的情形，是早就出現的，不過，通常的辦法是將選定的那支曲子反覆演奏，以增添長度。六朝樂府中就有這樣的作品，比如《樂府詩集》卷四十五載有《長史變》三首，為「司徒左長史王廞臨敗所制」，觀其形制，每首皆五言四句，一般來説，一首相應於一支曲子，但在內容上，三首叙事連貫，成一整體，應該一起唱出，而要一起唱出，則曲子須重複三次。

有關樂府詩的史料中，偶爾出現過「變曲」一名，可能就指此類形制，「變」原是曲子奏一遍的意思，此指同曲反覆演奏。但這個名稱看來不曾通用，近人研究音樂文學者，另創「定格聯章」一名以稱呼此種形制。其實，「聯章」意謂幾個作品的集合，但實際上也有渾然而成一個作品的，比如著名的張若虛《春江花月夜》，向來被看作一首詩，要仔細觀察其換韻的情況，才能發覺它由九個七言四句的單位組接而成，每個單位的長度與《樂府詩集》所載隋煬帝等人的同曲之詞相當，可以推測為曲子反覆了九次。類似的樂府詩在唐代不算少數。當然，多數歌詞確實呈現為「定格聯章」的形態，宋詞中有趙令畤用十首《蝶戀花》詠《鶯鶯傳》故事的稀見實例。但民間通俗文藝中，此類形制的運用應該更廣，比如周密《武林舊事》卷十就記載了《鶻打兔變二郎》《二郎神變二郎神》等作品的名目，大概便是用《鶻打兔》或《二郎神》曲調反覆演奏，以使歌詞能鋪叙二郎神的故事。較此更為複雜的形式，有兩支曲子循環反覆的「纏達」，乃至組合多支曲子的

「諸宮調」，在宋、金時代的民間都已出現。所以，金代董解元的《西厢記諸宮調》，一向被視為「北曲之祖」，即指其擁有了北曲聯「套」的形式。

相對於從前的樂府詩、唐宋詞而言，成熟的「套數」形式確實是元曲的特色。從現存元曲所用的「套數」來看，當然並不是任何曲子都可以隨意組接，而是有一定的「套式」，即組套的規則。但現在要説明這類規則，涉及許多音樂史上的疑難問題，首先就是所謂「宮調」。每一套元曲，首曲之前大抵標明「宮調」，説明「套數」中的每個曲子，都是屬於同一「宮調」的。

「宮調」者，我國早期的音樂理論稱宮、商、角、徵、羽為「五聲」，後來加上變徵、變宮而為七聲，這是相對的音階，至於標準音高，則有黃鐘、大呂乃至無射、應鐘等「十二律」，根據每一律可確定宮聲的具體音高，其他六聲也就隨之而定，作曲時便成為調高，而以任何一聲為主均可構成一種調式，凡以宮為主的調式稱宮，以其他各聲為主的則稱調，統稱「宮調」。這樣，以七聲配十二律，理論上可得十二宮、七十二調，合稱八十四宮調。但實際音樂中並不全用，如隋唐燕樂系根據琵琶的四根弦作為宮、商、角、羽四聲，每弦上構成七調，得二十八宮調。據統計，南宋詞曲音樂只用七宮十一調，元代北曲則用六宮十一調，明清以來的南曲只有五宮八調，通稱十三調，而最常用者不過五宮四調，通稱九宮。

不過，元代的曲家是否都掌握並熟練地運用這套「宮調」理論，是頗成疑問的，而且，民間藝人的表演有沒有嚴格遵循古典音樂理論的必要和習慣，也大可懷疑。實際上，古人所寫的曲評，也經常互相指責對「宮調」理解得不準確，但這並不妨礙他們各自填曲。據當代有關專家研究，如果嚴格按照古典「宮調」理論所標示的調高、調式之含義去考察現存的元曲作品，那麼許多作品在演唱上將嚴重違反樂理，無法歌唱。所以，從宋金「諸宮調」到元曲「套數」所標的「宮調」，其實際含義可能只是經驗性的總結，即來源上或事實上某些曲子具有一定的共同性，或者適於互相連接，其調高、調式之義未必全無，但應相對模糊。演唱時，因地因人也將發生種種變化，作曲詞時所標的「宮調」乃至曲牌，越來越成為習慣形式而已。如果僅從文本來看，則一個「套數」包含的每一曲，都將使用同一個韻，一韻到底，這大約就是唯一可以把握的「套數」所包含之數曲在文本上顯示的統一性。

就一「套」的結構來看，第一個曲子即「首曲」是最為穩定的一支曲子，校以古人所編的曲譜，往往不作任意變化，而能夠充當「首曲」的曲牌也是有限的。此後，連接數量不等的幾個「過曲」，從實際作品來看，有些曲牌經常被連在一起，仿佛構成相對穩定的一個組合，這可能是由經驗而成習慣，但也並非沒有變化，為了適於連接而改變其中某一曲牌的通常格式，也是被允許的。最後大致會有「尾聲」，這是一「套」中最為變化無常的部份，僅名稱就有「尾」「隨尾」「煞尾」「收尾」「隨調煞」(「本調煞」)、「借調煞」「單煞」「迭煞」等種種，句數伸縮性極大，句式亦常見變化，所用的遍數也不一定，多者可達七煞，還可以摘取某一曲子的數句而充當煞尾。然而，古人對這個「尾聲」是極其重視的，有的甚至認為，具備「尾聲」的才叫作「套數」。

散曲的用韻比詞要密，基本上句句用韻，而且四聲通押。元散曲每句字數通常不等，有「襯字」，但一句中哪些是「襯字」，哪些是正字，其實難以分辨，「襯字」多者乃至遠遠超過正字之數，即便唱得再快，也很難相信這一句仍能保持在原來的樂句長度內，所以演唱時必然要有變化，那麼所謂的曲牌也只意味著相對穩定的一種旋律而已，其伸縮的自由度較大。元散曲採用大量口語俚語，乃至蒙古語的漢字對音，其中便包含許多不可分拆的三音節、四音節詞語，再加上曲句可自由添加「襯字」的特徵，傳統的詩句格調被完全打破，平仄更無從談起，從文本上看，已成為一種新詩體了。所以，優秀的散曲作品，往往能讓讀者感受到一種勃勃生氣，酣暢淋漓，生活氣息極為濃厚。因為元代儒生實際地位低下，散曲作者失去了從前詩人、詞人的「體面」，與社會的下層混在一起，同時牢騷滿腹，冷眼看世，熱心作曲，悲涼之餘往往滑稽自嘲，故能將詞情、曲情打成一片，自由發揮，而幾乎將宋代士大夫詞人按譜填詞、講究聲律和句格的規則破壞殆盡。但也因此，他們反而能迫使曲調追隨其曲詞的創造性而變化，在曲、詞關係中佔盡了主導地位，兩者間的結合倒比規規矩矩填入現成曲調的一般宋詞更為密切。所以，在同樣曲調失傳的情況下，閱讀元散曲比宋詞更能讓人體會到那樂曲的抑揚起伏之效果。

不過，這大抵只就元散曲的情形而論，到了明代後，讀書人恢復了「體面」，散曲也就走上文雅化、格律化一途，呈現出向傳統詩詞格調回歸的趨向。除少數例外，一般士大夫還是比較習慣於詩詞的那種簡明平穩而又不失靈活的節奏感，他們傾向於用這樣的節奏感來填曲。此時真正的「樂府」倒又要讓位給新起的民歌小曲了，而從民歌小曲一路走來，或者可以到達現代的白話詩、流行歌詞。明代已有少數文人視詩詞曲為前代遺留之詩體，把《挂枝兒》《羅江怨》等俗曲視為本朝真正的《詩經》。受二十世紀初「文學革命」觀念的影響，民間歌謠受到了空前的重視，除《歌謠》雜誌的創刊、《中國俗曲總目》的編纂外，明清時期刊刻的一些俗曲時調集子也被發掘出來，如明馮夢龍輯《山歌》、清乾隆時刊《時尚南北雅調萬花小曲》《霓裳續譜》、道光時刊《白雪遺音》等。這裏面的歌詞，有的純然便是白話詩，有的跟元散曲也相似，只不過散曲在明代後向詩詞格調回歸，所以與這些歌詞區別開來。

然而，「文學革命」的觀念原是為白話詩張本的，現在看來也有重新審視的必要。百年以來，民間歌謠受到如此推崇，其間也確實有非常優秀的作品，但其影響總不如唐詩宋詞，這未必皆因傳統偏見之故。從元曲起，捨棄詩詞句格，大量采納口語、擴大篇幅，固然有耳目一新的效果，但在接受方面也帶來問題，因為口語一旦過時，就比文言更難懂，而曲調失傳後，沒有穩定節奏感的作品便不易背誦。正如流行歌曲，曲調流行時，人們可能因熟悉曲調而同時記得歌詞，但曲調過時後，歌詞也就被忘記。元曲也好，明清時調也好，「五四」以來的白話新詩也好，觀念上既獲肯定，事實上亦多有佳作，但至今很少有人能背誦幾首。1949 年以來，「厚今薄古」，但很長時期內，人們背得最多的不是新詩，而是毛主席詩詞，這不能僅僅歸結為意識形態方面的原因；當前一般學生能背的新詩數量，與唐詩宋詞的數量恐怕也不能相比，儘管他觀念上也許更肯定新詩。當然，篇幅長短是個問題，但也不僅如此而已，反觀傳統的詩詞，其簡明平穩而不失靈活的節奏感，確實更適合背誦。詩歌的生命力恰恰在於其被人背誦，只有常能被人背誦的作品，才是真正擁有恒久生命力的「活文學」，相比之下，從明清刻本中發掘出來的俗曲等所謂的「活文學」，却只活得一時，不免早成死灰。這不是文學水平高低的問題，也不是文言白話的問題，更不是觀念上是否「好古」的問題，而是一個基本的事實：傳統詩詞所鑄就的句格節奏，即用單音節字、雙音節詞的兩到四個單位組合為一句，對漢語詩歌來說可能是最好的。

第七章

# 駢文與古文

二十世紀初，提倡白話文、反對文言文的時候，有過「桐城謬種、選學妖孽」的說法。這裏的「桐城」是指桐城派古文，而「選學」的「選」則是南朝昭明太子蕭統所編的《文選》，「選學」指清代中期在學習《文選》的口號下復興的駢文。大抵文言文可以分為古文、駢文這兩種基本的體式。

如果用詩歌來比擬，文之有古文、駢文，就仿佛詩之有古詩、律詩。「駢」是兩匹馬拉一輛車的意思，指對偶。現在我們把上下句相同位置的字的詞性（動詞、名詞、代詞、介詞、副詞、助詞之類）相同，叫作對偶，但古人沒有如此細緻的詞性概念，大抵分為實字和虛字，實字中一般區別名詞和動詞而已，倒是聲調上的平仄相對，是標準對偶句的另一個要求，不過這在駢文中也沒有律詩那樣嚴格，甚至基本上不必顧及。與五七言詩體相別，駢文的句式以四字、六字句為主，故又稱「四六」。其特徵通常被概括為通篇對偶、大量用典、講究辭藻美觀。但真正的體制性特徵只有對偶，所以駢文又叫「駢偶」「駢儷」「偶儷」，就是基本上（並非通篇）用對偶句寫成的文章。我們可以將它視為一種格律文，相對地，從寫作體式而言，古文的實際意思就是不要求遵守此格律的文章。

當然，既然叫作「古文」，也含有「古代文章」的意思。因為以對偶句主導全文的駢文，有一個形成的歷史時期，在此之前，更早的文章不是這樣的，所以反對駢體的人就用「古文」來稱呼散體的文章，為自己主張散體尋求歷史的依據。這與不講究近體格律的詩被稱為「古詩」，道理一致。這樣，若單從名稱的意思來說，與「駢文」相對的應是「散文」，與「古文」相對的應叫「時文」。但是，「散文」一名現在另有含義（與詩歌、小說、戲劇並列的「散文」，可以包括中國傳統的駢文），而「時文」一名在不同的時代所指有別（比如明代以八股為「時文」），這兩個名詞的含義都不夠確定，所以我們以「駢文」「古文」對舉，來稱呼這兩種體式的文章，這也是目前比較通行的做法。

應該說明的是，用古詩、律詩來比附古文和駢文，只是從形式體制而言，歷史情形則有很大的差異。律詩從產生時起，就是與古詩並存的特殊詩體，但駢文却不然，其形成的時候，曾經帶有「所有文章都必須這樣寫」或者「這樣才叫真正的文章」的主張傾向，也就是說，它曾經是一般文體，而不是特殊文體。在歷史上，提倡寫駢文或古文，往往成為該時代文學思潮的重要方面。所以，這個問題不得不結合歷史來考察。

## 一、駢文的形成和流變

對偶本是一種修辭手段，如漢初賈誼《過秦論》云：「秦孝公據崤函之固，擁雍州之地，君臣固守，以窺周室，有席捲天下，包舉宇內，囊括四海之意，併吞八方之心。」[①] 這是用對偶結合排比，以增氣勢。除司馬遷似乎不愛對偶外，漢人的文章大抵都有駢化的傾向，這駢化的因素不斷積累，終於出現基本上用對偶句寫成的駢文。在東漢還屬偶見，經魏晉後，到南朝而普遍流行，成為一般文體。

1933 年，錢鍾書先生給他父親錢基博老先生寫過一封信，談論文學史的某些問題，老先生覺得內容不錯，就以《上家大人論駢文流變書》為題，替兒子發表在刊物上了。信中有關駢文之形成，論述甚為精湛：

兒撰《文學史》中，有論駢儷數處，亦皆自信為前人未發，略貢所見以拾大人之闕遺。兒謂漢代無韻之文，不過為駢體之逐漸形成而已。其以單行為文，卓然領袖後世者，惟司馬遷，而於漢文本幹，要為枝出，須下待唐世，方有承衣鉢者。自辭賦之排事比實，至駢體之偶青妃白，此中步驟，固有可尋。錯落者漸變而為整齊，詰屈者漸變而為和諧。句則散長為短，意則化單為複。指事類情，必偶其徒，突兀拳曲，夷為平廠。是以句逗益短，而詞氣益繁，揚雄、司馬相如、班固、張衡一貫相嬗。蓋漢

① 賈誼《過秦論》，《文選》卷五十一，上海古籍出版社 1986 年，第 2233 頁。

賦之要，在乎叠字（Word），駢體之要，在乎叠詞（Phrase）。字則單文已足，徒見堆垛之跡，辭須數字相承，遂睹對偶之意。駢體鮮叠字，而漢賦本有叠詞，只須去其韻腳，改作自易。暨乎蔡邕，體遂大定。然漢魏文章，漸趨儷偶，皆時有單行參乎其間。蔡邕體最純粹，而庸闇無光氣，平板不流動，又多引成語，鮮使典實。及陸機為之，搜對索偶，竟體完善，使典引經，莫不工妙，馳騁往來，色鮮詞暢，調諧音協，固亦如《宋書．謝靈運傳》論所云「闇與理合，非由思至」，而儷之體，於機而大成矣。試取歷來連珠之作，與機所撰五十首相較，便知駢文定於蔡邕，弘於陸機也。①

這裏講司馬遷擅長「單行為文」，就是不用對偶，所以受到後來古文家的推崇。至於駢文，則是從辭賦中吸取了對偶手法，逐漸發展而成。具體來説，「定於蔡邕，弘於陸機」，以這兩位作家為標誌性人物。蔡邕生活於東漢末，陸機則是西晉人。

現在，我們用陸機之後的，南朝梁代作家丘遲（464-508）所撰的《與陳伯之書》為例，來觀察駢文的句式。陳伯之與梁朝創始人蕭衍一樣，本是南齊的官員，蕭衍奪取政權後，陳氏不肯臣服，投奔了北朝。等到南北對陣的時候，丘遲就寫這封信，去招降陳伯之，希望他回到南朝來。信中誇獎陳氏：

將軍勇冠三軍，才為世出，棄燕雀之小志，慕鴻鵠以高翔。

① 錢鍾書《上家大人論駢文流變書》，《光華》半月刊第一卷第七期，1933 年 4 月。

「將軍」二字領起，後面就是兩個對偶的四字句，再是兩個對偶的六字句。丘遲勸導陳氏回歸南朝，說：

夫迷途知反，往哲是與；不遠而復，先典攸高。

這是隔句對，就是兩句與兩句相對。此例是用了兩個四字句為一聯，最典型的隔句對是用一個四字句和一個六字句為一聯的。在告之以理後，丘遲又動之以情：

暮春三月，江南草長，雜花生樹，群鶯亂飛。見故國之旗鼓，感生平於疇日，撫弦登陴，豈不愴悢！

這是很有名的一段話，「草長鶯飛」從此以後成為描寫江南的成語。然而，此段的前兩句和末兩句並未對偶，只不過都是四字句。可見，並不是所有語句都要一組一組嚴格對偶的，有時候句式整齊便可。另外，還不妨有少數不整齊的句子，錯雜其間，如：

廉公之思趙將，吳子之泣西河，人之情也。將軍獨無情哉？[①]

這是說，古代的名將廉頗只願意當趙國將領，不願意被別的國家所聘；吳起在離開長期工作之地時，也感動流淚。他們都是

---

① 以上引文，見丘遲《與陳伯之書》，《文選》卷四十三，上海古籍出版社 1986 年，第 1943-1947 頁。

有情的人，難道單單你陳伯之，就沒有故國之情嗎？大概這封信感染力甚強，陳氏讀信之後，果然就下决心回到了南朝。

所以，雖然駢文以對偶為體制性特徵，但並不要求整篇不例外地使用對偶句，只是以此為主體成分。而且，以上所有的對偶句，若以「相同位置的字詞性相同」的標準作嚴格的審視，幾乎都有缺陷，但在古人眼裏，這樣就算對偶了。

那麼，文章為什麼要採用這樣的寫法呢？追求修辭效果不是唯一的理由，主張駢文的人提供了一種理論，大致是說：天生的事物都是一對一對的，比如人生來就有一雙眼睛、兩隻耳朵，有天必有地，有好必有壞，所以「雙」是自然的規則，文章當效法自然，亦宜兩兩相對。另外有些人不贊成這個說法，他們質問：眼睛、耳朵固然都成雙，但為什麼鼻子只有一個，嘴巴只有一張呢？可見，「雙」是天然，「單」也是天然。這樣的爭論一時得不出什麼結論，我們暫且只說，以單音節漢字拼組句子的漢語，容易做成對偶句，是個不爭的事實。如果用英語寫對偶句，也許可以做到「詞性相同」，但要保證上下句音節數一致，幾乎是不可能的。所以，不妨說駢文成功地利用了漢語的特徵。

在駢文成為一般文體的六朝時代，出現了著名的文章選本《文選》。這是梁代昭明太子蕭統（501-531）所編，歷來被當作駢文的範本。其實，此書選錄文章的範圍，自先秦至梁大約千年，時代跨度很大，並非都是駢文，如司馬遷《報任少卿書》，就是著名的古文作品。只因為《文選》以當代（梁）為歸結，便顯示出從「隨言短長」到「駢四儷六」的一個發展過程。在這個意義上，我們可以將它視為歷史上駢體文章最高成就的體現。後世以《文選》

為研究和模仿對象的學問，被稱為「選學」。此種「選學」最盛於唐，使《文選》成為唐人的必讀書。研究方面首先是注釋，如李善注和五臣注，同時，由於唐代絕大部份文章仍用駢體，故學習作文者，也無不以此書為標本。

中唐時韓愈、柳宗元等反對駢文，提倡寫古文，北宋歐陽修等繼起，影響巨大，終於使古文成為一般的表達文體。這個文體改變的過程，現代人稱之為「古文運動」。關於「古文運動」，我們將另行講述，這裏需要說明的是，駢體並未因此而完全消亡，在制誥、詔冊、表啟等特殊文類上，仍習慣使用駢體。這可能是因為此類公文在宣讀的時候，語句整齊的駢體比較容易斷句，而且聽覺效果較好。無論如何，駢體依然存在，只是從一般文體退縮為特殊文體，大約與律詩的地位相當。這種特殊文體，學界稱為「宋四六」。

相對於六朝駢文來說，「宋四六」在對偶、用典的方面，追求精工的傾向更為顯著。歷來被推崇的一個例子，是南宋初汪藻的《皇太后告天下手書》，這是替隆祐太后起草的命令趙構繼位的詔書，其中有這樣一段：

漢家之厄十世，宜光武之中興；獻公之子九人，惟重耳之尚在。茲為天意，夫豈人謀？尚期中外之協心，共定安危之至計。庶臻小愒，同底丕平。用敷告於多方，其深明於吾意。[1]

---

① 汪藻《皇太后告天下手書》，《浮溪集》卷十三，四部叢刊本。

除了對偶頗為嚴格外，「漢家」這一聯隔句對，還用了兩個絕妙的典故，與當時的情勢相對應：西漢十世而亡，東漢光武帝中興，北宋也是十世而亡，輪到趙構（南宋高宗）來中興了；春秋時晉國內亂，晉獻公的兒子重耳出亡於秦國，等獻公其他兒子都死於亂中，後來只能由他去繼承君位，成為「春秋五霸」之一晉文公，北宋亡時，宋徽宗的兒子包括欽宗在內都被金兵帶走，只剩了受命在外的趙構未被俘虜，理所當然應由他來做皇帝了。汪藻說，這就是「天意」，其實，真難為他找到了兩個極湊巧的典故，來組成對偶。這就是「古典」和「今情」成功融合的範例，是用典的極高境界。

我們通過此例，可以觀察到「宋四六」的特徵。在駢體作為特殊文體時，其對作者的學問和寫作技巧的要求，比它作為一般文體時顯然要高。不過，宋代畢竟已是古文盛行的時代，「宋四六」也難免受古文的影響，比如陸游《賀黃樞密啟》中有這樣的對句：「方無事之時，雍容坐談，則夫人而皆可；應一旦之變，酬酢曲當，非有道者不能。」「降附踵至，人心雖歸而強弱尚殊；踴躍請行，士氣雖揚而勝負未決。」[①] 猶如用兩小段古文組成對偶。這樣的長對子，借用詩歌批評方面的概念，謂之「扇對」。這是「宋四六」的另一個特徵，對後來的八股文也有影響。

然而，嚴格地說，「扇對」的大量使用，使「四六」一名已經名不副實，可以說，這是一種變異了的駢文。此種變異了的駢文，一直與古文長期共存。當然，古文是更佔優勢的一般文體。

---

① 陸游《賀黃樞密啟》，《渭南文集》第七卷，《陸游集》，中華書局 1976 年，第 2027-2028 頁。

但這個情形到明代中期以後，又有一些變化，駢體漸漸具有復興之勢。清代則以揚州為中心，興起了學習《文選》、提倡駢體的「選學派」，與桐城派古文構成分庭抗禮的局面。乾隆三十四年（1769）的進士孫梅編了一部《四六叢話》，收集了駢體文的大量評論資料，他的弟子阮元（1764-1849）後來當了大官，替他出版了這部書。阮元還提出了一個「文筆」說，講六朝以來，駢文才能叫作「文」，像古文那樣不對偶的東西只能叫「筆」，不能稱「文」。實際上，根據今人的考察，雖然六朝時期確有「文」「筆」對舉的說法，但「有韻為文，無韻為筆」，兩者之間的區別在於是否押韻。阮元有意無意地曲解了「文筆」說，却有利於提高駢體的地位。因為古文一直以「古」的名義主張其正當性，令駢文家難以對付，現在古文被證明它連「文」都不是，那麼駢文真可以揚眉吐氣了。除學習《文選》，從事駢文創作外，理論方面也出現了對於文言文演變歷史進行重構的一種意圖。李兆洛（1769-1841）將歷代駢體文章選編為《駢體文鈔》一書，因為裏面收入了司馬遷《報任安書》和諸葛亮《出師表》等一般被視為古文的名作，引起了當時人的質疑，於是李兆洛辯解說：

若以《報任安》等書不當入，則豈惟此二篇？自晉以前皆不宜入也。如此則《四六法海》等選本足矣，何事洛之為此嘵嘵乎？洛之意，頗不滿於今之古文家，但言宗唐宋，而不敢言宗兩漢……竊以後人欲宗兩漢，非自駢體入不可。今日之所謂駢體者，以為不美之名也，而不知秦漢子書無不駢體也。竊不欲人避駢體之名，故因流以溯其源，豈第屈司馬、諸葛以為駢而已，將推而至《老子》《管子》《韓非子》等，皆駢之也……《報任安書》，謝朓、江淹諸書之藍本也；《出師表》，晋宋諸奏疏之藍本也。皆從流溯源之所不能不及焉者也。其餘所收秦漢諸文大率皆如此，可篇篇以此意求之者也。①

這是對「古文」觀念及相關文章史觀的挑戰。在古文家的眼裏，唐宋古文繼承了先秦秦漢的文體，也就是秦漢以下直接唐宋，至於中間的六朝，仿佛是文章史的一段誤入歧途的時期，可以跳過去。李兆洛則認為，如果「因流以溯其源」，從寫作藝術的源流來講，秦漢文章自然地演變為六朝文章，則六朝的駢文才是秦漢文章的直系繼承者，所以此前被視為「古文」的那些早期作品，都被他看作駢文的濫觴。

李兆洛的見解有他的獨到之處，但采取這種説法，有可能加劇駢文家和古文家之間的對立。如果我們把駢文、古文當作文言文的兩種體式平等看待，則可以接受其合理的方面，就是承認這兩種體式都是先秦秦漢文章的發展。同時，兩種體式既然並存，它們各自的藝術特點如何，就是個應當探求的問題。清代學者在這個問題上也曾提出一些中肯的意見，如朱一新（1846-1894）在《無邪堂答問》中云：

駢文自當以氣骨為主，其次則詞旨淵雅，又當明於向背、斷續之法。向背之理易顯，斷續之理則微。語語續而不斷，雖悦俗

① 李兆洛《答莊卿珊》，《養一齋文集》卷十八，清光緒四年（1878）重刻本。

目，終非作家。(公牘文字如箋、奏、書、啟之類，不得不如此，其體自義山開之。) 惟其藕斷絲連，乃能迴腸蕩氣。駢文體格已卑，故其理與填詞相通，潛氣內轉，上抗下墜，其中自有音節，多讀六朝文，則知之。(四傑用俳調，故與此異，燕、許尚皆如此，至中唐後而始變。)①

他提出了「藕斷絲連」「潛氣內轉」等說法，意思不甚顯豁，後來晚清民國時期的孫德謙（1869-1935）著《六朝麗指》，對此有比較清晰的解說：

及閱《無邪堂答問》，有論六朝駢文，其言曰「上抗下墜，潛氣內轉」，於是六朝真訣，益能領悟矣。蓋余初讀六朝文，往往見其上下文氣似不相接，而又若作轉，不解其故。得此說，乃恍然也。試取劉柳之《薦周續之表》為證，「雖汾陽之舉，輟駕於時艱；明揚之旨，潛感於窮谷矣。」上用「雖」字，而於「明揚」句上並無「而」字為轉筆，一若此四語中，下二語仍接上二語而言，不知其氣已轉也。所謂「上抗下墜，潛氣內轉」者，即是如此。每以他文類推，無不皆然。②

意思是駢文因為語句整齊，不能像古文那樣多用虛字，所以在語氣承接或者轉折之處，往往沒有一個虛字來作明確的提示，

① 朱一新《無邪堂答問》，廣雅書局刊本。

② 孫德謙《六朝麗指》，1923 年四益宧刊行本。

只能從表述的內容上去體會語氣的轉接，語氣被沉潛在內容中，讀者要從內容的顧盼生姿，去體察語氣的「藕斷絲連」，這就叫「潛氣內轉」。

正如朱一新本人說明的那樣，這「潛氣內轉」的藝術特點可能只呈現在一部份駢文中，但它確實是一種細緻入微的體察，而且是從駢、古文體式上的差異出發分析而得的結果，對我們鑒賞駢文很有參考價值[①]。應該說，如果建立一個專門的學術領域，叫作「駢文學」，則努力闡明駢文相對於古文的寫作特點，就是其核心的課題。《六朝麗指》雖是一本筆記體的舊著，學術價值却不低。日本學者鈴木虎雄（1878-1963）就是在讀到了《六朝麗指》後，以此為基礎，比較系統地研究駢文，寫成了《駢文史序說》[②]。

現在我們總結一下駢文、古文二體在歷史上流行的時期：先秦兩漢是古文，六朝隋唐是駢文，中唐興起古文，盛於宋元明，而清代則是二體並行，至白話文運動興起時，一起被指責為「桐城謬種、選學妖孽」。列表於下：

| 先秦兩漢 | 六朝隋唐 | 宋元明 | 清 | 近現代 |
|---|---|---|---|---|
| 古文<br>駢體形成 | 駢文<br>古文運動 | 古文<br>駢體復興 | 桐城派古文<br>選學派駢體 | 桐城謬種<br>選學妖孽 |

① 關於清代駢文批評的詳細研究，請參考：奚彤雲《中國古代駢文批評史稿》，華東師範大學出版社 2006 年；呂雙偉《清代駢文理論研究》，人民出版社 2011 年。

② 鈴木虎雄《駢文史序說》，原為日本京都大學 1961 年油印本講義，後由興膳宏校補印行，研文出版 2007 年。

## 二、「古文運動」

從文章體式的角度而言，古文只是不駢之文，就是不要求用對偶語句來寫作的文章。我們弄清楚什麼是駢文，那也就明白了什麼是古文。所以，上面先梳理了駢文形成和流變的歷史，在梳理過程中自然也提到了古文。然而，就中國傳統文言文的總貌來説，古文在數量和質量上畢竟是超過駢文的，而且在創作觀念上，「古文」這個名稱本身就包含了復古的主張，以及與駢體敵對之意。自六朝至唐，駢體為文言文的一般文體，只有少數人偶然寫作散體的文章，中唐時期韓愈、柳宗元等人主張政治要恢復古代的制度，文章要講明古代儒家之道，同時在體式上斥破駢儷，解為散語，號稱恢復先秦兩漢之文體，名之曰「古文」，以與「古制」「古道」相適配。這是一次比較全面的文化復古運動，但論其成就與影響，則主要在文章的方面，所以近人稱之為「古文運動」。

「運動」當然是近人所用的詞語。「古文運動」的説法，大約最早見於胡適的筆下。從 1921 年起，他在國民政府教育部主辦的「國語講習所」講授「國語文學史」一課，同時著手編撰《國語文學史》講義。這部講義的油印本曾在當時北京的高校中廣為流行，經過幾次增訂後，於 1927 年由北京文化學社排印出版。《國語文學史》第二編《唐代文學的白話化》第三章《中唐的白話散文》中已經出現了「古文運動」一名：

「古文」乃是散文白話化以前一個必不可少的過渡時期。平民的韻文早就發生了，故唐代的韻文不知不覺的就白話化了。平民的散文此時還不曾發達，故散文不能不經過這一個過渡時代。比起那禪宗的白話來，韓、柳的古文自然不能不算是保守的文派。但是比起那駢儷對偶的「駢體」文來，韓、柳的古文運動，真是「起八代之衰」的一種革命了。[①]

在這部講義的基礎上，胡適撰作了著名的《白話文學史》，但只完成了上卷，於 1928 年由上海新月書店出版，還沒有寫到唐代「古文運動」。不過他在《自序》裏説，下一卷就要「從古文運動説起」[②]。他沒有寫出下卷，但「古文運動」一名却從此通行於學界。後來也有學者質疑這「運動」的説法是不是太具現代意味，但多數人還是承用這個術語。大抵《白話文學史》本身就是現代「新文化運動」的產物，作者喜歡把歷史上一些新現象、新主張的出現也稱為「運動」，除「古文運動」外，也提到了「新體駢文運動」，後來流行的還有「新樂府運動」等。這些「運動」都不能與現代的文學運動等量齊觀，但畢竟概括了一個實際存在過的歷史現象，所以被學界繼續使用。

問題倒在於，把「古文運動」當作「白話文學」歷史進程的一環來理解，現在看來很不符合事實，韓柳的「古文」不但並不比同時代的駢文「白話化」，反而更為奇崛、佶屈聱牙[③]，而且「古

① 胡適《國語文學史》，安徽教育出版社 1999 年，第 58 頁。

② 胡適《白話文學史 · 自序》，上海古籍出版社 1999 年，第 6 頁。

③ 參考王運熙《韓愈散文的風格特徵和他的文學好尚》，原載 1958 年《復旦學報》社科增刊《古典文學論叢》，後收入《漢魏六朝唐代文學論叢》，上海古籍出版社 1981 年，又見《漢魏六朝唐代文學論叢》（增補本），復旦大學出版社 2002 年，第 226-238 頁。

文運動」的當事人所具有的濃厚的「復古」觀念，與胡適構想的歷史進程也格格不入。胡適的貢獻在於他使「古文運動」成了文學史研究的一個重要課題。

韓柳古文的成就之高，歷來受到推崇，但從晚唐、五代直至宋初，一般文章仍用駢體寫作。北宋中期歐陽修再次倡導古文，曾鞏、王安石、「三蘇」繼起，這才基本奠定了古文為文言文一般文體的格局。以上八人，史稱「唐宋八大家」，實際上嚴格的稱呼應是「唐宋古文八大家」。從文體的角度看，他們完成了中國歷史上的一次文體「復古」：其自身體認與後世評價皆如此說。惟自近代以來，「復古」一詞為大家所憎惡，故通常改稱「文體革新」。當然，相對於其時流行的駢體來說，這是「革新」，但若僅就此點而論，則此種「革新」的含義，「復古」一詞也具備的，如果不是因為當下的情形與「古」不合，那又何必要「復」？為了證明其為「革新」，還必須指出它與真正的「古文」即先秦兩漢之文有何差異。

差異自是有的，但並非文體差異，而是文風差異，不過也同文體問題相關。先秦兩漢之人寫古文時，心中並無駢文的意識，不避駢化因素，而唐宋古文的作者是針對駢文來做與之不同的古文，常會有意變換句式，以避駢偶。我們看韓愈《原道》中的一段：

有聖人者立，然後教之以相生養之道。為之君，為之師，驅其蟲蛇禽獸而處之中土。寒，然後為之衣，饑，然後為之食；木處而顛，土處而病也，然後為之宮室。為之工，以贍其器也；為之賈，以通其有無；為之醫藥，以濟其夭死；為之埋葬祭祀，以長其恩愛；為之禮，以次其先後；為之樂，以宣其壹鬱；為之政，以率其怠倦；為之刑，以鋤其強梗。相欺也，為之符璽、斗斛、權衡以信之；相奪也，為之城郭、甲兵以守之。害至而為之備，患生而為之防。①

這裏排比的句子，都是「因為什麼，而作什麼，以達到什麼目的」的句型，但他有意變化次序，或省略某個部份，使之長短錯綜。如此人工地矯揉句子，謂之「伸縮離合之法」，即通過拉長、縮短、分離、組合句子成分的辦法，解駢為散。相對來說，先秦兩漢古文肯定用不著這一套法子，那是自然的「隨言短長」。這就造成兩種「古文」的文風差異。所以，後來明代人有「文必秦漢」之說，覺得唐宋古文不是真正的「古文」，應該向司馬遷、班固去學習，不該學「八大家」。但明人的情況與「八大家」一樣，顯然做不到像秦漢人那樣心中無「駢」，仍不免走上唐宋人的路子，結果又有人主張，還是老老實實學唐宋吧，於是又有了「唐宋派」。歸根到底，雖是古文內部的問題，其實卻總牽涉駢文。自從歷史上有了駢文，要做古文也「古」得不像樣了。

確實，駢文的寫作方法流行既久，對人們的思維方式也產生極大的影響，就連韓愈亦無從避免，他想到了「君」就一定會聯想到「師」，想到了「饑」就一定聯想到「寒」，想到「禮」就一

① 韓愈《原道》，《韓昌黎文集校注》卷一，上海古籍出版社 2014 年，第 17 頁。

定聯想到「樂」，想到「政」就一定聯想到「刑」…… 他腦子裏的事物、概念總是一對一對的。這個世界已經被如此結構起來，而韓愈猶思解散之，談何容易？可以想像，與世俗風氣搏鬥對韓愈來説已是第二義，他的搏鬥對象，首先應是自己。不過，有一種精神力量在支持他，那便是他心目中的古代聖賢之「道」，因為要振起這個「古道」，他才勉力寫作「古文」的，其目標本不在於革新文體而已。

這就牽涉到唐宋古文的一個基本命題：文以載道。近代以來，從文學理論上批判這個命題的意見很多，但思想史方面，對中唐以來的儒學却多有肯定，認為那使儒學發展到一個全新的階段，謂之「新儒學」。與此相應，有人也把中唐以來的古文稱為「新古文」[①]。事實上，「新古文」確實是跟「新儒學」一起出世的孿生兄弟，而且從中唐到北宋，這對孿生兄弟一直沒有分家。「唐宋古文八大家」無一不是在「新儒學」上建樹頗豐的思想家，而李翺、孫復、石介、周敦頤等早期的「新儒學」鉅子，也全是古文家。這是一種新興的帝國士大夫文化，原本不區分「哲學」和「文學」，因為當初沒有這樣兩個學科。不過，與此相當的兩個領域，隱然是存在的，士大夫們雖一身兼跨兩個領域，其間難免各有偏長，而發生衝突。最典型的衝突可能發生於蘇軾和程頤之間，也就是從此時起，「新古文」和「新儒學」這對孿生兄弟才開始要分家了。

---

① 如陳寅恪《論韓愈》云：「退之（韓愈字）發起光大唐代古文運動，卒開後來趙宋新儒學新古文之文化運動。」見《金明館叢稿初編》，生活 · 讀書 · 新知三聯書店 2009 年，第 332 頁。

由此看來，如果真有所謂「古文運動」，則其之所以能取得歷史性的成功，原因並不在於古文真的比駢文更具多少文學上的合理性。古文取代駢文而成為一般文體，與其視為對無可置疑的一種合理性的回歸，不如說是一個歷史現象，與唐宋之際帝國士大夫文化的興起密切相關。這種帝國士大夫文化，是以科舉制度為關紐的，所以「新古文」與「新儒學」一樣，都要與科舉考試發生複雜的聯繫。歐陽修曾主持科舉，他能使古文成為考試文體，後來王安石當宰相，則把「新儒學」引入了科舉。可見，科舉這一根指揮棒，在文體演變的歷史上所起到的作用，應該予以充分估計。

然而，也就是與科舉相聯繫的結果，剛剛流行起來的古文又重新走上了組建對偶句的道路，這就是下面要講的「八股文」了。

## 三、從「經義」到「八股」

古文被科舉制度所採用，是在北宋中期，一般考「論」和「策」兩種文類。但王安石變法時，改革了科舉制度，廢除詩賦考試，而改考一種新的文類，叫作「經義」。具體來說，就是從王氏所著《三經新義》（《周禮》《尚書》《詩經》的注釋）中任取一句為題，要求按照王氏學說寫一篇議論文。這在他的政敵比如蘇軾看來，自然是文章的一大厄難，但王安石想用這個辦法來「造士」，即培養適合於推行「新法」的士大夫。所以他極為投入，不但自己作了「經義」的範文，還規定全國學校的教授從此納入帝國官僚體系，由政府來任命，謂之「學官」。這「學官」必須精通《三經新義》和「經義」文的寫法，自己先通過考試，然後才有資格去教授學生。當時就連蘇轍那樣的大文豪，也因為不吃這一套，而屢次被剝奪做教授的機會。可見這個政策推行的力度。

科舉是全國讀書人的指揮棒，在此情勢之下，「經義」文自然風行。但其觀點既已被限定，久而久之，則連寫法上也逐漸形成熟套。其比較突出的特點是，文首總有「破題」，即點明題意，而且常用長對子，即所謂「扇對」。所以，司馬光和蘇軾的學生晁說之，曾對此嚴厲指責：「今之學者，《三經義》外無義理，扇對外無文章。」[①] 但他的指責沒起作用，經宋徽宗、蔡京長達二十餘年的大力推行，到南宋時，形成了比較穩定的「十段文」，即一篇「經義」分十個部份。這十段是：破題、接題、小講、繳結，此四段構成「冒子」;「冒子」後入官題，官題下有原題、大講、餘意、原經、結尾。最重要的可能還是破題，因為這是首先映入考官眼簾的部份，一定要精彩些，才能博得最好的第一印象。據說，當時的習慣是破題用四句，組成一個長對子，如：「天地有自然之文，聖人法之以為出治之本；陰陽有不息之用，聖人體之以收必治之功。」[②] 這是用來破《周易》的題，考官一看就知道，這位考生準確地記得本次考試的題目出自《周易》。相對於《三經新義》來說，命題範圍後來應有所擴大。

毋庸置疑，「十段文」就是「八股文」的前身。明清時期的八股文，內容當然不再是王安石的學說，而是程朱理學了；出題

① 晁說之《元符三年應詔封事》，《景迂生集》卷一，文淵閣四庫全書本。

② 葉適《習學記言序目》卷五十，中華書局 1977 年，第 748 頁。

的範圍有了限制，專從朱熹的《四書集注》裏面出題；格式上則有破題、承題、起講、入手，四段構成「冒子」，然後有「四比八股」，就是長對子，一對叫一比，每比由兩股構成，但「四比」也被稱為前股、中股、後股、束股；寫作的宗旨是「代聖人立言」，就是不講自己的見解，只講對經文的「正確」而「深刻」之理解。可見，八股文承襲了王安石科舉政策的全部要素而加以發展，只不過用程朱理學取代了王氏之學，而「四比八股」的寫法，就是「扇對」的進一步擴大。

作為科舉文類的「經義」，原本只是古文的一種，王安石的「經義」就是古文與科舉制度相結合的產物。但是，因為它習慣上使用長對子，乃至發展為八股，其實讀書人在對偶上所投入的精力，比駢文有過之而無不及。或者也可以說，它已經結合了駢文的因素。於是，從「經義」到「八股」，傳統的文章史發展出一種既不像古文也不像駢文，但又可以說綜合了駢、古文因素的新文體——八股文。一般情況下，注重個體創造性的文學史研究者不太喜歡談及這種觀點和寫法都被限定的文章，其文學價值確實也無法高估，但我們同時也無法忽視的一點是：它是每一個有志於考上科舉的讀書人都必須學習的「作文」，就此而言，說它是宋代以來文章的「主流」，也不能算過分。

以上概述了北宋「經義」演變到明清「八股文」的情況。不過，從文章學的角度說，「經義」（後來也被稱為「制義」或「制藝」等）這個名稱，與制誥、章表、奏議、碑誌、記傳、序跋、書牘等名稱一樣，是按文章的不同功能或者說使用場合來命名的文章類別；而「八股」這一名稱，關注的是其行文的體式特徵，即文中包含四組長對子，與此相似的從體式特徵來命名的，還有七、連珠、駢文，以及與駢文相對的「古文」(雖然「古」這個字包含了復古觀念，但從體式而論，「古文」其實就是不「駢」之文)。所以，雖然在很長的時期內，「經義」與「八股文」被看作同一類文章的不同名稱，但它們的命名角度其實不同，換言之，是以不同視角對文章加以分類的結果。所以，把八股文的源流追溯到北宋的科舉經義，只是從文章的功能類別的角度進行追溯，還沒有講明其體式特徵的淵源。

常見的情形，文章的體式特徵大抵是從某種修辭性的手段發展而來，比如駢文，就是把「對偶」這一修辭手段發展為通篇行文的基本體式，是這一修辭手段的體式化。連珠是一種特殊的駢文，也可以說是排比手法的定型化。還有《文心雕龍》所列的「諧隱」等，也是從修辭手法發展而來的「文體」。那麼八股文呢？它比駢文更進一步，是把長對子即「扇對」體式化了。就此而言，我們還需要梳理出「扇對」從修辭手段逐步發展為文章體式的過程，才能較為完整地說明八股文的形成。下面我們要談論的，就是扇對的問題。

「扇對」這一名稱原本出現在詩論裏，因為詩也要有對偶的句子，一般的對偶是一句對一句，而「扇對」就是兩句對兩句。如舊題白居易《金針詩格》云：「詩有扇對格：第一句對第三句，第二句對第四句。」[①] 宋人嚴羽也說：

---

① 舊題白居易《金針詩格》，見張伯偉《全唐五代詩格彙考》，江蘇古籍出版社 2002 年。

有扇對。(又謂之隔句對。如鄭都官「昔年共照松溪影，松折碑荒僧已無。今日還思錦城事，雪消花謝夢何如」是也。蓋以第一句對第三句，第二句對第四句。)[1]

這裏舉例説明了什麼是扇對。不過，詩歌方面並未發展出某種專用扇對的詩體，其規模也局限於兩句對兩句。也就是説，扇對在詩歌中始終只是修辭手段，不能體式化。規模發展到三句以上，並走向體式化，只能在文章中。

從八股文探源的角度對前代文章使用扇對現象加以關注的，以錢鍾書先生所論最為著名，其《管錐編》有云：

《羽獵賦》:「徽車輕武，鴻絧緁獵，殷殷軫軫，被陵緣阪，窮夐極遠者，相與列乎高原之上。羽騎營營，昈分殊事，繽紛往來，轠轤不絕，若光若滅者，布乎青林之下。」按對偶甚長，幾似八股文中兩比。左思《吳都賦》加厲焉……不獨詞賦，文亦有之。如仲長統《昌言》下:「和神氣，懲思慮，避風濕，節飲食，適嗜欲，此壽考之方也；不幸而有疾，則針石湯藥之所去也。肅禮容，居中正，康道德，履仁義，敬天地，恪宗廟，此吉祥之術也；不幸而有灾，則克己責躬之所復也。」《顏氏家訓·兄弟》篇:「人或交天下之士，皆有歡愛，而失敬於兄者，何其能多而不能少也！人或將數萬之師，得其死力，而失恩於弟者，何其能疏而不能親也。」《隋書·孝義傳》:「若乃綰銀黃，列鐘鼎，立於朝廷之

---

① 嚴羽《滄浪詩話·詩體》,《滄浪詩話校箋》，上海古籍出版社 2012 年，第 366 頁。

間，非一族也；其出忠入孝、輕生蹈節者，則蓋寡焉。積龜貝，實倉廩，居於閭巷之內，非一家也；其悅禮敦詩、守死善道者，則又鮮焉。」純乎八股機調，唐人駢體中甚多。[①]

與探討駢文的形成一樣，錢先生首先重視的仍是漢賦，他所引的例證以漢賦為首，從賦擴展到其他文章。從修辭上說，扇對是一種拉長了的對偶，漢賦作者既喜對偶，偶然逞才而出現長幅的扇對，也並不奇怪。

後世的賦中，也常出現一些長對，錢先生所引左思《吳都賦》的一例甚長，比較極端，一般情況下，超過駢文四六「隔句對」的長度者，便可視為扇對了，如陸機《文賦》有云：

於是沈辭怫悅，若游魚銜鉤而出重淵之深；浮藻聯翩，若翰鳥纓繳而墜曾雲之峻。[②]

孫綽《遊天台山賦》有云：

非夫遺世玩道，絕粒茹芝者，烏能輕舉而宅之？非夫遠寄冥搜，篤信通神者，何肯遙想而存之？[③]

---

① 錢鍾書《管錐編》，生活．讀書．新知三聯書店 2007 年，第 1516-1517 頁。

② 陸機《文賦》，《陸機集校箋》，上海古籍出版社 2016 年，第 7 頁。

③ 孫綽《遊天台山賦》，《文選》卷十一，上海古籍出版社 1986 年，第 494 頁。

像這樣長度的對偶，在賦和駢文中更為多見。唐人總結寫作技法時，似乎仍將此歸入「隔句對」，如佚名《賦譜》所釋：

> 隔句對者，其辭云隔，體有六：輕、重、疏、密、平、雜。輕隔者，如上有四字，下六字，若「氣將道志，五色發以成文；化盡歡心，百獸舞而叶曲」之類也。重隔，上六下四，如「化輕裾於五色，獨認羅衣；變纖手於一拳，以迷紈質」之類是也。疏隔，上三，下不限多少。…… 密隔，上五已上，下六已上字。…… 平隔者，上下或四或五字等。…… 雜隔者，或上四，下五、七、八；或下四，上亦五、七、八字。…… 此六隔皆為文之要，堪常用。
>
> 凡賦以隔為身體 …… 身體在中而肥健。[①]

「隔句對」的每一聯由兩句構成，一聯之中上句四字、下句六字的叫「輕隔」，反過來上句六字、下句四字的叫「重隔」，這是最常見的四六隔句對。上句三字、下句字數隨意的叫「疏隔」，上句多於五字、下句多於六字的叫「密隔」。對照之下，上文所舉《文賦》《遊天台山賦》的那種例子，似乎勉強可以歸入「密隔」。此外上下句字數相同的叫「平隔」，字數不同但有一個四字句（另一個不是六字句）的叫「雜隔」。

值得注意的是，《賦譜》指出這六種「隔」是「為文之要，堪常用」，而且「隔句對」的使用對一篇賦來說非常重要，被比喻為

① 佚名《賦譜》，見張伯偉《全唐五代詩格彙考》，江蘇古籍出版社 2002 年，第 557-563 頁。

賦的「身體」，所謂「身體在中而肥健」，如不使用，就不夠充實，顯得單薄了。

可想而知，《賦譜》把「隔句對」如此煩瑣地加以分類，也正因為它在寫作實踐中非常重要。只有頻繁使用的東西，才需要仔細分類。唐人科舉考試用律賦，《賦譜》之作，主要針對律賦，而隔句對既被視為其「身體」，當然必須講究。從追求「肥健」的角度說，六「隔」之中要以「密隔」最為「肥健」了。雖然「隔」都被描述為兩句一聯，但在不使用標點符號的情況下，「密隔」似乎可以包容更長一些的扇對。那麼，以「密隔」的名義被律賦使用的扇對，就從純粹的修辭性因素逐漸向體式性因素過渡，參與構成賦的「身體」。

大量借鑒辭賦寫法的駢文，既是對偶法的體式化，自然也不會排除扇對法的使用，錢鍾書先生已指出「唐人駢體中甚多」，不煩列舉。隨著唐宋「古文運動」的展開，主流文體從駢文逐漸轉為古文，但制誥、章表等某些文類仍保持駢體，通常被我們稱為「宋四六」。而這「宋四六」的寫作特徵之一，就是較多地使用扇對。宋人邵博《邵氏聞見後錄》卷十六云：

本朝四六，以劉筠、楊大年為體，必謹四字六字律令，故曰「四六」。然其弊，類俳語可鄙，歐陽公深嫉之…… 如公之四六云:「造謗於下者，初若含沙之射影，但期陰以中人;宣言於廷者，遂肆鳴梟之惡音，孰不聞而掩耳。」俳語為之一變。至蘇東坡於四六，如曰:「禹治兗州之野，十有三載乃同；漢築宣防之宮，三十餘年而定。方其决也，本吏失其防而非天意；及其復也，蓋天助有德而非人功。」其力挽天河以滌之，偶儷甚惡之氣一除，而四六之法則亡矣。[①]

「四六」顧名思義大抵是「謹四字、六字律令」的，但歐、蘇等名家則以長聯洗滌之，造成新風。若以唐人《賦譜》所列六「隔」衡之，「謹四字、六字律令」的不是「輕隔」就是「重隔」，而這裏引用的歐公一聯，可算「密隔」，東坡的二聯可算「平隔」和「雜隔」。

北宋文章的另一名家王安石，所作四六中也多見類似的長聯，略舉數例：

周勃、霍光之於漢，能定策而終以致疑；姚崇、宋璟之於唐，善致理而未嘗遭變。[②]

臣聞人臣之事主，患在不知學術，而居寵有冒昧之心；人主之畜臣，患在不察名實，而聽言無惻怛之意。[③]

百姓以安平無事之時，而未免流離餓殍；四夷以衰弱僅存之勢，而猶能跋扈飛揚。[④]

像這樣的長聯，勉強仍可算作「密隔」。總體而言，宋四六雖以多用扇對為特徵，但一般情況下，也就限於這樣的長度，比

① 邵博《邵氏聞見後錄》卷十六，中華書局 1997 年，第 124-125 頁。

② 王安石《賀韓魏公啟》，《王文公文集》卷二十二，上海人民出版社 1974 年，第 251 頁。

③ 王安石《謝翰林學士表》，《王文公文集》卷十八，第 206 頁。

④ 王安石《辭拜相表》，《王文公文集》卷十六，第 170 頁。

起嚴謹的四六隔句對來，顯得自由奔放，或者多一番曲折，却也不至於太長，離八股文的「兩比」，還有較大的距離。

其實，無論是賦還是駢文所使用的扇對，達到像錢鍾書先生所舉「幾似八股文中兩比」那樣長度的，畢竟尚屬偶見，絕大多數是可以視為「密隔」一類的。如果我們認為從這類「密隔」型的扇對可以直接發展出「八股機調」，大概是過於簡單的設想，並不十分符合史實。大致說來，扇對在「宋四六」中，基本上仍是修辭性因素，並未明顯地呈現向體式化發展的趨勢。

那麼，被認作八股文雛形的北宋經義，情況又如何呢？與制誥、章表等使用四六駢體的文類不同，作為議論性的文類，在「古文運動」興起以後，經義本應該用古文體式來寫作的。但既然到北宋後期，已經被晁說之攻擊為「扇對外無文章」，則即便有些誇張，也可見扇對已不再是偶然用之的修辭手段，而達到了相當體式化的程度。

問題是，北宋經義的行文特徵究竟如何，目前學界對這一點其實還沒有很確切的把握，因為我們掌握的北宋經義之文並不多。從資料上說，比較可靠的一批經義，是在元豐五年（1082）狀元黃裳的《演山集》中。此集卷三十八到四十，有六篇《周禮義》、六篇《論語孟子義》，共十二篇，是迄今為止可以確認的最早一批北宋科舉經義文。黃裳在金庸先生的武俠小說中被寫作《九陰真經》的作者，實際上他是個喜歡閱讀道經的士大夫。在王安石改革科舉，規定考試經義之後不久，他就高中狀元，應該是寫作經義的頂尖高手了。

上面說過，文章的開頭，即「破題」部份使用扇對，是經義的習慣寫法。在黃裳的十二篇經義中，這個寫法尚未成為固定格式，但其傾向已甚明顯，使用扇對破題的篇目在半數以上，其餘不使用扇對的也用了較為整齊的句式。考察這些扇對的性質，有一篇《唐虞之際於斯為盛》① 的開頭特別長，幾乎可以稱之為「兩比」，但多數沒有那麼長，仍可歸屬於「密隔」，或者比通常的「密隔」稍長一些。

然而更重要的是，這種扇對的表達內容為議論，而議論又針對題目而發，往往抓出題目中的兩個要素，或者以「一分為二」式的思路剖析出兩個方面，來組織對偶。這樣一來，其所造成的後果，就不光是破題使用扇對的寫法自身走向格式化，而且也意味著後文的展開，仍可分論這兩種要素或兩個方面（當然題目特殊時，要素或方面也可能在兩個以上），於是行文上就出現了平行的兩幅。比如有一篇《考其德行道藝而勸之》②，黃裳先從題目中抓出「行」和「藝」兩種要素，組織破題的對句：「六行，人之德性所有者也；六藝，人之才性所有者也。」接下來就用兩幅分論「德」和「才」：

自其德行而充之，以知致仁，以仁致聖，高明之德也；以義致忠，以忠致和，中庸之德也。以性立德，以德制行。以孝事其父母，然後能以友事其兄弟；以睦善其內親，然後能以姻善其外親；以信任其朋友，然後能以仁恤其鄉黨。睦姻之於孝類也，而孝生於上德之仁；任恤之於友類也，而友生於中德之義。

---

① 參見黃裳《演山集》卷四十，文淵閣四庫全書本。

② 參見黃裳《演山集》卷三十八，文淵閣四庫全書本。

自其才性而充之，以禮得中，其性正矣；以樂得和，其情正矣。然後射足以觀德，御足以觀智，書足以探心，數足以究物。

兩幅分論之後，仍以扇對小結之：

賢愚貴賤，其性之根皆有是德，其德皆有是行；其性之幹皆有是才，其才皆有是藝。

破題既括出了題中的兩個要素，則接下來兩幅分論，然後加以小結，這應該是可以理解的寫法。在這個例子裏，因為分論的兩幅長短不一，句式不對稱，故不形成兩比，但從構思上講，實在是兩比的機調。如果類似的寫法經常被採用，只要在句式上下點功夫，使其長短對稱，兩比便呼之欲出。在《辨廟祧之昭穆》[①]一篇中，有如下兩段：

合食於太祖，禮之尚親而主愛者也，以情先焉。爓熟，物之近於人情者也。不近於人情，非禮之宜也，不足以致愛焉。故祫主於饋食。

審諦昭穆，禮之尚尊而主欽者也[②]，以意先焉。血腥，禮之遠於人情者也。不遠於人情，非禮之至也，不足以致欽焉。故禘主於肆祼。

① 黃裳《演山集》卷三十八，文淵閣四庫全書本。

② 此句「禮之」原文作「之禮」，則當屬上句，以意改。

這就是標準的兩比了！

當然，黃裳的這些經義，還沒有像後世的八股文那樣規整地排列四個「兩比」，只是出現了這樣對稱的段落。但這種段落的存在，不但足以證明北宋的科舉經義確是八股文的雛形，還有助於我們考察「八股」體式逐漸形成的過程。一般見於唐宋辭賦、駢文及經義破題部份的扇對，是可以歸為「密隔」一類的，不甚長；但經義破題用議論性的扇對，容易引出後文以兩幅分論的寫法，如果這兩幅在長度和句式上對稱，便形成了兩比。這是一種更長的扇對，宋人似乎稱之為「大扇對」，如沈作哲筆記《寓簡》中有云：

> 王履道作大扇對，頗傷粗疏。[1]

王履道名安中，有《初寮集》，為徽宗朝四六名家，但他是元符三年（1100）進士，估計亦擅長經義吧。「扇對」而加一「大」字，若指長幅的兩比，則可反證，宋人心目中一般的「扇對」是並不太長的。在扇對修辭手法被體式化而形成「八股」文體的過程中，「大扇對」被習慣性地使用，該是最為關鍵的一步。雖然如錢鍾書先生所說，漢賦、唐駢中就出現了可以視為「大扇對」的文例，但現在看來，北宋經義以扇對破題，然後以兩幅「大扇對」分論的寫法，才是「八股機調」的真正形成。

值得注意的是，無論對於扇對式的破題，還是兩幅對稱的「大

---

① 沈作喆《寓簡》卷五，文淵閣四庫全書本。

扇對」，乃至對經義試士的制度本身，宋代的批評家通常是持否定態度的。這自然也與北宋「新舊黨爭」的特殊政局相關，但經義的寫作體式走向八股的歷史步伐未被這樣的否定所阻，而仍能繼續前行，則除政治原因外，也必有文章學上的理由。這就好像唐宋「古文運動」反對駢文，但並未將駢文消滅一樣，漢語寫作者對於對偶的迷戀是根深蒂固的，而扇對無非是拉長了的對偶。

作為對古代經典的語句加以理解，從而引發思想的議論文，經義既不能脫離經典，又畢竟要追求思想的條理貫通，故經典的語句形式和思想的條理性也促成了表述上的扇對化。比如朱熹注《大學》「物格而後知至，知至而後意誠，意誠而後心正」云：

物格者，物理之極處無不到也；知至者，吾心之所知無不盡也。知既盡，則意可得而實矣；意既實，則心可得而正矣。[1]

注《中庸》的「致中和，天地位焉，萬物育焉」云：

自戒懼而約之，以至於至靜之中，無少偏倚，而其守不失，則極其中而天地位矣；自謹獨而精之，以至於應物之處，無少差謬，而無適不然，則極其和而萬物育矣。[2]

① 朱熹《四書章句集注．大學章句》，《朱子全書》第六冊，上海古籍出版社、安徽教育出版社 2003 年，第 17 頁。

② 朱熹《四書章句集注．中庸章句》，同上，第 33 頁。

經典的語句本身整飭，從中引出的思想也以「扇對」形式被表述出來，特別是後一例，注文幾乎就構成了兩比。這還不是經義文，只是注釋，朱熹本無必要去做扇對，却自然寫成了扇對句。只能説，這與思維方式有關。比如朱熹的名言「眾物之表裏精粗無不到，而吾心之全體大用無不明」[①]，這是他追求的最高精神境界，這個境界必須用對「物」和「心」這一對概念的説明來表述。我們一般習慣用一對一對的事物和概念來結構這個世界，而表達方式上的對偶，就幾乎是其忠實回應。因為這不光是行文體式問題，如果關於本來成對的事物和概念只説其中之一，思想上也就不成條理。很難説這樣的思維方式和駢儷句式誰決定了誰，但它們似乎總會互相選擇對方。

律詩要對偶，駢文要對偶，八股文要對偶，章回小説中的回目也是對偶句，中國的文學傳統中充滿了對偶。日常生活中，我們到風景名勝之處，看到最多的就是對聯，門板上、梁楹上、石柱上全是對聯，過年的時候家家戶戶都要貼個春聯，不過年的時候舉辦各種活動、典禮，也經常要擬個對聯挂起來，弔唁的時候還有輓聯，這都是對偶。我們中國人幾乎就是一群深陷在對偶之中難以自拔的人。不過文章史上，最受推崇的偏偏是傾向於排斥對偶的古文。古文家經常討厭對偶，大概覺得對偶是很庸俗的，努力要從中自拔吧。

① 朱熹《四書章句集注 · 大學章句》，《朱子全書》第六冊，上海古籍出版社、安徽教育出版社2003 年，第 20 頁。

第八章

# 說唱

前面逐次介紹了辭賦、詩詞曲、駢古文等「雅文學」的主要體裁，接下來介紹「俗文學」。

所謂雅俗，原是相對的概念，就文體類型來說，何者為雅，何者為俗，每個時代的看法並不相同。比如，樂府詩中的民歌部份、唐曲子詞和元曲，開始的時候都是俗的，後來被士大夫所接受，便逐漸趨向雅化。「俗文學」的說法興起於二十世紀初，那時候，因為要給白話文運動張本，便以語言上採用白話為基本的標準，而其最為主幹的部份，恰好就是被《四庫全書》所捨棄不收的白話小說和戲劇作品。其實，白話小說裏面往往含有文言的段落，戲劇更是文言和白話混雜的（而且很難說是以白話為主），明代以後參與小說、戲劇創作的，也多有士大夫，甚至有朱明皇室的子弟和滿清的八旗貴族。與從前的樂府詩、唐宋詞、金元曲一樣，白話小說和戲劇原也走在了「雅化」的途上，而且，如果真的把它們視為「五四」以後「新文學」的前身，那麼「新文學」恰恰就是其「雅化」的完成，因為「新文學」的主體部份，並未按其原來提出的理想而成為大眾的文學，其深刻的思想性、對民族前途的濃重憂思和對社會的鮮明「教育」姿態，使它遠離娛樂耳目、放鬆生活節奏的功能，在很大程度上只屬於「知識分子」的世界。由於「新文學」也兼具將西方的文學觀念、文學體裁橫向移植於現代中國的目標，對照之下，白話小説和傳統戲劇（亦稱「戲曲」）就比較符合西方的小説、戲劇這兩種文學體裁，所以，它們被標舉為帶有「新文學」先驅性質的「俗文學」。由此，被一般士大夫所輕視的這些通俗作品，就幾乎進入了文學殿堂的最高處。

但中國歷史上的白話文學，並不只有小説和戲劇兩種形式，如以白話小説的講述形式和傳統戲劇的演唱形式為標準，那麼還有許多處於兩者之間的形式，一般統名為「説唱」或「講唱」。不過，正如把辭賦看作詩、文之間的體裁一樣，把「説唱」視作小説和戲劇之間的形式，也是一種不太周全的表述。我們已知，辭賦在歷史上的發展成熟早於五七言詩、駢文和古文，同樣，「説唱」文學的興盛，其實也早於白話小説和戲劇。因此，本章先從「説唱」談起。

顧名思義，「説唱」就是既説又唱的表演方式，其文本則呈現為散文、韻文（即説白和唱詞）相間的形式。采取這種形式的作品，大部份是具有故事性的，但並不一概如此。而且，作為表演者所用的腳本或幫助觀眾欣賞的讀本，有時候只顧其實用性，不顧其作為一個文本的完整性，也就是説，有的文本只記錄了唱詞，沒有説白，有的則相反，但表演時未必只唱不説，或只説不唱。那沒有唱詞的文本，我們姑且可以歸到小説去，而沒有説白的文本，既未成為戲劇，一般又不算作詩，只好歸到說唱之中。

說唱的歷史起源是相當早的，古代文獻中有一些篇章如《荀子·成相》就疑似說唱文本，甚至《左傳》也有人懷疑它根本不是注釋《春秋》的經書，而是一個瞎子說書的記錄。宋代陳騤的《文則》中有一條評《左傳》敘事之妙云：

> 文之作也，以載事為難；事之載也，以蓄意為工。觀《左氏傳》載晉敗於邲之事，但云「中軍下軍爭舟，舟中之指可掬。」則攀舟亂刀斷指之意自蓄其中。[1]

這裏例舉的是《左傳》宣公十二年晉楚「邲之戰」的一節，描繪晉軍渡河撤退時的情形。許多戰士用手指攀著船舷想爬上去，而船上的人則想擺脱他們趕快走，所以揮刀砍斷這些手指，造成「舟中之指可掬」的慘狀。在陳騤看來，這是《左傳》敘事之妙，但近代日本學者倉石武四郎則認為，這樣的敘事之妙未必來自駕馭文字的高超功夫，而更可能出自「三寸不爛之舌」[2]。確實，「船上都是手指」，這樣的誇張法很像說書的口吻。《左傳》中類似的段落不少，倉石武四郎的說法可備參考。到了漢代，出土的陶俑中有個神采飛揚的人物，大家都認為是說書的。

不過，我們現在能夠讀到的最早一批成熟的白話說唱文學作

---

① 陳騤《文則》，人民文學出版社 1960 年，第 7 頁。

② 倉石武四郎《中國文學講話》，岩波書店 1968 年，第 36-37 頁。

品，是在敦煌遺書之中。

## 一、敦煌莫高窟與敦煌遺書

敦煌遺書是二十世紀最重大的考古發現之一。清光緒廿六年五月廿六日（1900 年 6 月 22 日），住在敦煌莫高窟的王圓籙道士，偶然打開了一個封閉的洞窟，使洞內的遺書重見天日。現在我們把這個洞稱為藏經洞，按敦煌研究院的編號，就是第 17 窟，而實際上它只是第 16 窟甬道北壁開鑿的一個耳室（如下一頁圖）。這個耳室內為什麼藏有遺書，並被封閉，至今還是謎團，學者們有各種猜想，卻都無法證實。

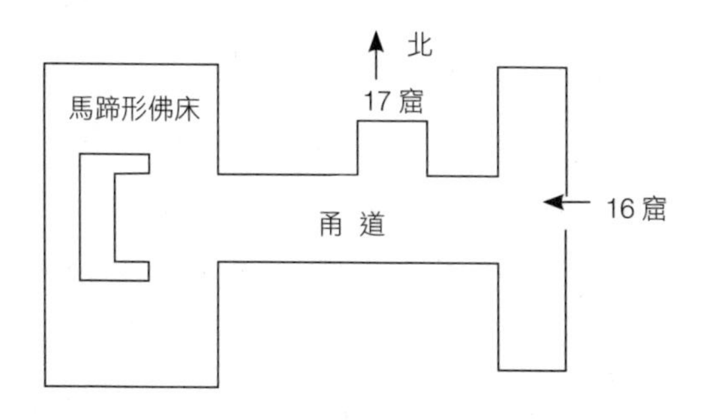


王道士有心記下了他打開藏經洞的日期，這說明他對這件事的意義並非一無所知。但他顯然將這批遺書視同自己挖到的古人藏寶，而據為己有。不光如此，當時的敦煌地方政府，乃至甘肅省的高級官員，聽聞此事後，也並不加以干預，似乎他們也認為這批遺書應歸王道士全權處理。所以，接下來就有了一系列我們熟知的故事：西方考古學者陸續到敦煌攫寶。

藏經洞被打開的次年，英國作家拉迪亞德·吉卜林（Rudyard Kipling，1865-1936）出版了他的小說《基姆（Kim）》，他因此而獲得了 1907 年的諾貝爾文學獎。這部小說呈現了十九世紀晚期至二十世紀初葉中亞地區的基本局勢，就是英俄勢力的交匯和衝突，俄國在北方，以印度為殖民地的英國勢力在南面，兩大勢力在中亞玩起了「great game」，也吸引了其他國家的加入。西方考古者深入亞洲腹地，沿至新疆、甘肅，也是有這個政治背景的。後來，連剛剛崛起的亞洲國家日本，也覺得自己有責任到這個地方去插一手，因此而派出了大谷探險隊。自顧不暇的清政府，當然只好任其來去。就在吉卜林獲諾貝爾獎的同一年，英國人斯坦因（Mark Aurel Stein，1862-1943）到了敦煌，從王道士處得到大量遺書，然後到英國皇家學會報告了他的「發現」。1908 年，法國人伯希和（Paul Pelliot，1878-1945）接踵而至。王道士留下的文字中，稱斯坦因為「斯大人」，而稱伯希和為「伯學士」，似乎對伯希和的學識比較佩服，所以他允許伯希和進入了藏經洞，從容挑取優質的卷子。在他們之前，已經有俄國人到過敦煌，但敦煌遺書為國際學界所重視，應該是從斯坦因的報告開始的，而其引起中國學界的關注，則是通過伯希和的介紹。伯希和獲得了一部份遺書後，到北京辦了一個小型的展覽，羅振玉、王國維等中國學者由此知曉此事，在他們的呼籲下，清政府於 1910 年下令甘肅省政府將剩餘遺書押解至京。

敦煌遺書目前散在世界各地，但法國巴黎、英國倫敦、俄羅斯聖彼得堡和中國北京，是比較集中的。就其中標明了寫作年份的卷子來看，最早的大概書寫於十六國時期，最晚的是北宋景德三年（1006）所書，多數是唐五代的寫本。內容自然豐富多樣，質量也參差不齊。我們這裏關心的是通俗文學的寫本，大約有 200 個卷子包含了説唱形式的通俗文本，經過學者們整理之後，得到 80 餘件作品。這便是現在所知的白話説唱文學的祖宗了。這些作品，就卷子自標的名目來看，有「講經文」「押座文」「解座文」「詞文」「緣起」「變文」等類型，由於標了「變文」的卷子較早引起關注，故一段時期內，學界曾以為這樣的説唱文本統名「變文」，後來接觸資料多了，才知道「變文」只是其中一類的名目。二十世紀五十年代，著名敦煌學家王重民等人整理出版了《敦煌變文集》[①]，就是把「變文」當作統名用了，實際上他們根據 187 個卷子，校錄了説唱文本 78 種，就包含了上述各種類型。現在我們就以《敦煌變文集》為主要參照，逐一介紹這些類型。

## 二、敦煌遺書中的説唱文學作品

為什麼敦煌遺書中會有這麼多説唱體的通俗作品？這要從佛教徒的「俗講」活動説起。

我們知道，中國歷史上著名的僧人，多跟士大夫乃至皇室交結，走上層路綫，以便獲取勢力支持。但是作為宗教，畢竟仍須面對更為廣大的下層民眾，因而也具備其世俗面向。宗教的這種兼具上層路綫與世俗面向的特徵，使它往往成為雅俗文學溝通的橋梁，佛教對中國文學傳統所起的作用，就包含這方面。大約南

① 王重民、王慶菽、向達、周一良、啟功、曾毅公編《敦煌變文集》，人民文學出版社 1957 年。

北朝以來，佛教徒為宣傳其教義，經常會給人講課。某些士大夫在自己的莊園裏搞個講座，請僧人來主講，邀集有興趣的朋友來聽講、討論，這叫「結講」，延續一段時間後解散，叫「解講」。謝朓的詩集中，就有一首題目叫《秋夜解講》，他聽完了一期佛學講座後，寫了這首詩。後人看不懂「解講」是什麼意思，覺得不通，就把題目校改成「秋夜講解」，這樣貌似通了，其實錯了。類似的講座在謝朓那個時代，是經常舉行的。因為有些士大夫的佛學水平相當高，所以這種講座的深度大約並不亞於寺院教學。但是，除了士大夫外，僧人也要給普通民眾宣講佛教，這個場合就不能講得那麼深，而要通俗易懂，那便是所謂的「俗講」了。為了提高吸引力，僧人在「俗講」上也費了很大工夫，他們培養了一批善於「俗講」的高手，採用民眾樂於接受的通俗說唱形式，把佛經的內容和含義表演、傳達出來。可以說，「俗講」這一活動，很早就走向了專業化。但專業化的結果，卻使「俗講」的內容大量地突破佛教範圍，並發展為一般的通俗說唱。敦煌遺書中保存的各類講唱文本，大致都不妨視為「俗講」的產物，即便不是原始的腳本，也是其抄錄本，或記錄本。

### 1. 講經文

對於「俗講」的儀式，敦煌遺書中有專門的記載，大致是由法師、都講二人，升上高座（法師之座曰講座，都講之座曰唱經座），都講宣讀經文一段，法師以韻散相間的通俗詞句解釋講唱這段經文，都講再讀經文一段，法師再予講唱，如此交替至完畢。所以，法師乃是主講，都講則是配合的副手。敦煌講唱文學中有一部份是以經文和講解經文之説唱組成的，可以判斷為這種俗講的本子，早先有人稱之為「俗文」，現因某些本子題名為「講經文」，故我們用「講經文」一名稱呼這類作品。《敦煌變文集》中收錄了十八篇，其敷演的經文，主要是《維摩詰所説經》《太子成道經》《佛説阿彌陀經》等。

除了每段前面的經文和後面的韻文唱詞外，中間的散文解説部份，是很值得關注的。因為對佛經的理解，在佛教不同宗派之間，早就形成了差異，「俗講」的法師必須在眾説紛紜之中選擇一種解釋。就現存的「講經文」來看，法師們多數會採用玄奘弟子窺基（632-682）對佛教經典的注疏，比如《維摩詰經講經文》《妙法蓮花經講經文》中，就有「若據慈恩解信，理有十般」，「此唱經文，慈恩疏科有二」等文句，這慈恩便是窺基。窺基長著一個很大的腦袋，有「猪頭」之稱，「猪頭」裏面滿滿都是學問。據説他做過一百種佛經的注疏，故又有「百部疏主」之稱。他的名氣這樣大，「俗講」的法師們採用他的解釋，似乎是可以理解的，但如此一來，玄奘、窺基的法相唯識之學，多少也因這一方式而獲得傳播。在中國佛教史的研究中，我們通常認為，這個宗派的理論太忠實於印度佛學，不夠迎合中國傳統思想，所以國人不願接受，致其迅速消亡。然而我們也應該看到另一方面，就是其學説在帝王將相的世界裏消亡的同時，有關的知識乃至故事，却深深走入了民間社會，庶民大眾雖不能全部理解他們的佛學，却以傳誦「西遊」故事的方式來追思其萬古長存的業績。敦煌「講經文」根據窺基經疏而作，也保證了其甚高的水準，做到了真正的通俗，却並不庸俗。

### 2. 押座文、解座文

「押座文」一名，亦為敦煌卷子自身所標，如《敦煌變文集》所錄《維摩經押座文》，是篇幅不長的七言唱詞，給聽眾唱一些佛理常識和熟聞的佛教故事，說明聽經的重要性，最後以「經題名目唱將來」結束。這顯然是在開講《維摩詰經》之前，用來彈壓四座的，其作用頗像後世小說起頭處的「入話」、楔子之類。有一篇《八相押座文》，共 47 句唱詞，算「押座文」中比較長的，其內容是分八個階段敘述釋迦牟尼的一生，降兜率、托胎、住胎、出生、出家、降魔成道、說法、入滅，稱為「八相」。這樣的「八相」在壁畫中也是常被表現的題材。

與此相應的，是「俗講」終了時所用的致語，篇幅更短，因史籍記載講經的結束叫作「解座」，故現將此種作品稱為「解座文」。有的卷子是把押座．解座之詞鈔在一起的，如 S2440《三身押座文》，於結束處「經題名字唱將來」後還有四句：「今朝法師說其真，坐下聽眾莫因循。念佛急手歸舍去，遲歸家中阿婆嗔。」這顯然是在俗講終了時，教大家唸聲佛，趕快回家，以免回家太晚了被老婆罵。如果這本經的內容還沒講完，法師就可能邀請大家下次再來，那就跟後世章回小說「欲知後事如何，且聽下回分解」相似了。

### 3. 詞文、話本

「詞文」也是卷子自名，《敦煌變文集》所錄《捉季布傳文一卷》，尾題「大漢三年楚將季布罵陣漢王羞恥群臣拔馬收軍詞文」[①]，是只有韻文唱詞，沒有散文說白的本子。其最後兩句道：「具說《漢書》修制了，莫道詞人唱不真。」可見這是「詞人」所唱的。這內容當然已在佛教之外，但此篇長達640餘句，堪稱巨製。被《敦煌變文集》擬題為《董永變文》的S2204一卷，體制上實與此相同，也應該叫作「詞文」。還有P3645題為「季布詩詠」，S3835和S5752題為「百鳥名」，都只有開頭的一點點說白，後面全篇唱詞，不妨也歸入此類。

與只有唱詞的「詞文」相對，還有一種只有說白的文本，如《敦煌變文集》裏的《廬山遠公話》，篇題為S2073卷子原有，敘高僧惠遠的故事。與此相同的是S2144一卷，敘韓擒虎故事，卷末有「畫本既終，並無抄略」之語，「畫本」可能是「話本」之訛，故《敦煌變文集》擬題為《韓擒虎話本》。唐宋時期把講故事叫作「說話」，其底稿或記錄即是話本。S6836卷首殘缺，卷末題「葉淨能詩」，其實亦是話本。

詞文與話本，很可能只是文本上的差異，記錄了說唱表演的不同部份而已。表演的時候，未必是只唱不說，或只說不唱的。

### 4. 緣起

「緣起」又稱「因緣」或「緣」，亦出卷子自名。如《敦煌變文集》所錄《醜女緣起》一種，有五個寫本，P3048標題「醜女緣起」，S2114題作「醜女金剛緣」，而S4511尾題則作「金剛醜女

① 王重民等編《敦煌變文集》卷一，人民文學出版社1957年，第51頁。

因緣」；又如 P2193 標題「目連緣起」，P3375 尾題「歡喜國王緣」，等等。這是一種講唱佛經之中的故事而不誦讀經文的本子，看來是「俗講」的簡化，比較自由靈活。其與「講經文」的差別，就在於沒有讀解經文的部份，故可由一位僧人表演。內容上，它比「講經文」更突出故事性，顯示了「俗講」脱離講經的形式，向純粹的故事説唱發展的傾向。

值得注意的是，此種「緣起」往往也可稱為「變」，如 S3491 題為《頻婆娑羅王后宮彩女功德意供養塔生天因緣變》，題後緊接押座文，押座文後復出簡題，為《功德意供養塔生天緣》，又如 P3048《醜女緣起》的末句，謂「上來所説醜變」。另外，史籍中記載唐代曾流行《目連變》，應該也就是敦煌卷子中的《目連緣起》，而卷子中也另有《大目乾連冥間救母變文》（見下）。所以，緣起與下面講的「變文」，幾乎也可以看作同一種東西。

### 5. 變文

至於「變文」，亦出卷子之自名。在《敦煌變文集》裏，許多名為「變文」的作品是編者擬題的，敦煌卷子原來標題為「變」或「變文」的，大概有八個作品：

（1）《漢將王陵變》，S5437 前題如此，P3627(2) 尾題「漢八年楚滅漢興王陵變一鋪」。

（2）《舜子變》，S4652 前題如此，P2721 尾題「舜子至孝變文一卷」。

（3）《前漢劉家太子傳》，P3645 尾題「劉家太子變一卷」。

（4）《八相變》，北雲 24 卷背題如此。

(5)《破魔變文》，P2187 尾題「破魔變一卷」，前有「降魔變神押座文」。

(6)《降魔變文一卷》，S5511 前題如此，S4398 前題「降魔變一卷」。

(7)《大目乾連冥間救母變文並圖一卷》，S2614、P2319 前題如此，尾題「大目犍連變文一卷」。

(8)《頻婆娑羅王后宮彩女功德意供養塔生天因緣變》，S3491 前題如此。

另外，如上述《醜女緣起》似亦可稱「醜變」。其他被《敦煌變文集》擬題為「變文」的，便難以斷言其擬題之正確與否。

根據這些標明「變」或「變文」的卷子，學者們推斷，它演出時須與圖卷配合，故文本中講唱交替的地方，也就是散文說白部份向韻文唱詞過渡的地方，每有「⋯⋯處，若為陳說」「當爾之時，道何言語」「看⋯⋯處」之類的話，這裏的「處」與「時」皆指某一畫面，如莫高窟壁畫的榜題，就多作「⋯⋯處」「⋯⋯時」。所以，這些語句等於是說「現在看下一幅畫，講的又是什麼呢⋯⋯」是用來提示聽眾觀看畫面的。一般認為，這就是「變文」的體式特徵，可據以判斷一個作品是否「變文」。當然，如果一一核實，則標明「變」或「變文」的卷子，也並不是全部符合此種體式，像《舜子變》《前漢劉家太子傳》(劉家太子變) 即沒有「⋯⋯處」或「⋯⋯時」。其實這兩種作品連唱詞也沒有，可以認為是被寫本省略了。倒是多數被標為「緣」「因緣」「緣起」的作品，却符合此種體式，唯 P2193《目連緣起》不符。總之，在敦煌所出講唱文學作品的各種類型中，要以「變文」一類最為複雜，也最受學者關注。

從各種有關的史料中，我們還可以找到一些相關的名目，如其表演方式叫作「轉變」，表演者被稱為「變家」(僧俗男女皆可)，表演的場所叫作「變場」，用來相配的畫幅可能叫作「變相」，而文字腳本就叫「變文」。觀其內容，則有佛經故事，如《大目犍連冥間救母變文》《降魔變文》等，也有歷史故事或民間故事，如《舜子至孝變文》等，唐詩中還留有「昭君變」一名，當是王昭君的故事。可見「變文」的內容已並不限於佛教。

「變文」只是敦煌説唱文本的一種類型，並非其全部的統名，這一點現在已可確認。但這並不降低「變文」的發現對説唱文學歷史考察的意義，而且，上述「轉變」「變家」「變場」「變相」等一連串與「變文」相關的名稱，也頗能吸引研究者的興趣。為什麼這種東西叫作「變」呢？對於這一點，我們在下一節略作推考。

## 三、變相與變文

在中國典籍裏，將佛經敘述的故事或描述的場面繪成圖畫，叫作「變相」，或簡稱「變」。李白集中有《金銀泥畫西方淨土變相贊》，《全唐文》卷376任華《西方變畫贊》亦云：「敬畫《妙法蓮華變》一鋪。」就《歷代名畫記》《酉陽雜俎》《高僧傳》等書所載，有「彌勒變」「金剛變」「華嚴變」「楞伽變」「維摩變」「涅槃變」「淨土變」「西方變」「地獄變」「寶積經變」等多種內容的「變相」。敦煌壁畫的榜題也可與此類記載相印證，如第100窟的榜題中，就有「報恩經變相」五字。大概從六朝時候起，「變」或「變相」的名稱就已流行。

今人研究敦煌壁畫，為了便於歸類，專將根據一部或幾部佛經的主要內容組織而成的首尾完整、主次分明的大型畫幅稱為「經變」，與本生故事畫、因緣故事畫、佛傳故事畫及單身尊像相區別。其實，若在唐代，這些畫也可以稱為「變相」，如佛傳故事畫就可以稱為「八相變」，本生故事中的「睒子本生」也稱「睒變」，而文殊造像也有稱「文殊變」的。自然，將「經變」與上述諸畫相區別，也無不可。據統計，敦煌壁畫中的「經變」種類甚多，有三十餘種，比較常見的是《西方淨土變》《東方藥師變》《彌勒經變》《法華經變》《維摩詰經變》等。其繪畫風格，是鋪天蓋地、琳琅滿目式的，所謂「佛畫之燦爛」，主要就體現於「經變」。

至於「變文」與「變相」進行配合的表演（即所謂「轉變」）方式，在某些「變文」的文本中也可以找到根據，如《敦煌變文集》所錄的《漢將王陵變》，其尾題為「漢八年楚滅漢興王陵變一鋪」，而文中也有「從此一鋪，便是變初」之語，其與「變相」配合的痕跡至為明顯。又如 P4524 卷子，正面為圖畫，同於壁畫中的「勞度叉鬥聖變」，卷背則抄有《降魔變文》之唱詞，「降魔變」就是「勞度叉鬥聖變」，這個卷子也許正是「變相」「變文」配套的實物。

迄今為止，我們對於「變相」的內容、「變文」的體制，已經可以說完全掌握，也就是說，這兩個名稱指的是什麼樣的對象，我們已經很清楚。但對其命名的緣由，即何以稱為「變相」「變文」，却仍無確定的解釋。作出這種解釋的關鍵點，當然在於「變」字的含義。自從「變文」被發現以來，學者們為了知道什麼叫作「變文」，對「變」字的含義作了種種猜測，其結論只有一點是眾所公認的：「變文」的「變」，必與「變相」之「變」同義。本來，有關「變相」的史料是比「變文」更早見而常見的，但「變文」的問題出現之前，似乎無人關心「變相」一名的含義，所以，對「變」字提供解釋的，都是研究「變文」的論文。上海古籍出版社於 1982 年出版了《敦煌變文論文錄》，基本上集中了二十世紀最重要的研究成果。

概括起來，對「變」字含義的解釋，較有影響的是以下三種：一是以為「變」乃某個梵文詞語的翻譯，這種看法目前似已被拋棄；二是認為「變」乃神奇變怪之義，「變文」就是表現神奇變怪之內容的；三是認為「變」乃改變體裁之義，「變文」就是將佛教經文或其他史籍上的記載改變成另一種體裁的文字。後兩種看法，一從內容著眼，一從文體著眼，都講得通，由於從文體著眼更易於促進研究的深入，所以「改變體裁」之説似乎稍佔上風。通過文體研究，我們已把握了「變文」的特徵，而且知道「變文」如何與「變相」配套演出。

不過，對「變文」作文體方面的研究所取得的豐富成果，並不表示從文體角度解釋「變」字的含義一定是對的。雖然「變文」確實是以一種通俗文體改編了佛經或其他史籍上記載的內容，但「變文」一名是否即取義於是，仍值得懷疑。

力主「改變體裁」之説的，以周紹良先生最具影響。他先用此説來解釋「變相」，然後推出「變文」的含義。關鍵性的材料，是《隋書・經籍志》裏幾條關於「變圖」的記載：

梁有《騎馬都格》一卷，《騎馬變圖》一卷。

《投壺經》四卷，《投壺變》一卷。

《九宮變圖》一卷。

周先生對這幾條材料的解釋是：

私意以為如《騎馬都格》，蓋即「騎馬總則」，是講騎馬規矩的，而《騎馬變圖》則是一種圖譜，是根據《都格》改變成圖以使人更容易明瞭的。《投壺經》則是一種講解投壺的書，而《投壺變》則是根據《投壺經》編的投壺譜，故名為「變」。《九宮變圖》應也如此。①

他對「變圖」作這樣的解釋，又認為「變相」和「變文」與此同理，「所謂變相，意即根據文字改變成圖像，變文意即把一種記載改變成另一種體裁的文字」。

看來，「變圖」材料的發現確實有助於理解「變相」的含義，而「變圖」也確實是將文字內容改變成圖譜形式。但「變」之一字是否即取義於此呢？把《騎馬都格》的內容改變為圖譜來表示，只要説「騎馬圖」就可以了，又何必名為「騎馬變圖」呢？比如有人根據曹植的《洛神賦》畫了一幅畫，就叫「洛神賦圖」，不會叫「洛神賦變圖」吧？所以，把「變圖」解釋為改變文字內容而成的圖譜，這樣的組詞方式是令人感到彆扭的。其實很明顯，這個「變」不是變文字為圖譜的意思，而是指圖示內容的變化，《騎

① 周紹良《談唐代民間文學》，《敦煌變文論文錄》，上海古籍出版社 1982 年，第 2219 頁。

馬變圖》即是關於騎馬的各種姿勢、規則之變化的示意圖，《投壺變》當是畫出投壺活動中各種可能變化出的情形，《九宮變圖》亦然。

因此，「變圖」材料不足以證明「改變體裁」之說，倒反而提示了我們：「變」是就內容而言，不是就體裁而言的。

其實，有關史料本身足以表明「變」字的原初含義。東晉沙門法顯的《佛國記》是最早提到「變」的，此書記載師子國（今斯里蘭卡）三月中迎佛齒的活動盛況云：

> 王便夾道兩邊，作菩薩五百身已來種種變現，或作須大拏，或作睒變，或作象王，或作鹿、馬，如是形像，皆彩畫莊校，狀若生人。①

國王命人在街上搬演佛本生故事中的種種形相，其中有「睒變」，這令我們想起敦煌變文《醜女緣起》中的「醜變」一詞，即「睒子變相」「醜女變相」之簡稱。而「種種變現」一語，等於向我們解釋了：「變」就是「變現」的意思。如此，則「變相」就是變現之相，即謂所畫的內容是佛經記載的諸多變現之場景，而不是變佛經文字為圖像的意思。

值得注意的是，義為「變現」的「變」本是一個動詞，但將各種「變相」作品稱為《××變》（如《西方變》《維摩變》等）時，「變」成為名詞。這種動詞與名詞之間的轉化，倒是符合漢語特徵

① 法顯《佛國記》，文淵閣四庫全書本。

的。我們可以找出另一個例子：《隋書．音樂志上》云，梁朝普通年間的「三朝設樂」，有「變黃龍、弄龜伎」，而《音樂志下》又說，隋煬帝所陳百戲中，「有大鯨魚，噴霧翳日，倏忽化成黃龍，長七八丈，聳踴而出，名曰《黃龍變》。」看來，「變黃龍」伎就是表演《黃龍變》這一節目的。「變黃龍」的「變」是動詞，而《黃龍變》的「變」成了名詞。《黃龍變》具有與各種「變相」「變文」相同的命名方式，對我們推考「變」之含義，很具參考價值。

作為一個常用字，「變」字在漢語中的用法本極為靈活。因為其用法的靈活，不同含義的「變」字可以擁有相同的形式，如「變現」一義可以轉為名詞，以「×× 變」形式出現，而其他含義的「變」也可能借用這個形式，如《黃龍變》的「變」就是「變化」的意思。經過一段時期後，人們就會因其相同的形式而把原來不同的字義混合起來，於是，當他們說「×× 變」時，「變」的含義就顯得普泛，未必固守佛教所謂「變現」之義。敦煌遺書中名為《×× 變》的作品，其故事內容就不全出於佛經，這些作品都被我們稱為「變文」，則「變文」之「變」也就不能限於「變現」一義。

即便在佛教高僧的筆下，「變」字也早不限於「變現」一義。稍後於法顯的劉宋沙門慧簡譯有《佛母般泥洹經》，現收錄於《大正藏》中，經末附錄《佛般泥洹後變記》一篇云：

我般泥洹後百歲，我諸弟子沙門，聰明智慧如我無異。我般泥洹後二百歲時，阿育王從八王索八斛四斗舍利，一日中作八萬四千佛圖。三百歲時，若有出家作沙門，一日中便得道。四百歲

時……[1]

此是預記佛滅以後，隨著時間的流逝，佛教界將呈現種種不同情形。這一篇文字被名為「變記」，頗堪關注。它跟「變文」的關係如何，是值得探討的問題。可以肯定的是，這個「變記」決不能解釋為「改變體裁」所成的記載。如果釋為「變現」之記載，也是比較勉強的。

大概在中古時代，尤其是到了唐代後，「變」的含義越來越普泛化，各種較具複雜性的狀態與較具情節性的過程，可以統稱為「變」。這樣，敦煌「變文」題材之不必出於佛經，民間故事與歷史傳說之進入「變文」，就是不難理解的現象。不過，無論「變」字的用法如何靈活，有一點是確定不移的，即「變」乃指內容而言，不是指體裁形式而言，否則無法解釋《黃龍變》和《佛般泥洹後變記》兩條材料。這兩條材料皆出於敦煌「變文」之前，為了謹慎起見，我們還得看一下敦煌「變文」之後的有關材料。由於敦煌「變文」自身不能說明它的名稱含義，從其前、後的關係來為它定位，是唯一的辦法。

我們都認為敦煌「變文」是宋代以後通俗文藝的先驅，但宋人的文字中至今還未發現有關「變文」的明確記載，似乎他們並不知道不久以前有一種叫作「變文」的東西曾經流行。「變文」一名在五代與趙宋之際突然消失，不知去向，這其中的緣故，是令人百思不解的。翻檢宋金通俗文藝的史料，只能找到幾條與「變」

---

① 慧簡譯《佛母般泥洹經》，《大正新修大藏經》第 2 卷阿含部下，第 869 頁。

有關的文字，但也可以幫助我們理解「變」字的含義。

南宋周密《武林舊事》卷十，載「官本雜劇段數」，是研究戲劇史的重要材料，內有二種：

《鶻打兔變二郎》《二郎神變二郎神》。

此《鶻打兔》乃是曲調名，金《西厢記諸宮調》中有之。「變二郎」意謂用此曲調來演唱二郎神的故事。《二郎神變二郎神》，如果文字不誤，那也就是用《二郎神》一調（宋詞中有此調）來演唱二郎神的故事。北宋的趙令畤曾用十闋《蝶戀花》演唱《鶯鶯傳》故事，成為《西厢記》的雛形，就體制來說，與此相去不遠。「變」在這裏是一個動詞，其義為演唱故事。

「變」字的這種動詞用法，還見於南宋耐得翁《都城紀勝》的「瓦舍眾伎」一條，內中記載了一種叫作「唱賺」的演唱體制：

賺者，誤賺之義也，令人正堪美聽，不覺已至尾聲。是不宜為片序也。今又有覆賺，又且變花前月下之情及鐵騎之類。凡賺最難，以其兼慢曲、曲破、大曲……諸家唱譜也。[①]

這種「唱賺」，是一套結構頗為複雜的組曲，而所謂「覆賺」，當是比「賺」更長，所含曲調更多的組曲。這條記載也見於吳自牧《夢粱錄》卷二十「妓樂」條，王國維先生據此判斷：「是

① 耐得翁《都城紀勝》卷二，武林掌故叢編本。

唱賺之中，亦有敷演故事者。」（《宋元戲曲史》）他將「變花前月下之情及鐵騎之類」一句理解為「敷演故事」，揆之原文的語境，可以判定是不錯的。這裏的「變」字，與《鶻打兔變二郎》的「變」同義，即演唱故事。

我們再看金代的材料，元陶宗儀《南村輟耕錄》卷二十五載有金代的「院本名目」，內有兩種，是《變二郎爨》與《變柳七爨》。什麼叫作「爨」？文中有解釋：「宋徽宗見爨國人來朝，衣裝鞋履巾裹，傅粉墨，舉動如此，使優人效之以為戲。」① 據此，「爨」乃指扮戲，且是從北宋留傳至金代的。「變二郎」「變柳七」當是搬演二郎神、柳永的故事。在這裏，「變」具有表演之義。

以上諸條中的「變」字，都不能釋為一般的「變化」之義，而必須如王國維那樣，理解為「敷演故事」。「變」的這種用法，很值得關注，我們可以認為這是唐五代「變文」留在宋金通俗文藝中的痕跡。參照「變黃龍」與《黃龍變》的轉換關係，我們似乎可以把「變二郎」「變柳七」的唱文稱為《二郎變》《柳七變》，如果這種動名詞轉換能夠成立，那麼「變文」就不曾完全消亡。

反過來，宋金通俗文藝中有關於「變」的這些材料，也可以幫助我們確認唐五代「變文」一名的含義。我們似乎可以根據「變」字的以上用法，而將「變文」簡單地解釋為「敷演故事」之文。較之《佛國記》所謂「變現」，「變」字的含義在這裏顯得更普泛一些，宗教色彩減弱，而世俗性增強了。此中的緣由，當然不難領會。

---

① 陶宗儀《南村輟耕錄》，中華書局 1959 年，第 306 頁。

# 四、辯論與鬥法

上面談了我們對「變文」的理解，回頭再看敦煌説唱文學的其他幾種類型，其中「詞文」和「話本」是記錄不完全的講唱作品，「押座文」「解座文」是作開場、散場之用的，本身內容也不豐富。其講唱體制既完備，內容亦極豐富的，是「講經文」「緣起」「變文」三種，但「緣起」其實也跟「變文」相近，故最重要的就是「講經文」與「變文」二種。「講經文」中存卷最多的是《維摩詰經講經文》，「變文」中以《降魔變文》的情節最為精彩。下面我們具體介紹這兩個有關辯論和鬥法的故事。

《維摩詰所説經》三卷，姚秦鳩摩羅什譯。此經自東漢以來，有多種譯本，但以什譯最為流行。維摩詰漢譯「無垢」或「淨名」，是經中所雲毗耶離城的一個居士，他實際上是菩薩，為了化導眾生，而顯世俗之身，酒肆妓院無所不到，世俗行為無所不與，以種種方便，向世人開示「不二」法門。他有兩個特點，一個是經常生病，「以一切眾生病，是故我病；若一切眾生病滅，則我病滅」，如此，只要一切眾生病不滅，則他常現病身；二是喜好和善於辯論，以其大乘見解斥破小乘觀念。所以，《維摩詰所説經》乃是大乘佛教興起的產物。鳩摩羅什弟子僧肇在譯本的序言裏説：「此經所明，統萬行則以權智為主，樹德本則以六度為根，濟蒙惑則以慈悲為用，語宗極則以不二為門。」意思高妙得很，但全經的主體內容，實際上是一個故事：維摩詰生病了，佛遣弟子前去問疾，不料大弟子舍利弗等不敢前去，因為他們知道維摩詰好辯，此行必然不免辯論，而自己曾在以往的辯論中失敗，故不願再自取其辱；佛只好遣菩薩去，但彌勒、光嚴等菩薩也有與舍利弗一樣的經歷，也不敢受命；問疾的使命最後落到菩薩中「智慧第一」的文殊師利身上，於是，八千菩薩、五百聲聞、百千天人都要跟著文殊去看熱鬧；果然，文殊一到，維摩詰就與他辯論起來，大概二人功力相當，所以精義紛呈，妙不可言，致令天女也來散花助興。這就叫作「天花亂墜」，乃是辯論的極致境界，令清寂的佛門頓然顯其繽紛誘人。唐代大詩人王維字摩詰，其名字就取自這位可與文殊菩薩匹敵的居士，而後世的中國文人，也常愛以維摩自居。此經之為世人所愛，肯定不止由於佛教信仰。

敦煌所出《維摩詰經講經文》，現存 S4571、S3872、P2291、P3079、北光 94 及《西陲秘籍叢殘》影印羅振玉舊藏卷等，皆晚唐五代所寫，數量較多，但合起來後，仍遠未完備。《敦煌變文集》校錄六種，比照《維摩詰所説經》，其所講的內容有經文的開頭部份、彌勒菩薩和光嚴童子推辭問疾的部份，最後講到文殊率眾前往毗耶離城。僅這些片段，總字數已近十萬，可見其規模之宏大，如將經文全部講完，則要數十萬字，甚至可能上百萬。令我們深感惋惜的是，故事的高潮部份，即文殊與維摩詰辯論的場面，其講經文沒有傳下來。這個場面是莫高窟壁畫最常見的題材之一，示病的維摩對唐人是很有吸引力的。

相比之下，《降魔變文》則完整地保存了下來，《敦煌變文集》綜合六個卷子，校錄出其全文。開場白中有云：「伏惟我大唐漢聖主開元天寶聖文神武應道皇帝陛下，化越千古，聲超百王……」可知其創作時間猶在盛唐。故事的原型出自《根本説一切有部毗奈耶破僧事》和《賢愚經 · 須達起精舍品》，講舍衛國的長者須達，為了邀請釋迦牟尼到舍衛城説法，向祇陀太子購買一園，以造精舍，太子要求與園子一樣大面積的黃金為代價，須達遂以金子鋪地，表達了請佛的决心，城中外道聞訊不服，要與佛比試法力，於是，佛弟子舍利弗與外道代表勞度叉鬥法，經過六個回合，舍利弗大獲全勝，外道最後歸服。變文將此故事鋪張渲染，其高潮部份，即在鬥法場面之描寫。第一個回合，勞度叉化出寶山，被舍利弗化出金剛摧破；第二個回合，勞度叉化出一頭水牛，被舍利弗化出師（獅）子咬死；不知何故，勞度叉在第三個回合化出水池，被舍利弗化出白象，一鼻子吸乾；然後，勞度叉化出的毒龍被舍利弗化出的金翅鳥啄碎，其化出的二鬼，亦被毗沙門天王收服；最後，勞度叉變出「蔽日干雲」的大樹，被舍利弗化出風神吹去。莫高窟壁畫也有表現這一次鬥法場面的，題為「勞度叉鬥聖」。

平心而論，六個回合中除了毒龍與金翅鳥之戰外，其餘的似乎算不得戰鬥，因為外道所化出的寶山、水牛、水池、大樹，只有誇美之用，沒有什麼厲害，二鬼雖有些厲害，但顯是反面角色，平白給舍利弗喂招。所以，從「鬥法」的角度看，這樣的安排不免拙劣。

然而，這畢竟是中國通俗文學中第一次出現的「鬥法」描寫，為後世神魔小説如《西遊記》《封神演義》等開了先路。更有意思的是，這個《降魔變》後來部份出現在有關道教張天師的小説裏，《喻世明言．張道陵七試趙升》叙其與益州八部鬼帥鬥法云：

其時八部鬼帥大怒，化為八隻吊睛老虎，張牙舞爪，來攫真人。真人搖身一變，變成獅子逐之。鬼帥再變八條大龍，欲擒獅子。真人又變成大鵬金翅鳥，張開巨喙，欲啄龍睛。[①]

這顯然是《降魔變》的改寫。值得注意的是，被金翅鳥打敗的龍，其實不是中國本土傳說中的龍，而是印度傳說中的「那伽」，漢譯為「龍」。中國的龍是至上無敵的，印度的龍則有天敵，就是金翅鳥，它以龍為食物。大概《降魔變》的六個回合，就以龍鳥之戰最為精彩，故被小說吸取。至於「大鵬金翅鳥」這個名稱，則是將佛書中的「金翅鳥」與《莊子．逍遙游》中的「大鵬鳥」相結合的產物。佛教徒跟道教徒吵架的時候，會爭論「金翅鳥」和「大鵬鳥」哪個更厲害的問題，但爭論的結果却使這兩種鳥結合為一體。這個結合體後來又出現在小說《説岳全傳》裏，講岳飛之前身，本是此「大鵬金翅鳥」，因犯錯誤，被佛逐下凡來，下凡途中，與黃河的鐵背虬龍打了一仗，把龍眼啄壞，此龍遂投生世間，就是秦檜，為了報那一啄之仇，將岳飛殺害於風波亭。中國歷史上令人扼腕的一段往事，成了《降魔變》的龍鳥之戰。這自然是當初演出《降魔變文》的唐代法師沒有想到的。

我們舉出以上這兩個作品，一則顯示其篇幅之宏大，超越我們對宋前説唱文學規模的想像，二則顯示其影響之深遠，即便敦煌「變文」被封閉在藏經洞中，宋以後人看不到，但有些情節仍靠口頭流傳，在後世的小説中露出部份頭角。當然，另有一些作

① 馮夢龍《喻世明言》第十三卷，上海古籍出版社 1998 年，第 157 頁。

品，如《目連緣起》或《目連救母變文》所講的故事，是直接被後世的說唱、小說或戲劇繼續演繹的。下面簡單談一談說唱體制在宋元以後的發展情況。

## 五、說唱體制的發展

### 1. 詩話、詞話

敦煌的說唱文本，長期被封存在莫高窟藏經洞中，不為人們所知。但明代《喻世明言》中的《張道陵七試趙升》小說，居然包含了與上述《降魔變文》相似的鬥法情節，也許我們可以理解為這「變文」的故事仍在民間流傳。畢竟，在唐代曾經那麼繁榮的「俗講」活動，對宋人不可能毫無影響。南宋杭州的刊本《大唐三藏取經詩話》，是《西遊記》小說的前身，就通常被認為是和尚「講經」的本子。實際上它講的不是經，而是神化了的佛教史故事，不過總算與佛教相關，猜想為「俗講」的變異，亦無不可。但從文本形態來看，它的每段敘述只以一首短小的詩為起訖，雖然勉強可說韻散相間（即「詩」與「話」的配合），但已沒有較長的唱詞。這種形態，跟元代的《全相平話五種》倒有些相似，所以也有學者（如魯迅）懷疑《大唐三藏取經詩話》是元代的刊物。

與「詩話」的命名方式相似的是「詞話」，唱詞和說白相間的形態在名為「詞話」的作品中往往體現得更為完善。最著名的「詞話」莫過於《金瓶梅詞話》，它的發現，使人們了解這些大名鼎鼎的小說文本，往往以「詞話」本為前身。學者們在此啟發下，再看明代百回本小說《西遊記》，便能發現其敘述之間往往出現類似

「詞話」的痕跡，如「那大聖見性明心歸佛教，這菩薩留情在意訪神僧」(第八回) 之類[①]，所以有的學者認定歷史上曾經有過「詞話」本的《西遊記》[②]。1967 年從上海嘉定墓葬中發現的十六種說唱刻本，為明代成化年間北京永順堂所刻，現已合編為《明成化說唱詞話叢刊》出版，其內容一半是包公案故事，另有三國志、唐五代史故事多種，題名中往往包含「全相說唱」字樣，「全相」意謂插圖本。這樣說唱故事的「詞話」，跟敦煌遺書中的「詞文」「緣起」「變文」有相似之處，與「講經文」則有些距離。

### 2. 寶卷

真正與「講經文」相似的是早期的寶卷。這寶卷的演出名為「宣卷」，其文本以七字句或十字句的韻文為主，間以散文講說，在民間甚為盛行。

被近代青幫祀為遠祖的羅清（1443-1527），曾在明代中葉創立「無為教」，而留下了「羅祖五部六冊」:《苦功悟道卷》《嘆世無為卷》《破邪顯證鑰匙卷》（上、下）、《正信除疑無修證自在寶卷》《巍巍不動泰山深根結果寶卷》。這「五部六冊」有正德四年（1509）原刊本，現存寶卷中刊刻時間較早而來歷最為可信的，便是這一部份。後來有的版本不稱「卷」或「寶卷」，而直接稱為「經」，其內容以闡說教理為主，故事性不強，猶有「講經文」之遺風。可以想見，它們必然是模仿佛教的早期寶卷而來，如從「五

---

① 前文已述，見本書第 79-80 頁。

② 參考竺洪波《四百年〈西遊記〉學術史》，復旦大學出版社 2006 年。

部六冊」中引用的，就有《彌陀寶卷》《香山寶卷》《金剛寶卷》《圓覺卷》《目連卷》《心經卷》《法華卷》等，應屬「講經」之嫡派。羅祖的弟子們也分別創作寶卷，清代許多與朝廷作對的秘密「邪教」，亦多有此類「教典」性質的寶卷。道光年間任職於河北的地方官黃育楩曾著有《破邪詳辯》正續集六卷，作為政府取締「邪教」的參考書，對此類教門寶卷作了第一次清算。但社會上一般流傳的也有故事性、娛樂性的寶卷，並非全與「邪教」相關。

被羅祖引用過的《香山寶卷》，現有清刻本，又名《觀世音菩薩本行經簡集》，即千手千眼觀音菩薩成道的故事，據說是北宋普明禪師作於崇寧二年（1103）八月十五日，但其可靠性尚待證明。《金瓶梅詞話》第七十四回幾乎全文引錄了《黃氏女卷》，有白有唱，唱詞還被組織為《一封書》《山坡羊》等當時流行的曲調，故事內容與現存的《黃氏寶卷》相同；第八十二回又提到《紅羅寶卷》，現在也仍有留存。此類大抵是佛教故事或與佛教有關的因果報應故事，尚有《達摩祖師寶卷》《目連寶卷》等；道教方面也有《韓祖成仙寶傳》《何仙姑寶卷》等；儒教方面雖也有《孔聖寶卷》，但編制拙劣，且僅此而已，涉足甚少。

所以，現存的實物雖以羅祖「五部六冊」為較早，但歷史上應該是先有佛道寶卷，然後各種「邪教」(未獲官方承認的民間教派）寶卷繼起。而時至近代，名為「寶卷」的實際上是大量與宗教關係不大的作品，如《孟姜女寶卷》《英台寶卷》《雷峰寶卷》等，幾乎純是民間故事的說唱，題材與戲劇、小說相似，不要說「邪教」，連與佛教的關係也很疏遠了。當然，勉強可以說這些寶卷也旨在「勸善」。我們若是要為全部寶卷概括出一個宗旨，那就只有「勸善」二字足以當之，雖然所謂的「善」，其內容、標準並不一致。

只要世上有「惡」，那就終須「勸善」，這便是中國社會源源不絕地出產寶卷的緣故了。

### 3. 彈詞、鼓書

離我們較近的説唱形式，有彈詞和鼓書。大抵鼓書流行於北方，彈詞流行於南方，而各地又有不同稱呼，如福建的「評書」、廣東的「木魚書」，皆屬彈詞，北京的八旗子弟間流行的「子弟書」，則屬鼓書。內容題材多取自流行的戲劇、小説，或者新編故事，演出時只以簡單的樂器伴奏。小説的文本以散體叙述為主，是供人閱讀的，若付之表演，只説不唱，就很難吸引人，總要改成唱詞；傳統戲劇以唱段為主，但其演出又需要比較複雜的條件，也須加以簡化。所以，同樣的故事，往往以見於鼓書、彈詞者，最易為百姓所接受。現存的鼓書文本中，以「石派書」最為著名，即咸豐、同治間久居北京，以説唱為業的石玉昆及其弟子、再傳弟子所説之書，尚存數十種之多。石玉昆最為擅長的包公案説唱，被人記錄下來，經幾番改訂後，成為小説《七俠五義》。彈詞的文本中，如《天雨花》《再生緣》《珍珠塔》等，篇製甚巨，亦堪稱洋洋大觀。

二十世紀對中國説唱文學的研究來説，可謂天祐福至。首先是敦煌遺書的發現，使人們獲睹一批歷史上最早成熟的説唱作品；然後是寧夏發掘出來的西夏文經卷裏，居然混有一種古抄本《銷釋真空寶卷》，由於其內容跟《西遊記》故事相關，引起了胡適等人的重視，接下來便連帶興起了蒐集、研讀「寶卷」的風氣，千余種寶卷陸續進入人們的視野；到了 1967 年，上海嘉定的宣氏墓中又出土十六種明代成化年間的說唱刻本；另外，對幾部著名小說的源流的追尋，也使《大唐三藏取經詩話》《金瓶梅詞話》等留有明顯的韻散相間痕跡的作品為人所知；從二十世紀四十年代起，毛主席洞見了「新文學」一味「知識分子」化的傾向，重新呼喚大眾化的精神，這雖使創作方面走向了政權意識形態與大眾文藝形式的奇特結合，却也使歷史上採用「人民大眾喜聞樂見的文藝形式」的作品獲得了極大關注，而這樣的文藝形式，從敘述故事的角度來說，無非就以說唱為主，所以，長期以來流行於南北各地的大鼓書、子弟書、彈詞、木魚書等皆受到了空前的重視。說唱文學的資料之多，早已到了來不及清理、閱讀的程度，而如今的民間，也還在發現乃至產生新的作品。總的來說，這是一個需要書面考察與田野調查相結合的研究領域。

第九章

# 小說

「小說」之名出自《莊子》，先秦諸子百家中也有「小說家」，所說皆是街談巷語，其用途則多少帶「遊說」之意。後來，「說」成了議論文的一種文類，前面加個「小」字，則仍表雜談。這跟我們現在講的「小說」，意思只有一小部份重合。

我們談論中國小說的時候，幾乎首先都要提到魯迅。不僅因為他是中國現代小說的開山鼻祖，也因為他是中國古典小說史的最早梳理者，其《中國小說史略》奠定了「中國小說史研究」這樣一門學問的基本形態。這件事還包含一層重要的意義，就是這裏所謂的現代小說和古典小說，就其作為「小說」而言，概念上是一致的。雖然做「中國小說史研究」的人，都不免要去調查一下古人所謂「小說」是什麼意思，但自魯迅以來，被這門學問確定為研究和敘述對象的，實際上總是跟現代「小說」概念符合的或近似的東西，簡單來說，就是虛構故事。

「虛構」當然是跟「記錄事實」相反的意思，但面對具體故事時，我們並不容易判斷它是否虛構。首先，你要考證出事實，對比之下才能知其是否虛構。其次，即便與事實不符，也可能出於誤傳，而不是有意編造。另外還有像原始神話那樣的情形，我們看來像是虛構的，但原始人也許不這麼看，他們當作真實的事跡來傳誦神話。再次，故事有一定的事實依據，但增添了不少出於想像的細節，這種情況非常習見，不能一言斷其虛實，只能說虛構的成分發展到了什麼程度。更重要的是，「虛構」作為文學手段，也不限在小說中才能使用，它可以被許多文體的作品所擁有。那麼，我們從文體角度來梳理文學傳統的結果，跟立足於「虛構故事」這一原則梳理「中國小說史」的結果，自然就會有些不同。

當我們從「俗文學」發展的角度來考察時，大致認為「說唱」所包含的「說」和「唱」演化出了小說和戲劇，這自然僅指「白話小說」而言，在「中國小說史」的敘述對象裏，只佔了一部份。另一部份與此相對，被稱為「文言小說」。這兩個部份，是被現代「小說」概念所統合起來的，其來源、體裁並不相同，主要的作者和受眾也有身份差異，基本上可以視為兩種東西，分屬「雅文學」和「俗文學」。不過，由於觀念上確有相通之處，兩者在題材上也顯示了一定的相關性。「雅」和「俗」原本就並非絕對的，而且無論「雅」「俗」，當然都可以虛構故事。

現在我們尊重「中國小說史」的敘述方式，對「文言小說」也作簡單介紹，但主要的考察對象，則仍為「白話小說」。

# 一、文言小說

早期的神話和歷史敘述，乃至先秦諸子的許多寓言故事，有的讀起來很像小說，也確實對後來的小說產生了影響，但我們並不想把講述的範圍從「小說」再擴大到「敘事文學」，所以這裏姑且不論。從體裁上說，文言小說大致有筆記和傳奇兩種形態。「筆記」是一條一條簡短的文字，通常由許多條彙集成一書，自漢至清，寫作者不絕；「傳奇」則是唐代才有的名稱，是單篇成文的文章，大致模仿史傳，但內容上有虛構的成分，或全然出於臆想，篇幅上比筆記長，在今人看來是比較標準的「短篇小說」。

## 1. 筆記

「筆記」這種寫作方式，在很大程度上也是中國特有的傳統。雖然小說史研究中也曾有「筆記小說」的提法，但那只涉及一部份筆記，就是傳統的「筆記」當中比較符合現代「小說」觀念的部份。從寫作體式而言，我們還是回到「筆記」來談。最近，《全宋筆記》陸續被編輯出版，幾百部經過整理的筆記呈現在我們眼前，促使我們重新思考「筆記」這樣一種特受傳統文人青睞的寫作方式。很顯然，筆記在宋代的數量劇增，跟印刷術的普及帶來的出版業的興盛有關，但這僅是環境問題，我們還有必要從作者的角度去考察這種表達方式本身。這方面，有一位英國留學生安達（Edward Allen）的工作很值得介紹，他在碩士學位論文中書寫了對筆記這一「文體」的思考[①]：他首先為歷代中國文人所作筆記的數量之多感到驚異，認定這種「文體」從某個時候起，對於中國文人的自我表達來說，已經成為可以與詩、詞、古文並列的體制之一。於是，為了比較說明，他試圖在歐洲的寫作傳統中找到一種可以與中國的筆記相對應的表達體制，結果發現，把這種片段式的雜記編訂成書的做法，在歐洲的寫作史上雖也偶有出現，却遠未成為習慣，更未從「外向」的「記錄」發展為「內向」的從而各具個性的「自我表達」。這樣一來，在比較的視野裏，筆記的寫作便呈現為自具特色的中國「傳統」。當然，中國的筆記也從「外向」的「記錄」起步，至於它何時具備了與詩、詞相似的「自我表達」功能，安達找到的關鍵點是周密，時處晚宋的這位作者顯然對筆記傾注了不下於詩、詞的熱情，在他那裏，作為「自我表達」的體制之一，筆記的意義與詩、詞可以等量齊觀。這個關鍵點是否準確，當然可以繼續討論，但安達的工作足以對我們有所啟示。在可以被視為「小說」的筆記裏，從經常被提及的「六朝志怪」到南宋時期體量龐大的《夷堅志》，再到清代最著名的小說集《聊齋志異》，我們不難看到安達所描述的那種進展過程：從「外向」的「記錄」到「內向」的「自我表達」，也就是作者的個人性越來越顯著的過程。

不過，我們在中國傳統的書目裏幾乎看不到筆記這個類目，它們基本上按其內容的差異而被歸入不同的門類。幾乎與安達同時，另一位在復旦求學的留學生，韓國人李銀珍對這個現象做了

① 安達《宋元之際文壇中的周密及其文學》，復旦大學 2014 年碩士學位論文。

考察。她統計了《全宋筆記》前八編的三百二十餘種筆記在《四庫全書總目》中的著錄情況，結果如下[①]：

<table>
<tr><td rowspan="8">史部</td><td>雜史類</td><td>21</td><td rowspan="8">子部</td><td>儒家類</td><td>2</td><td colspan="3"></td></tr>
<tr><td>傳記類</td><td>12</td><td>藝術類</td><td>3</td><td colspan="3"></td></tr>
<tr><td>載記類</td><td>9</td><td>雜家類</td><td>104</td><td colspan="3"></td></tr>
<tr><td>地理類</td><td>15</td><td>類書類</td><td>2</td><td colspan="3"></td></tr>
<tr><td>職官類</td><td>3</td><td>小說家類</td><td>74</td><td colspan="3"></td></tr>
<tr><td>政書類</td><td>1</td><td>釋家類</td><td>1</td><td rowspan="3">集部</td><td>詩文評類</td><td>3</td></tr>
<tr><td>史評類</td><td>2</td><td>到家類</td><td>1</td><td>詞曲類</td><td>1</td></tr>
<tr><td>合計</td><td>63</td><td>合計</td><td>187</td><td>合計</td><td>4</td></tr>
</table>

經過比對，有 254 種筆記被著錄於《四庫全書總目》，主要歸屬於史部、子部，沒有屬於經部的，歸屬集部的也相當稀少。這當然與《全宋筆記》收書的範圍有關，不過這一統計依然能告訴我們：子部的雜家類和小說家類，是大部份筆記的歸屬門類，其次是史部的雜史類。

其實，我們完全可以反過來認為，這幾個類目在很大程度上就是為筆記而設的。談論內容比較集中的筆記被歸入地理類、藝術類、詩文評類等含義確定的類目，剩下數量最多的內容蕪雜的筆記就由雜史類、雜家類和小說家類收錄。「小說家」是個含義模糊的類目，《四庫全書總目》把它進一步細分為「雜事」「異聞」「瑣語」三個部份，而以上收入小說家類的 74 部宋代筆記中，絕大部

① 李銀珍《宋代筆記研究》第二章《宋代筆記的分類》，復旦大學 2014 年博士學位論文。

份（67 部）被歸入「雜事之屬」。至於雜家類，則被進一步細分為雜學、雜考、雜說、雜品、雜纂、雜編六個部份，收入雜家類的 104 部宋代筆記中，35 部被劃歸「雜考之屬」，56 部被劃歸「雜說之屬」，佔了絕大部份。那麼，這「雜考」「雜說」與「雜事」的區別何在呢？大概只因後者偏於敘事吧。至於同樣偏於敘事的被歸入「雜史類」的筆記，其與「雜事」的區別，按四庫館臣的意見，是在於前者記錄的多為軍國大事，而且有資考證，故與「小說家」所記的「雜事」不同。要之，254 種筆記中，有 179 種屬於「雜史」「雜考」「雜說」「雜事」，佔 70%，詳見下表：

| 史部<br>雜史類 | 子部<br>雜家類（104） | | | | | | 子部<br>小說家類（74） | | |
|---|---|---|---|---|---|---|---|---|---|
| 21 | 雜學<br>之屬 | 雜考<br>之屬 | 雜說<br>之屬 | 雜品<br>之屬 | 雜纂<br>之屬 | 雜編<br>之屬 | 雜事<br>之屬 | 異聞<br>之屬 | 瑣語<br>之屬 |
| | 8 | 35 | 56 | 1 | 4 | 0 | 67 | 3 | 4 |

這樣一看，事情就比較明白了：帶有「雜」字的這些門類名稱，本身呈現出明顯的設計性。可以推想：四庫館臣實際上已經把筆記作為一個整體來考慮，概括其寫作特點為「雜」，將它們細分為帶有「雜」字的這許多門類，然後按照「四部」分類法的傳統，不無勉強地分置到各部各類之下。

確實，從內容出發來梳理那麼多採用了筆記這一書寫方式的書籍，是一件非常困難的事，四庫館臣差不多已竭盡其才力，很值得我們同情。不過他們當然不具備現代「小說」的觀念，也缺乏安達那樣的比較視野，看不到筆記逐漸從「記錄」向「自我表達」發展的態勢。這種態勢之中，包含了「小說」虛構成分的增強，因為虛構可以被視為有助於「自我表達」的手段之一。

六朝志怪是以「記錄」的形態呈現的，比如出於晉代干寶《搜神記》的一個狐狸精故事：

> 後漢建安中，沛國郡陳羨為西海都尉。其部曲王靈孝，無故逃去，羨欲殺之。居無何，孝復逃走。羨久不見，囚其婦，婦以實對。羨曰：「是必魅將去，當求之。」因將步騎數十，領獵犬，周旋於城外求索，果見孝於空冢中。聞人犬聲，怪遂避去。羨使人扶孝以歸，其形頗象狐矣，略不復與人相應，但啼呼「阿紫」。阿紫，狐字也。後十餘日，乃稍稍了悟。云：「狐始來時，於屋曲角雞棲間，作好婦形，自稱『阿紫』，招我。如此非一。忽然便隨去，即為妻，暮輒與共還其家。遇狗不覺。」云樂無比也。道士云：「此山魅也。」《名山記》曰：「狐者，先古之淫婦也，其名曰『阿紫』，化而為狐。故其怪多自稱『阿紫』。」①

這位阿紫幾乎就是中國小說中眾多狐狸精的祖宗了，但我們看這段筆記，交代時地，引證典籍，人物有名有姓，顯然是當作真事來記錄的。後世的筆記作者，大致也維持這樣的記錄姿態，不過，當他們連自己也不能保證所記是真事時，便經常把書名標為「異聞」「客談」「叢話」「塵餘」之類，似乎提醒大家聽過而已，不要相信。雖然這些作者還是不肯明說這是編造的故事，但不妨相信他們在這樣的姿態下暗暗運用其虛構的能

---

① 干寶《搜神記》卷十八，中華書局 1979 年，第 2 頁。

力。《聊齋志異》不少篇目的結尾處會出現「異史氏曰……」，即作者蒲松齡自己出面講話，這使此書的個人性變得非常明顯。

### 2. 傳奇

單篇成文的唐傳奇，按魯迅的說法，是從六朝志怪發展而來的，在志怪小說的基礎上「富其波瀾，施其藻繪」。這兩句話非常有名，意思是故事的情節更豐富了，描寫的語言很華美了，更重要的是，由此可以判斷作者是有意在寫小說了。這當然是從「小說」發展的角度梳理的結果。像初唐傳奇的名作《古鏡記》《白猿傳》，確實帶有志怪的元素，但從日本傳回來的那篇《遊仙窟》，却毫無志怪的痕跡。中唐時期的一批「麗情」傳奇裏，有些女主人公是龍女、狐狸、仙鬼之類，但如《鶯鶯傳》《李娃傳》《長恨歌傳》等，純是人間的悲歡離合，跟志怪沒有關係。從文體角度來說，這種單篇成文的傳奇，大抵是模仿史傳的。史傳當然要講真事，但自《左傳》《史記》以來，中國的史傳就很講究叙事的生動性，唐人不難發現，這個體裁其實比志怪所用的筆記體更適合講故事。而且，唐代已經出現了一種「假傳」，如著名古文家韓愈的《毛穎傳》，完全使用史傳的體裁，但其傳主却是一支毛筆。這篇《毛穎傳》在當時很受非議，被指責「以文為戲」，但觀其文意是很嚴肅的，實際上是一篇寓言。既然用史傳的體裁可以寫「假傳」，那就無法區分其內容為史實還是小說了。

在唐人的觀念裏，《毛穎傳》那樣的文章也可以叫作「小說」。實際上，在韓愈的同時，傳奇小說使用「某某傳」這樣的標題，已極為常見。「傳」是來自史傳的一種文類，「傳奇」的意思無非是內容奇特的「傳」，《白猿傳》《霍小玉傳》《鶯鶯傳》《李娃傳》《柳毅傳》《南柯太守傳》《虬髯客傳》等著名的唐傳奇，就都標名為「傳」。另一種比較多見的命名方式是「某某記」，如《古鏡記》《枕中記》等。「記」也是與歷史記載相關的一種文類，而且我們不妨說，筆記也是「記」，六朝志怪的名著《搜神記》，宋初館閣所編大型小說集《太平廣記》（此書收羅了現存的幾乎全部唐傳奇作品），書名就是「記」，乃至《聊齋志異》的「志」，也是「記」的意思。所以，若從體裁方面講，唐人傳奇基本上是採用「傳」和「記」這兩種文類的文章。

我們一般把唐傳奇視為中國文言小說的高峰，但其大抵以「傳」「記」自名，歸入這兩個帶有濃厚「歷史」意味的文類，而不肯承認自己是「小說」。不過，從這兩個以追求真實為宗旨的文類，確實也發展出了一個虛構的世界，真是一件饒有意趣之事。就連後來的白話小說，也多以「傳」「記」命名，如《水滸傳》《西遊記》《兒女英雄傳》《石頭記》（即《紅樓夢》）等，直至魯迅的《阿Q正傳》《狂人日記》，猶有此遺風餘韻。

就像韓愈不會把他的文章題作「毛穎假傳」，而要直接稱「傳」；筆記作者編造故事，也不肯明說，而用「異聞」「客談」的名義來開脫，中國傳統的作者大抵喜歡把小說收納在固有的文類系統之內。還有一個更加不可思議的現象，就是明清時期的許多「公案」小說，有白話的，也有文言的。「公案」本是官方審訊的記錄，那應該是比正式的「傳」「記」還要嚴肅的，按理必須一絲不苟地追求真實，而且不容有一點含糊的。然而，禪僧們一些莫名其妙的對白也被叫作「公案」，這還可以解釋為表面含糊而內涵深刻嚴肅，小說之名為「公案」，則僅僅因其題材涉及破案，但它不叫「公案小說」或「虛擬公案」之類，而直接混稱為「公案」。像《龍圖公案》那樣的書，固然早就被大家所知，是關於包公破案的小說，可是，如果你看到《新刊皇明諸司廉明奇判公案》這樣的書名，未讀之前，怎能知其為小說，而不是真實的「法制報道」？而且，「皇明」政府對於這樣捏造的不實報道似乎並不干預。虛構的世界極力追求與真實的世界混同，而真實的世界一般也無意排斥之。真真假假混在一起，誠如《紅樓夢》所設的「甄」「賈」結構一般，所謂「真作假時假亦真」。這裏面蘊含著一種世界觀和人生觀，現在我們本著「虛構」原則努力地把文言小說從原來的文類系統中割離出來，另立一體，固然是「小說史」研究的需要，却也失去了許多意趣。

## 二、白話小說

白話小說並不是從文言小說直接發展出來的，它可以被看作從說唱文本中削除了韻文唱詞後的文本形態，當然也不排除很早就有以說為主的文本的可能性，比如敦煌遺書中的《廬山遠公話》，一般就被定性為「話本」，而且是現存的宋代以前最長的話本。所謂「話本」，字面意思是「說話」的腳本，「說話」就是講故事，隋唐時已有此語。不過我們現在不宜把「話本」這個詞理解得太過狹窄，因為實際上無法確定一個文本是表演前預製的腳本，還是表演後的記錄本，只好把記錄本也歸入「話本」。

《廬山遠公話》只有散語，沒有韻語，似乎只說不唱。不過這也可能是記錄時省略唱詞，不必據此斷定「說話」一定不能包含唱。實際上，許多「話本」是說唱的本子經過改編後，成為以散體敘述為主的小說文本，如《西遊記》《金瓶梅》乃至《七俠五義》，俱是如此。這樣的改編也表明，這些文本離真實的表演越來越遠，主要供人案頭閱讀了。按書籍出版的一般規則，這些「話本」小說也往往標了一個作者名，如《三國演義》之羅貫中、《水滸傳》之施耐庵、《西遊記》之丘處機、《金瓶梅》之蘭陵笑笑生等，此類或出附會，或是子虛烏有之假名，最多是對長期流傳的故事、說唱的文本做過一些記錄、編訂工作，不能算真正的「作者」。有的學者發明了「世代累積型小說」這樣的名稱，來稱呼這些「話本」或以「話本」為基礎的小說，它們實際上包括了中國最有名的幾部古典小說。

然而，在「話本」小說受到歡迎，其文本被廣泛閱讀的時代，也有文人會模仿「話本」的章回形態，編製故事，自創小說。有時候，我們把這種自創的小說叫作「擬話本」，但其性質當然與「話本」不同。所以，白話小說必須被區分為兩類：一是「話本」，二是文人的創作。

由於文人創作的白話小說，也總是模仿「話本」的形態，所以在資料缺乏時，我們不易判斷其為編訂抑或自創。大概至清代中期以後，文人創作呈現出比較顯著的趨勢，《紅樓夢》的作者對這些小說有過嚴厲的指責：它們多以才子佳人的私通為題材，故事粗糙，目的旨在通過主人公的情書往返，而顯示作者寫作文言詩文的才能；或者夾雜大量「污穢筆墨」即性交場面的描寫，以為淺薄的娛樂。確實，過於詳細的性描寫一般不能在大庭廣眾說唱，只能滿足個人視覺方面的需求，自非「話本」所長，而應多屬無聊文人的創作，以求取銷售量。至於才子佳人小說，則有的也以說唱故事為本，有的屬於文人創作，情況並不一律。與「話本」相比，文人獨立的創作，可以預先設定一個完整的結構，也可寄寓作者的志趣，具備較強的思想性，與現代「新文學」的小說觀念更為接近。這方面公推《紅樓夢》為傑作，另外尚有《兒女英雄傳》《鏡花緣》等較為著名的作品。至近代以後，文人獨立創作成為白話小說的主流，大抵都明確地主張個人的著作權了，但就傳統來說，「話本」的分量要更重一些，而面對「話本」小說時，我們不建議對其「作者」關注過多。

與其關注個體化的「作者」，我們認為，不如對「說話人」的群體進行一些考察。「說話」的繁榮，從宋代的《醉翁談錄》《都城紀勝》等筆記中就可窺見，那早已成為城市的必備景觀。值得注意的是，有關記載已經對「說話人」群體進行分類。它們根據所說故事的不同類型，分別了「說話人」的專長，有哪些人特別擅長講說哪類故事。這反映出，從宋代開始就逐漸形成了該行業內分門別類的專業化傾向，此種專業化傾向無疑是創作發達的標誌，而且也影響到後來的文人創作，除了《儒林外史》《紅樓夢》等少數作品涉及民間說書人不太熟悉的「知識分子題材」或者豪門內的真情實態外，多數文人自創的故事也不突破「說話」行業已經形成的題材分類。這個現象也提示我們，對傳統白話小說的整理，宜采取按故事類型進行分別歸納的方式。近人編訂的小說書目，大致就採用這樣的方式，主要有以下幾類：

公案俠客小說，如《施公案》《七俠五義》之類，後世的武俠小說當以此為先驅。

才子佳人小說，數量上可能是最多的，雖然被《紅樓夢》的作者所指責，但近代的鴛鴦蝴蝶派小說、狎邪小說等，却都由此演變而來，按魯迅的說法，把才子佳人置換為流氓婊子，就是狎邪小說了。

世情小說，多帶諷刺，如《儒林外史》之類，近代的譴責小說便繼承其遺風。

歷史演義，亦較多，除最出色的《三國演義》外，大抵以唐、五代、宋史為主，而且多以武將為主角，如秦瓊、薛仁貴、楊家將、岳飛等，還包括一批膾炙人口的女將，如武藝超過她們丈夫的樊梨花、陶三春、穆桂英之類。至近代後，幾乎每個朝代的歷史都有了演義，但文人所作的演義，其精彩程度遠遠比不上從前的「話本」。

神魔小說，除《西遊記》外，以《封神演義》最為著名。「神魔小說」一名是魯迅所創，頗為得當，比通常稱呼的「神話小說」要合適得多。「神話」雖然也可以被我們當作小說來讀，但其性質跟小說差得太遠。早期人類把「神話」當真實的事跡來傳誦，不可以虛構，而「神魔小說」，則無論說者聽者，大抵都能意識到其故事出於編造。當然也不排除有些人很「迷信」，竟然信以為真，而且「迷信」也可能構成這類小說盛產的環境，至近代「破除迷信」後，此類小說數量便趨銳減。

除此以外，近人整理小說書目時，往往為「猥褻小說」專列一類，即指故事粗糙，大部份篇幅專描寫性交的小說。此是小說的商品化所致，無時無之，歷代政府屢有禁止，但現存的數量仍然不小。上文已提到過，它們多是文人的創作。「話本」中雖也不無類似描寫，但只是偶為「佐料」而已，且也可能是編訂者添上去的。除非有個半秘密的俱樂部，專門僱個人去講，否則不能設想一個「說話人」每天對聽眾這樣講。

以現代的小說體制衡量，以上舉出的都是長篇小說，至於短篇小說，則往往被匯成集子刊行，以「三言兩拍」(《警世通言》《醒世恆言》《喻世明言》《初刻拍案驚奇》《二刻拍案驚奇》) 最著盛名。

## 三、「四大奇書」的世界

二十世紀以來，評論界逐漸確定，古典小說中以《三國演義》《西遊記》《水滸傳》和《紅樓夢》的成就為最高，於是「四大名著」之說廣為流傳。但按我們上文的梳理，這「四大名著」中的前三部，性質上與《紅樓夢》有所不同。後者是文人創作，實際上已屬於精英文學，而前三部却是以「話本」為基礎的「世代累積型小說」，主要是庶民文化的產物。就此而言，明代以來所謂「四大奇書」，即以《金瓶梅》與前三部並列，倒顯出更強的一致性。雖然《金瓶梅》是否為「話本」還可以存疑，但它至少有一個說唱形態的「詞話」本，其庶民色彩比《紅樓夢》要濃厚得多。

我們把庶民文化的興起看作歷史上「唐宋轉型」的一個重要內容，或者說是「近世」文化的重要部份。這種庶民文化的存在方式，以群體性為特徵，而討論這種群體性的文化，最好的材料就是被歷代的民間說書人反覆演繹、修訂，經歷代聽眾反覆抉擇、淘汰而形成的「話本」小說，在這樣具有群體性的形成過程中，廣大庶民的世界觀、宗教信仰、倫理意識、歷史知識、審美趣味、處世態度乃至日常生活的技巧等，都展現、疊加、滲透其中，成為我們可以不斷開掘的寶藏。「四大奇書」就是其代表。我們不妨通過對庶民文化的考察，從這一途徑走入「四大奇書」的世界。

### 1. 從「英雄」到「好漢」

前文介紹過日本史家內藤湖南、宮崎市定關於「唐宋轉型」或中國「近世」的學說，在這種史觀的啟發下，我們不難發現，《西遊記》的形成過程是對「唐宋轉型」的很好說明。目前多數讀者認定這部小說的主人公是孫悟空，此是就明代的百回本而言，如果把唐代以來所有相關的筆記、話本、戲劇、章回體小說都納入視野，得到一個歷史總攬式的《西遊記》，那就不得不說，它是具備雙重主人公的，即唐三藏和孫悟空，而且它的成長史正是其主角從唐三藏轉變成孫悟空的過程。

取經故事本以唐三藏為核心，唐人就開始神化玄奘大師，南宋的話本《大唐三藏取經詩話》出現了「猴行者」，但顯然是個配角，而那時的主角唐三藏似乎還頗有神通。元明雜劇《西遊記》是從唐三藏的故事開始的，孫行者到半途才出場。但百回本小說則相反，故事從孫悟空開始，唐僧變成半途出場，而且生世不明。後來清人覺得不妥，添進了敘述唐僧身世的一回，但那也只是唐僧出生後的事，關於他原來是佛弟子金蟬子，前生九世往西天取經失敗的事，都只一筆帶過，並不展開。更重要的是，唐僧變得毫無用處，所有困難都要靠孫悟空來解決。雜劇中的唐僧曾在長安祈雨成功，而在百回本小說中，車遲國鬥法時，他已失去作為一個高僧最基本的祈雨神通，不得不靠孫悟空去招呼龍王來幫忙。孫悟空被我們稱為「英雄」，其實他的形象並不很像「英雄」，他愛吹牛，要出名，沒禮貌，經常說謊，胡攪蠻纏，打仗大抵先擺資格嚇唬人，打不贏就去偷盜敵人的寶貝，再不行就逃跑。好處是敢作敢為、有勇氣，而且頭腦靈活、不迂腐。但最為有效的是他路頭寬，面子大，「到處人熟」，能找來天上地下許多神仙菩薩幫忙。那麼，對這種缺乏「英雄」氣質的英雄人物，該如何看待呢？小說中原本自有合適的稱呼，如猪八戒對他的評價：「他是個鑽天入地，斧砍火燒，下油鍋都不怕的好漢。」（三十二回）他自己也認為：「我為人做了一場好漢。」（三十四回）這個「好漢」，才是對庶民色彩濃烈的英雄形象的概括。

相比之下，「英雄」總有些貴族氣質，這樣的氣質更多地表現在唐僧身上。他雖是一個和尚，却經常能向我們展示什麼是高貴、正直、善良、忠誠，而且他風度優雅、儀態端正、知識淵博、意志堅強、善於自制，又不乏勇氣。小說中的他雖然家世不幸，但歷史上的玄奘實是士族出身，所以他的形象具備貴族「英雄」的許多優點並不奇怪。但他有一個致命的弱點，便是「不濟事」，也就是沒用。只有天上的神仙菩薩們認得他是金蟬子，一到充滿妖怪的世俗社會，他就舉步維艱。他的行為是為了救世，為此他作出巨大的犧牲，忍受種種磨難，但他的人格對妖怪們毫無感化力，這個世界完全不吃他那一套——這實際上不是一個中國高僧的西行歷險記，這裏幾乎毫無異國情調，不如說是一個貴族

「英雄」的世俗歷險記，其信仰、品質、知識、才華都顯得全無用處，而那位庶民的「好漢」才大有用武之地。《西遊記》是在庶民社會講述貴族時代的故事，反覆講述之中，庶民的「好漢」不斷成長，而貴族「英雄」漸被淘汰。從唐三藏到孫悟空，是「唐宋轉型」的一個活潑潑的見證。

從詞義上說，我們甄別「英雄」和「好漢」或許有些勉強，但詞語產生的時代和被使用的歷史，會使某些社會觀念附著其上，「英雄」一詞在貴族社會被使用甚久，令我們心目中的「英雄」形象大抵頗具貴族氣質，而「好漢」一詞始自唐代，其被大量使用，則在宋代以後的庶民社會，所以「好漢」便有相當濃厚的庶民色彩。

如果說《西遊記》還有一位「英雄」、一條「好漢」的話，《水滸傳》就完全是一百單八條「好漢」的世界了。不妨注意，絕不會用在「英雄」頭上的量詞「條」，成為「好漢」最常用的量詞。這個量詞原本適用於棒狀物件，人的體形固然也勉強可算棒狀，但這個量詞在強調生硬質感的同時，還意味著「好漢」傾向於放棄其作為「人」的屬性。從一定的角度看，這可以被視為一種反社會性，因為梁山「好漢」的社會身份多數屬於胥吏、低級武官或綠林強盜，這些「好漢」們無視那個以士大夫為領導的社會秩序，以及出於士大夫立場的意識形態對「人」的要求。但問題並不到此為止，有些嘯聚山林的「好漢」，其觀念和行為不僅僅是憎恨和破壞社會秩序而已，他們確實輕視「人」的生命，包括自己和他人。《水滸傳》中的不少「好漢」有吃人惡習，而且專吃心肝，連主人公宋江的心臟也屢次面臨被吃的危險。這本是《西遊記》裏妖魔所做的事，但鑒於猪八戒和沙和尚歸正以前也曾吃人為生，而且唐三藏前九世都是被沙和尚吃掉的，所以「好漢」跟妖魔的區別，如果有的話也只是一念之間。市井庶民雖樂於傳誦這些「好漢」的故事，但真正行走於《水滸傳》的世界，其實是相當危險的，要不是因為本事高，武松也差點被孫二娘做成了人肉饅頭。如此看來，這個世界跟《西遊記》的世界竟然沒有什麼區別。妙處在於，主人公宋江居然也是另一個孫悟空，他的本事倒只平平，但靠的就是交遊廣、面子大、人緣好，一聽他的名頭，要挖他心肝的「好漢」竟也會改口叫他哥哥。

庶民社會當然也並不完全隔絕於士大夫社會，孫悟空最後成了正果，宋江也企圖帶著他的「好漢」集團返回社會，為朝廷所用。但對於「好漢」來説，佛教的正果似乎比儒教的正果更合適，人們對孫悟空歸正大抵沒有疑義，對宋江歸正却議論紛紜。這大概是因為「好漢」的行為與儒教的衝突更為正面而激烈吧，無論如何，宋江走的是一條比孫悟空遠為艱難的道路，而且等待他的似乎只能是失敗。

士大夫文化對通俗小説的較為成功的影響，可能是新儒學的「正統」觀念對《三國演義》「尊劉抑曹」傾向的推動。這個傾向基本上由宋代的説書人奠定，而就在同一個時代，歐陽修開始在史學上大談「正統」；接下來司馬光編《資治通鑒》，在南北朝部份用南朝系年，表示認南朝的漢族政權為中國的「正統」皇朝，但三國部份仍用曹魏系年；到了南宋朱熹編《資治通鑒綱目》，便將司馬光原書中三國部份的曹魏系年改成了蜀漢系年，這被視為士大夫史學的輝煌之舉，恰恰契合民間三國故事「尊劉抑曹」的傾向。《水滸傳》中難以交融的士大夫文化與庶民文化，在這裏倒顯示了統一的走向。應該説，「尊劉抑曹」確實是《三國演義》在文學上成功的關鍵，由於小説並不改變三國歸晉的歷史結局，故上述傾向等於是對失敗者的憑弔，遠勝於《説唐》那樣站在成功者一邊從而歌頌之，或者像《説岳》那樣改變歷史結局，讓岳飛的兒子直搗黃龍府。「正統」觀念本身有無問題，那是另一回事，但它確實使這部小説在眾多講史書中脱穎而出，並與士大夫文化的進展保持了同步。

然而，不要以為接受了「正統」觀念便萬事大吉，因為那對於三國史來説，等於宣稱歷史上的勝利者皆不「正統」，也就是不合法。於是，士大夫們敏鋭地發現，這部小説的大量內容是在説「奸」，以曹操、司馬懿為代表的「奸雄」如何以其奸智取得節節勝利，直至掌控政權，這些成為説書人和聽眾都容易沉迷其中的情節。「奸」似乎被認作獲取勝利的必要前提，這使許多士大夫覺得有必要提醒朝廷去禁止這部小説的流行。與《西遊記》一樣，《三國演義》也是在庶民社會講述貴族時代的故事，本來也該大力宣揚和描寫「英雄」，但「英雄」不是被「好漢」代替，就是被「奸雄」戰勝。

比起儒學「正統」觀念對《三國演義》的作用，佛教「色空」觀念對《金瓶梅》的作用更大，而且對其文學性的展開更為有利。「色即是空」的「色」指一切世間現象，但世俗化的理解往往專指男女性事，《金瓶梅》便以奔放恣肆的性描寫著稱。男主人公西門慶頗有資產，也交結官府，可以仗勢欺人，但這些只因為情節的展開需要主人公具備較高的物質條件，其實他身上毫無士大夫的氣質，對於小說中的女性來說，關鍵在於他驚人的性能力，以及對性的近乎迷狂執拗的追求。在這個方面，他也是一條不折不扣的「好漢」，最後因精盡而身亡。同樣，女主人公潘金蓮也並不計較性交對象的地位、財產、身份，丈夫的弟弟、小廝、名義上的女婿等，她在所不計，真是視富貴如浮雲，只要滿足性慾，直至窮途末路，决不迷途知返。假如忽略性別，可以說她的「好漢」性格比西門慶有過之而無不及，或者也跟《西遊記》裏的女妖精相似，她們即便明知唐僧是金蟬子，惹不得，也依然不能克制性誘唐僧的慾望。從《金瓶梅》小說本身提供的「色空」觀念來看，主人公如此偏執的性情，猶如「盲人騎瞎馬，夜半臨深池」，却還要一個勁地往前趕，等待他（她）的當然是悲劇的結局。不過，若再進一步講，即便他們稍知節制，也不過延長幾年壽命，「色」之為「空」終於依然——這才是人生的真實寫照，「色空」在此只是個不變的結論，並不能拯救人類。《金瓶梅》的世界與《水滸傳》相聯結，我們應該記得，從《水滸傳》裏很難找到行為規矩的妻子。也就是說，從《水滸傳》的許多段落，都可以引出類似《金瓶梅》的世界。小說當然建議人們接受佛教對人生的提醒，但提醒並不是拯救，人生的真相是無可救藥，西門慶和潘金蓮只是走得極端而已。這徹底而濃重的虛無意識，發生於庶民社會，雖然仍表述為佛教的「色空」觀，却絕不如其哲學含義那樣簡明抽象，其精神內涵幾乎已經超越「近世」而走向「現代」。

「四大奇書」的世界曾被概括為四個字：奸盜邪淫。《三國》說曹操之「奸」，《水滸傳》為「盜」的傳奇，《西遊記》充滿「邪」魔，而《金瓶梅》渲染「淫」事。這當然成為一部份士大夫排斥此類小説的理由，但同時也有另一部份士大夫視之為「奇書」，而且它們在庶民社會廣泛傳播，説明這奸盜邪淫的世界，在相當大的程度上代表了時人對社會實況的認識。為了不受妨礙地描寫這危險的生存環境、墮落的社會風氣，其背景時代大致被置定於「末世」(漢末、北宋末)，或者如《西遊記》那樣處理為外國。但是，這裏呈現的世相、人生觀乃至社會倫理方面的問題，並不專屬「末世」，更不屬於外國，這實則是中國的「近世」。所謂「好漢」也罷，「妖精」也罷，「奸雄」也罷，乃至性交無度的西門慶、潘金蓮，便都是「近世」人生的極端形相，這些形相的共同點在於：他們都不是傳統意義上「正常」的「人」。社會形態的變化迫使「英雄」成為「奸雄」或者「好漢」，再進一步便成「妖精」，吃人為生，追求慾望滿足而死。

正如《西遊記》裏如來所説：

那南贍部洲者，貪淫樂禍，多殺多爭，正所謂口舌凶場，是非惡海。[1]（第八回）

在這裏，我們看到了庶民眼裏的「近世」社會，而士大夫們想用古典儒學來治理之。可是「四大奇書」告訴我們，在這個世界，一味崇信古典經論，只會成為毫無用處的唐三藏，那拯救世道的偉大情懷未必能起多少作用；樹立「正統」觀念，也不過引得人們對歷史上失敗者的同情而已，反過來却也等於告訴百姓，

---

① 《西遊記》，人民文學出版社 2010 年，第 87 頁。

獲得勝利的都是「奸」人；貌似強大的帝國秩序把一批「好漢」收羅在胥吏和低級武官的位置上，但他們却與山林強盜具備更多的共同話語；包括儒教、佛教、道教乃至「三教歸一」之類的哲學，也並不能引導《金瓶梅》的主人公走出人生的困境。總之，這是一個本質上無可救藥的世界，用後來流行一時的詞語來説，便是「萬惡的舊社會」。或許，如《西遊記》暗示的那樣，只有大慈大悲的觀世音菩薩能為這個世界偶爾撫平一點傷痛吧。那喪失了宗教含義的、沒有條件的、毫無原則的、無所不容的慈悲，成了「近世」中國人渴求的甘霖。

那麼，生活在「近世」的人們能有怎樣的作為？「英雄」已無用武之地，我們只能寄希望於「好漢」了。

## 2.「好漢」的行動準則

「四大奇書」的世界是庶民對其所處「近世」社會的認識，由此反顧帝國士大夫的思想史，可見其開列的種種救世藥方大抵一廂情願，離題甚遠，勉強付諸實踐，最後也會以「人心不古」為由，終致無能為力的慨嘆。人心確實早已「不古」，「近世」社會哪裏會有「古」的人心？在「口舌凶場，是非惡海」上建立起精美的帝國大厦，而又身處上層，翻讀古書，時而望著樓下的「奸盜邪淫」嘆息幾聲，豈能挽救大厦崩潰的命運？但是，身處「口舌凶場，是非惡海」中的那許多「不古」的人心，亦自有其應處環境的辦法。這些辦法不曾獲得學説化的表述，很難被思想史所記錄，但與「近世」社會相應的觀念、意識，却端在其中，而成為庶民文化的精粹。

上面提到，庶民的英雄叫作「好漢」，而其量詞往往是用來指稱棒狀物件的「條」。這個量詞也適用於生命，如「一條人命」等。實際上，「好漢」之以「條」來計數，也包含「好漢」除了一條命外什麼都沒有的意思。這是從最徹底的意義上打量人生，而「好漢」之所以為「好漢」，在於他敢於輕視這條命，簡單地說，就是不怕死。這種對生命的賤視，很難說沒有佛教的影響，但更本質的原因在於實際境遇，因為對於帝國來說，庶民只有群體價值，其作為個體是毫無價值的。所以，賤視生命是「好漢」人生觀的根本出發點，這是庶民對其實際社會地位的徹底覺醒，也極具危險性和顛覆性，因為一個不怕死的人，是無視一切秩序的，什麼事都敢做，任何價值都會被他破壞。這是洪水猛獸，或者說也是革命力量，但本身沒有方向，只圖轟轟烈烈的一場審美效果，成為市井間的傳說，結局也總是悲劇性的。「四大奇書」中，代表「正統」（這「正統」也大抵只是不「奸」之意）的劉備、「智慧的化身」諸葛亮、想為梁山「好漢」們尋求正果的宋江，以及在性慾追求上一往無前的西門慶、潘金蓮，無一不以悲劇收場，只有孫悟空是個例外，但他大鬧天宮也曾失敗，其結果是成了佛，倘若我們把孫悟空成佛與魯智深圓寂等量齊觀，則也未嘗沒有悲劇色彩。以成佛為成功，與絕望何異？

這樣說來，「好漢」們所引領的庶民人生觀，竟是以絕望為底色的。庶民文學往往採用佛教的話語來表達他們對絕望的領悟，但我們若返回佛教哲學體系去學究化地理解這些表達，那只會跟真正的含義交臂錯過。絕望是一種精神上的洗禮，經過這一番洗禮的庶民，才能擺脫一切，不受矇騙，以自己的眼睛去認識世界、認識歷史，並且敢作敢為。在此基礎上，他們終將覺悟到自己在這個世界的生存權利，而展開自己的生活追求，並形成行動準則。我們以「四大奇書」中難得獲得了「正果」的「好漢」孫悟空為例，來作簡單的考察。

由於百回本《西遊記》面世的時代，大約與士大夫思想史上的「心學」思潮相前後，而經過道教徒之手的這個百回本又把孫悟空叫作什麼「心猿」，所以人們往往錯以為那就是在「心學」思想指導下行動的猴子。其實，孫悟空並不懂「心學」，他的行動準則在百回本中交代得很清楚。我們且看第三回中龍宮討寶的一段：

老龍王一發害怕道：「上仙，我宮中只有這根戟重，再沒甚麼兵器了。」悟空笑道：「古人云：『愁海龍王沒寶哩！』你再去尋尋看。若有可意的，一一奉價。」⋯⋯悟空道：「這塊鐵雖然好用，還有一說。」龍王道：「上仙還有甚說？」悟空道：「當時若無此鐵，倒也罷了；如今手中既拿著他，身上無衣服相趁，奈何？你這裏若有披挂，索性送我一副，一總奉謝。」龍王道：「這個却是沒有。」悟空道：「『一客不犯二主。』若沒有，我也定不出此門。」龍王道：「煩上仙再轉一海，或者有之。」悟空又道：「『走三家不如坐一家。』千萬告求一副。」龍王道：「委的沒有；如有即當奉承。」悟空道：「真個沒有，就和你試試此鐵！」龍王慌了道：「上仙，切莫動手！切莫動手！待我看舍弟處可有，當送一副。」悟空道：「令弟何在？」龍王道：「舍弟乃南海龍王敖欽、北海龍王敖順、西海龍王敖閏是也。」悟空道：「我老孫不去！不去！俗語謂『賒三不敵見二』，只望你隨高就低的送一副便了。」[①]

這一段比較集中地從孫悟空的口中冒出四句俗語：「愁海龍王沒寶哩」「一客不犯二主」「走三家不如坐一家」「賒三不敵見二」。這些成為他向東海龍王堅索兵器、披挂的理由。需要說明的是，這並不只為描寫他的無賴作風，實際上，在整部《西遊記》中，孫悟空一直用這樣的「古人云」「常言道」「俗語謂」為自己的行動提供理由，僅就前七回來看，除上引四句外，還有不少，如「人而無信，不知其可」「為人須為徹」「親不親，故鄉人」「今朝有酒今朝醉，莫管門前是與非」「詩酒且圖今日樂，功名休問幾時成」「勝負乃兵家之常」「殺人一萬，自損三千」「皇帝輪流做，明年到我家」等。

不光是孫悟空，《西遊記》裏的其他人物，也往往引述此類話語為自己的行為準則，下面列舉一些：

第二回，菩提祖師說：「自古道：『神仙朝遊北海暮蒼梧。』」「世上無難事，只怕有心人。」

第五回，崩、芭二將說：「常言道：『美不美，鄉中水。』」

第八回，觀音說：「古人云：『若要有前程，莫做沒前程。』」八戒說：「常言道：『依著官法打殺，依著佛法餓殺。』」

第九回，水族說：「常言道：『過耳之言，不可聽信。』」

第二十四回，清風明月說：「孔子云：『道不同，不相為謀。』」唐僧說：「常言道：『鷺鷥不吃鷺鷥肉。』」

---

①《西遊記》，人民文學出版社 2010 年，第 32-33 頁。

第二十六回，黑熊説：「古人云：『君子不念舊惡。』」

第二十八回，黃袍怪説：「常言道：『上門的買賣好做。』」

第二十九回，寶象國眾臣説：「自古道：『來説是非者，就是是非人。』」

第三十回，沙僧説：「古人云：『與人方便，自己方便。』」

第三十六回，僧官説：「古人云：『老虎進了城，家家都閉門。雖然不咬人，日前壞了名。』」[①]

如此直到第九十九回，唐僧已經取得真經，走上歸程，在陳家莊被挽留供養，却要説服徒弟們不辭而別，其理由仍是：「自古道，真人不露相，露相不真人。」

把《西遊記》中此類常言俗語集中起來，幾乎可以編成一個小手冊了。其他幾部源自「話本」的小説，多少也具備這樣的特徵，但《西遊記》更顯著地把它們表述為眾多人物的行為理由，或説行動準則。

表面看去，這樣的理由具有很大的隨機性，而且雖然都是常言俗語，或古人名句，但其間夾雜矛盾，並無一致的理論基礎，作為理由經常顯得無賴，難以成為一種準則。然而，從確定的一家學説推導出「合理性」準則，是那些「知書識禮」的士大夫才具備的本事，庶民大眾當然缺乏統一的理論武器，若不做唯命是從的奴才、神情木然的看客，則難免要自己找些做事的道理。就此而言，《西遊記》對人物行動理由的表述中呈現的這種高度一致

---

① 以上分別見《西遊記》，人民文學出版社 2010 年，第 21-22、57、92、113、292-295、323、347、356、363、444 頁。

化現象，就很值得關注。幾乎所有人物都在常言俗語的指導下行動，這一點貫穿全書，行文上也生動自然。對「古人云」「常言道」「俗語謂」等的引用經常能夠推進故事情節，也可以解釋出現在故事世界中的一些事物、現象、知識，而且也意味著能被對話雙方共同接受的，乃至能被那個世界一致認可的某些觀念，使看上去無賴的理由却顯示了它的有效性。

這樣的常言俗語、古人名句，有指導人物（「知書識禮」者除外）行動的功能，那麼我們對其總體面貌，自須有個把握。此事可能需要專門研究，先搞個數據庫，再一一考證源流，分析類別，加以概括，這需要較長的時日。現在可以肯定的是，它們都是經過世俗社會的長期洗濯，大浪淘沙後凝練起來的，幾乎每一句都意味著認識某類現象、對處某種問題時的最佳選擇。它們的思想史意義，跟儒釋道都不同，它們不是從某個確定的思想體系生發出來的統一原則，而是匯集了許多具體的經驗，綜合了所有前人的智慧，以朗朗上口的語句表述出來。其間不必加以有條理的編織，也不必顧及相互矛盾之處，數量極多，而且始終如水銀瀉地一般結合著具體的生活場景，隨處湧出。你掌握得越多，便越能在日常生活中所向披靡。雖然只求當下有理，前後並無統一性，却也有別於極端投機的功利主義，因為經過世俗社會的長期洗練而為大眾所接受者，基本上符合「大眾」的立場，純粹損人利己的東西終將被排除。可以說，這是「大眾」化的智慧。

歸根結底，這還是體現出庶民文化的群體性特徵。所有思想性的因素，不管它出自哪家哪派，都經「大眾」這一層網的過濾，彷彿全民投票產生的合宜取向，都凝結在這些「常言道」「古人云」

「俗語謂」中，可以隨機取用，把它們作為行動準則。考究這些常言俗語的來歷，或許也出自經史典籍，但我們不必返回原典去尋求其含義，因為真實的含義蘊含在被使用的具體場景之中。既然它們是大眾篩選的產物，那便是對大眾社會有説服力的道理，容易被接受，而且通行無阻。反過來，大眾社會傳誦這些常言俗語，本來也旨在總結生活經驗。在百回本《西遊記》形成的時代，《四書集注》教讀書人學會了應舉投考，而這些常言俗語則教會庶民們如何生活。對此掌握得越多、越有心得的人，他的「生活力」也就越強。據説，《周易》總結了「百姓日用而不知」的道理，那也許是上古時代的事。對於「近世」庶民社會來説，《西遊記》才是把那麼多蘊涵著「百姓日用而不知」的道理的常言俗語集合起來的，而且它為每一條俗語提供了應用的範例，幾乎可做庶民生活的教科書。《西遊記》的思想史價值，其實不下於《周易》。

### 3. 庶民對「生活力」的嚮往

由於百回本《西遊記》以孫悟空為貫穿全書的主人公，所以他成了那個世界裏掌握常言俗語最多，把這一行動準則運用得最為熟練靈活的人物。由此，我們可以重新考察孫悟空所擁有的力量，也就是他自己常說的「本事」。這「本事」呈現為兩個方面：七十二般變化、筋斗雲、火眼金睛之類，是超人的「神通力」；而交遊廣泛，「處處人熟」[①]，能靈活運用大量飽含人情世故的常言俗

① 《西遊記》第三十二回，孫悟空自云：「我老孫到處裏人熟。」第三十四回，金角大王云：「那猴頭神通廣大，處處人熟。」見人民文學出版社 2010 年版，第 391、416 頁。

語來指導行動，才是他真正適應人世的「生活力」。前者只能令孫悟空能戰、敢戰，後者才能造就他戰無不勝的功勛。也許，唐僧成佛後，可以獲得相應的「神通力」，但他似乎永遠不會具備孫悟空的「生活力」。或者說，為了描寫這種「生活力」，選擇孫悟空為核心主人公，確實比唐僧要理想得多。成為庶民大眾人生理想的，不是為一種特定目標而九死一生的獻身精神，而是如金箍棒一般屈伸自如的「生活力」。同時，如果「常言道，依著官法打殺，依著佛法餓殺」才是被《西遊記》的世界所認同的人生格言，那麼一本正經的佛教哲學，其實還不如這樣的詼諧之談對人生的指導作用大，掌握這些俗語而不是教義，才能提高普通人的「生活力」。大眾文化對高度「生活力」的嚮往，在百回本《西遊記》中可以說相當燦爛地綻放著。

在此基礎上，當我們把目光從《西遊記》再擴展到「四大奇書」的世界時，我們就能看到宋江、劉備與孫悟空相似的人緣，看到諸葛亮、吳用的奇思妙計，西門慶的財富和性能力，以及眾多「好漢」的武功或者特技，當然也包括文士們的知識和辯才，但前提是這些知識須有益於提高「生活力」，才能獲得肯定。

上面說過，以「條」計數、賤視生命的「好漢」們所引領的庶民人生觀，本是以絕望為底色的，這當然是對他們在帝國中所處社會地位、無權無勢的實際生活狀態的覺悟。然而，我們在「四大奇書」中也能看到，經此絕望意識的洗禮後，他們居然也綻開了對高度「生活力」的嚮往，這真是「近世」庶民文化中最讓人感到興味盎然之處。這種嚮往並不只是個體性的「過上好日子」而已，實際上依然具備群體性特徵。作為行動準則的常言俗語，本來就是一個豐富的共享庫藏，而「好漢」的精神特徵中還有一項使他們可以超越個體、互相聯結的重要內容：「義」。這種「義」或者「義氣」，經常從字面上被聯繫到孟子的哲學去解釋，其實這本來跟孟子沒有什麼關係。孟子的「義」是他的學説所闡明的「合理性」原則，而「好漢」們講「義」，本出於「同氣相求」的願望，就是跟相似處境的其他「好漢」，即同類之間的認同。事實上我們很難分析這個「義」的哲理性內涵，但它的功能很明確，即把「好漢」從個體粘合為群體，這在《水滸傳》的前半部表現得最為酣暢。等到宋江打出「替天行道」的旗號，要帶領「好漢」集團為朝廷效命時，我們才仿佛看到用孟子之「義」塑造「好漢」之「義」的傾向，但這並不符合眾多「好漢」本來的願望。《三國演義》中關羽與劉備的兄弟之「義」，也被引向君臣大「義」，但這兩者的一致性，是借了題材的特殊性或者説劉備身份的特殊性才實現的。兄弟之「義」本身未必靠得住，《金瓶梅》中西門慶的十兄弟就是明證。不過「好漢」之所以「好」，似乎很大程度上也在於他們對這種本身並不可靠的「義」的堅持守護。那麼，為什麼要守護這個「義」？難道是因為從這個「義」可以有機會被帶向孟子之「義」？不是。從功能來看，「義」的根本作用就是維繫「好漢」之間的關係，使他們形成一個共同體。簡單來説，「好漢」之「義」無非就是尋找同類，在一起生活，群體性地「過上好日子」。當然「天下無不散的筵席」，「好漢們」在一起生活未免是個烏托邦，但即便分散各處，乃至不曾相識，天下的「好漢」也被「義」隱然聯結著。通過「義」而擁有了眾多同類朋友，無疑也是提高「生活力」的實際途徑。

在安土重遷的農耕社會，除了讀書應舉做了官的士大夫能夠走出故鄉，遷轉於宦途之外，流動性比較強的，還有販貨的行商、換防的軍人和行腳僧，此外就是一部份「好漢」了。《西遊記》和《水滸傳》顯示出「好漢」的流動性之強，甚至可以超過官員、行商和軍人。更重要的是，其實不需要烏托邦式的梁山泊，「好漢」們通過「義」也可以到處找到兄弟，有一種四海為家的感覺。這個不穩定的「家」也有名稱，喚作「江湖」，它是比梁山泊更為實際的「好漢」生活空間。或者也可以說，梁山泊只是「江湖」這種流動空間偶然的凝縮狀態，更多的時候如其字面所示，流動不居，而且範圍非常廣大。相對來說，士大夫們所服務的「朝廷」倒是個更特定而狹小的空間。「江湖」與「朝廷」共同構成了「近世」社會，但具有各自的認同、維繫方式，各自的「義」。一般人當然很難走進「朝廷」中去，於是在面朝黃土背朝天之外，庶民的生活空間只能向「江湖」延展，他們的生活觀念，與其說是被士大夫所教導，不如說是被「好漢」所引領。處於底層，無權無勢，經常缺乏生活資源的人，既與「好漢」們一般絕望，也容易在有關「好漢」故事的傳誦中，被帶起對高度「生活力」的嚮往。在這樣熱切的嚮往裏，包含著一種可能的覺悟：每一個活在這世上的人，都有一份基本的生存權利。由此出發，走向獨立人格的徹底覺醒，乃至對更為合理的社會結構的主張，似乎只等一個呼喚的聲音。我們在魯迅先生的《吶喊》中聽得到這聲音，而中國小説史也因此揭開了新的一頁。

# 第十章

# 戲劇

中國傳統的戲劇，現在更流行的稱呼是「戲曲」。但這個名稱著眼於「曲」，意思大致等於「歌劇」，是戲劇的一種。我們著眼於體裁時，選擇「戲劇」一名更合適。

據查，「戲曲」的説法最早出現在宋末元初人劉壎的筆下，他寫了一篇《詞人吳用章傳》，説南宋人吳康（字用章）精通音律，其雅詞原甚流行，「至咸淳，永嘉戲曲出，潑少年化之，而後淫哇盛，正音歇，然州里遺老猶歌用章詞不置也。」[①] 此處所謂「永嘉戲曲」，宋元人也稱為「戲文」（浙江人至今如此稱呼傳統戲劇），就是現在一般戲劇史所講的「南戲」。但劉壎之所以用「戲曲」一詞，明顯是從「曲」的方面而言，這種「曲」的特徵大致是兩點：一是民間戲劇中用之，二是不夠高雅。此後明清兩代文獻中出現的「戲曲」，也大多是同樣的用法，如明《文淵閣書目》卷二著錄

① 劉壎《水雲村稿》卷四《詞人吳用章傳》，文淵閣四庫全書本。

「《戲曲大全》一部一冊」，與《煙波漁隱詞》《陽春白雪》等並列，意謂用於「戲」之「曲」；清修《皇朝文獻通考》卷一百七十四，「乾隆七年，更定和聲署樂員、樂工名目，並奏樂，舊用戲曲者，均改撰樂章」，亦指用於「戲」而不夠高雅之樂曲。大概自近人王國維撰《宋元戲曲史》後，大家才較多地用「戲曲」來稱呼傳統戲劇。不過王氏此書，原來也叫「宋元大曲考」，可見他也是著眼於「曲」來稱名的。當我們著眼於「曲」的時候，以「散曲」「戲曲」並稱，自然也是合理的。

然而，如果講到戲劇，則至少在理論上，曲並不是戲劇的必要因素。更核心的因素是扮演，而扮演當然有一個從偶然的模仿、片段的代入，到演出一個完整故事，這樣逐步發展的過程。所以，若著眼於扮演這個要素進行考察，則中國戲劇史的起源會被追溯到相當古老的時期，從先秦以來就有若干記載，此後漢代的「百戲」，唐代的「參軍戲」「傀儡戲」等都曾流行。大概到唐宋之際，正好跟說唱故事和曲的發展結合起來，遂產生了我們也可以稱之為「戲曲」的這種傳統戲劇。

## 一、傳統戲劇的演變歷史

按照元人的追記，宋代似乎已有「戲曲」一名，陶宗儀《南村輟耕錄》卷二十五云：「唐有傳奇，宋有戲曲、唱諢、詞說，金有院本、雜劇。」卷二十七又云：「稗官廢而傳奇作，傳奇作而戲曲繼。金季國初，樂府猶宋詞之流，傳奇猶宋戲曲之變，世傳謂之雜劇。」[1] 他將宋「戲曲」置於小說（唐傳奇）和戲劇（元雜劇）之間，大概跟說唱相似，或者由說唱而進一步到達代言體的程度，那就具備戲劇的性質了。妙處在於，我們現在正好擁有一個說唱和戲劇結合的早期作品，就是從《永樂大典》殘卷中發現的《張協狀元》。在戲劇史上，這正是「南戲」的開場。

### 1. 南戲

一般認為，《張協狀元》是南宋早期的作品，載於明人類書《永樂大典》第 13991 卷，講書生張協赴考遇盜，得貧女相救而結為夫婦，中狀元後一度有嫌棄貧女之意，但最後竟因貧女被大人物收為義女，而終於重圓。科舉制度對士大夫來說是發跡的起點，對於底層民眾來說却也是個產生負心男子的溫床，相似的題材在後世戲劇舞臺上屢被表現。當然更獲讚賞的是科舉發跡以後，能夠拒絕誘惑、不忘初心的男子。從體裁上看，《張協狀元》的開頭部份是由一個演員以局外人身份進行說唱，等後來男主人公遇到強盜，情節複雜起來，這才進入由演員扮演角色的戲劇性演出。如果陶宗儀說的宋「戲曲」就指這樣的形態，那麼這種「戲曲」恰恰便是劉壎說的「永嘉戲曲」，也就是「戲文」。因其產生於南方，用南曲曲調演唱，故後來又稱「南戲」，與北曲演唱的「雜劇」相對。

《張協狀元》是今天可見的第一個完整的南戲劇本。據說，此種「南戲」形成於北宋末年，則由宋至元，二百年間當有許多劇

---

① 陶宗儀《南村輟耕錄》，中華書局 1959 年，第 306、332 頁。

目，但它們大部份都已失傳。除《張協狀元》外，《永樂大典》殘卷中發現的還有《錯立身》《小孫屠》二劇，其出於宋人還是元人之手，迄今尚無定論，其餘只剩些殘編斷簡而已。不過宋元南戲是明傳奇的來源，這一點非常重要。實際上南戲與傳奇的界綫很難分劃，史料中經常把早期的傳奇也稱為南戲，我們只能大致按文本產生的朝代來區分，把明代以後的都劃歸傳奇。

### 2. 北劇

中國戲劇史上燦爛一時的元雜劇，是隨著北曲的成熟而興起的。在前面的「散曲」部份，我們已經提到北曲的特點在於「套數」，而元雜劇恰恰就是用「套數」來唱的戲劇。從體制方面說，元雜劇的特點通常被概括為：一本四折的基本結構，以唱為主，以說白為副，每一折的唱詞用同一宮調的一套曲子組成，一韻到底，每一本通常限定由一個角色主唱。可見，一本元雜劇實際上就是四個「套數」。相對來說，「南戲」就沒有這麼嚴謹的音樂結構，這當然使它更少地被程式化，到明朝以後反而擁有更為廣闊的發展前景，但元代，其光輝遠不如北曲雜劇，因為雜劇吸收了當時最先進的音樂形式。其實，若綜合「南戲」「北劇」這兩個來源而言，對中國傳統戲劇最合適的稱呼恰恰便是「戲劇」二字，只因「戲劇」一名已成為通稱，為了與外來的戲劇形式相區別，我們才把傳統戲劇叫作「戲曲」。當然，「曲」的演唱在傳統戲劇中確實佔據了相當重要的地位，這是事實。

「雜劇」一名，宋代也已經使用，但從現存資料來看，宋代的「雜劇」主要是類似今日滑稽小品的短戲，或者以音樂貫穿始終的歌舞戲，還不是正式的代言體故事劇。不過，宋「雜劇」所擁有的「付淨」(發呆裝傻的丑角)、「付末」(以付淨為對象打趣逗樂)、「孤」(扮官吏)、「裝旦」(扮女性) 等角色名稱，却基本上被元雜劇所吸收，並形成了「旦、末、淨、外、雜」五類角色。金代佔據中國北方後，將宋「雜劇」發展為「院本」，故事性有所增強，終於在金元之際形成了所謂元雜劇。元代的統治者大多不能欣賞高雅的文化，漢族的知識人又因為做不了士大夫而多以編劇來謀生，故元代的大都（今北京）幾乎成為通俗文學的天下，元雜劇得到了極其適合生長的土壤，繁榮一時。就編劇來說，歷史上稱關漢卿、馬致遠、白朴、鄭光祖為「四大家」，代表作分別有《單刀赴會》《漢宮秋》《梧桐雨》《倩女幽魂》等。另外，王實甫的《西廂記》是五本二十折的「連台本」，與金代董解元的《西廂記諸宮調》分別稱為「王西廂」和「董西廂」。

很多人喜歡把中國的關漢卿跟歐洲的莎士比亞相提並論，而關漢卿的生平也跟莎翁一樣撲朔迷離。到現在為止，我們只知道他生活在十三世紀，大約是由金入元的人物。浩如煙海的中國古籍之所以對這位偉大的戲劇家記載寥寥，主要是因為他不屬於士大夫階層，他的戲劇是通俗文化孕育出的奇葩。與士大夫相比，他的生活缺少保障，看來是一個以編劇和演出為生的職業戲劇人，但身份之低也使他可以跟演員們打成一片，與實際演出的舞臺之間更少隔閡。在這種狀態下，他不可能把每一個作品都打造得很精美，但那種不加雕琢、酣暢淋漓的生氣，恰恰是當時的士大夫文學所缺乏的。用王國維的話說，這是「活文學」。

### 3. 傳奇

「南戲」在元代雖不如北劇之盛，但到明代則演為「傳奇」，影響越來越大。「傳奇」原是唐代文言小說的名稱，但明清兩代以唱南曲為主的長篇戲劇，也被稱為「傳奇」。因為「南戲」沒有北雜劇那樣嚴謹的結構，反而適合於敷演複雜的長篇故事。早期的明傳奇有「荊劉蔡拜殺」之稱，即《荊釵記》《白兔記》（主角為劉知遠）、《琵琶記》（主角為蔡邕）、《拜月亭》《殺狗記》。這幾齣戲大抵都從宋元「南戲」演化而來，明人加以改編，其特點是宣揚一種與儒家夫婦、兄弟之「倫常」相適應的家庭道德，以呼喚社會的安定團結，其結尾都是苦盡甘來的「大團圓」，表示邪不勝正。若與元雜劇相對照，明「傳奇」的編劇們顯然恢復了士大夫的身份，以及與此身份相適應的「教化」社會之責任感。這當然是士大夫意識向俗文學滲透的一種表現，但通過編劇、演出、欣賞的全過程，戲劇仍然具備著將士大夫與庶民聯絡在一起的社會功能，不至於完全喪失元代編劇與演員間的親密關係。而且，正是這種編劇與演員、觀眾之間身份既已不同，卻又極須互相配合的「尷尬」情形，左右著明清戲劇的發展方向。

大約到明代中期，撰寫劇本的文人與主持演出的伶工戲班及普通觀眾之間，由於身份、責任感、審美愛好之不同而產生的矛盾，已經非常顯著。文人撰寫的劇本主題明確，詞句雅麗，適於案頭欣賞，卻未必合乎觀眾口味，而且自以為精通宮調音律，一味按照宋元以來流傳的曲牌去填入詞句，這對戲班來說反而成為演唱上的障礙。文人的劇本始終保留著將幾個固定的曲牌連綴起來的狀態，每個曲牌意味著一支曲調，但戲曲的實際唱法，早已按照演員自己習慣的某種聲腔來處理任何樣式的詞句，曲牌逐漸失去意義。於是，「聯曲體」的戲曲就向「板腔體」演變。為了呼應觀眾的口味，各地戲班紛紛形成各自的地方腔調，見於記載的就有海鹽腔、余姚腔、弋陽腔、昆山腔等。不過，地方腔調也有缺點，換個地方，觀眾又聽不懂了。相比之下，似乎昆山腔處於雅俗之間，易於為各方面所接受，故明代後期昆曲獨盛。

### 4. 昆曲和京劇

據記載，昆山腔的創始人叫魏良輔，較早的劇本有梁辰魚的《浣紗記》，演西施、范蠡的故事。明清傳奇的一系列名著，如湯顯祖的「臨川四夢」[《紫釵記》《南柯記》《還魂記》(即《牡丹亭》)《邯鄲記》]，孔尚任的《桃花扇》，洪昇的《長生殿》等，便產生於昆曲流行期間。這些作品的存在也壯大了昆曲的生命力，清代中葉後昆曲漸衰，但到近代又得以復興，主要便依托於國人觀賞這幾個名劇的持久熱情。它們篇製宏大，故從產生時起，就很少被整本搬演，幾乎一向以精彩片斷即所謂「折子戲」的形式存在於實際舞臺。「折子戲」可以被視為真正的「戲曲」，因為此時「劇」的因素即故事情節已經不重要了。

昆曲流行的局面也並不意味著各種地方腔調停止了發展，實際上，多姿多彩的地方劇種正在形成。據李斗《揚州畫舫錄》記載，乾隆皇帝南巡時，兩淮鹽務所備大戲，已有花、雅兩部，雅部為昆山腔，花部有京腔、秦腔、弋陽腔、梆子腔、羅羅腔、二黃調等。這花部就與地方劇種關係密切。可以注意的是「京腔」，亦謂之「高腔」，乃弋陽腔流傳至北方後，改江西土音為北京字音而成。作為首都的北京，自是擁有實力的戲班所要奪取的陣地，而只有以北京字音來演唱，才有希望成為將來的「國劇」。

乾隆五十五年（1790），皇帝八十大壽，浙江鹽務大臣徵集安徽的三慶班入京祝壽，此後徽班在京師站住了腳，不斷進京，形成所謂四大徽班：三慶、四喜、和春、春台。其唱腔以二黃調（源出湖北省的黃岡、黃陂，故稱）為主，而兼收各種聲腔、戲目，武工卓絕，極受歡迎，在京時久，結合北京語音，演變為京劇。辛亥革命後，因著名旦角梅蘭芳赴日本、美國、蘇聯演出，獲得成功，遂使京劇享有國際聲譽。此後中華人民共和國定都北京，京劇便為「國劇」。

## 二、俗文學的「互文性」

從戲劇文學的角度講，每齣戲的劇本是一個作品，猶如某作家的一首詩或一篇古文，我們可以單獨地加以欣賞、分析。這是文學批評的一般情況。但實際上，出於湯顯祖、孔尚任、李漁等知名文人之手的劇本，被演出時不能保證毫不走樣，而現存的多數與演出情況更為一致的劇本，却經常找不到一個可以全面承擔著作權的編劇。同時，這劇本的獨立性也並不充分。比如《單刀赴會》，固然是個相對獨立的故事，但不了解《三國演義》，沒看過更多「三國戲」的觀眾就會茫無頭緒。當然重要角色出場的時候一般會有一段唱詞自叙來歷，這在一定程度上給觀眾提供了背景知識，不過，他們未必都能聽清、聽懂，戲場經營者提供的相關服務，比如把唱詞印出來發給觀眾，是很晚才有的事，把唱詞打在屏幕上自然更晚了。所以從接受效果來說，以前大家看完一齣戲，尤其是故事出於新編的戲，看完後多是糊裏糊塗、一知半解的。相比之下，若是以觀眾對人物、情節已有所了解的故事為題材，則演出效果就會好得多。這就使傳統的戲劇往往跟小說、說唱等俗文學作品共享同樣的故事，而形成很高的「互文性」(Intertextuality，又譯「文本間性」或「互文本性」)。

嚴格來說，所有文學文本都具有「互文性」，但就文本內容互相交織的密度來說，雅、俗分別依然可以成立，戲臺上的關羽不會是《三國志》史書裏的形象，而一定跟《三國演義》小說裏的關羽相近。形貌、武器跟關羽都完全一致的，是《水滸傳》裏的大刀關勝，可以說關勝就是關羽的一個複製品。如果我們記得林沖的綽號是「豹子頭」，則其形象最初怕也是張飛的複製品，只是後來故事衍生、不斷豐富，林沖離張飛的形象就越來越遠了，但「五虎將」的說法，依然是《三國演義》和《水滸傳》共有的。看來，這些俗文學作品所展開的世界，經常互相混同、互相聯結。在《水滸傳》小說文本尚未成熟的時候，元雜劇就已有不少搬演水滸故事的作品，傳到今天的還有《黑旋風雙獻功》《梁山泊李逵負荊》《爭報恩三虎下山》《魯智深喜賞黃花峪》，以及可能產生於元明之間的《王矮虎大鬧東平府》《宋公明排九宮八卦陣》等，它們跟小說的相關章節所述相似，但並不完全相同。可以說，戲劇跟小說共同建構著「水滸」這個世界。今天的京劇依然擁有一批膾炙人口的水滸劇，如《野猪林》《十字坡》《石秀探莊》《時遷盜甲》之類。這使得許多不識字的鄉人，即便沒讀過《水滸傳》，也依然能通過看戲而了解其大致內容。

相比之下，現存有關《西遊記》故事的戲劇，則與百回本小說《西遊記》的世界更顯示出錯落有致的情形，在今人所編的《西遊記戲曲集》① 中，我們能讀到殘本宋元戲文《鬼子母揭鉢記》《陳光蕊江流和尚》，以及元明雜劇《猛烈那吒三變化》《灌口二郎斬健蛟》《二郎神醉射鎖魔鏡》《二郎神鎖齊天大聖》《觀音菩薩魚籃記》等，與小說所述有一定聯繫或部份重合，但主要內容却溢出小說之外。其實，以二郎神、哪吒或觀音為主角的故事，都另成系列，它們與《西遊記》故事相聯結，開闢出一個更為寬廣的世界。眾所周知，這些形象也出現在《封神演義》中，故事設定的時間比《西遊記》要早，仿佛提供了《西遊記》中這些形象的「來歷」。

當然，戲劇與小說、說唱擁有「互文性」最為顯著的，要數演史題材的作品。僅就《三國演義》故事而言，現在京劇中還有《捉放曹》《虎牢關》《白門樓》《擊鼓罵曹》《三顧茅廬》《群英會》《戰長沙》《空城計》《哭祖廟》等，估計有上百本戲，加上地方劇種所演，就多不勝計。人物形象和情節概要都是一致的，細節則更為豐富。在一定程度上，《封神演義》和《水滸傳》其實也有演史的成分。我們說過，演史題材的小說，幾乎可以聯結成一部重構的「中國通史」，尤其是唐宋史部份，從《隋唐演義》《說唐征東傳》《征西傳》《反唐演義》《殘唐五代史演義》，到《飛龍傳》《楊家將》《說岳全傳》等，可以前後聯結，而相關故事，也都在戲劇舞臺上搬演，且小說早期版本中與戲劇不太一致的情節，在後來

---

① 胡勝《西遊記戲曲集》，遼海出版社 2009 年。

的版本中往往就變得一致了。

演史題材的俗文學作品「互文性」之高，應該是不難理解的，因為同一歷史時期內發生的故事，本來就被確定在同一時空、同樣一群人物的互相關聯之中。不過，不同歷史時期的故事和人物，也往往可以發生某種聯繫，除了像關羽、關勝那樣的形象複製模式外，還有如薛仁貴、薛丁山、薛剛這種主人公被設為祖孫三代的血緣連貫模式，另外更有一種可以稱為「中國特色」的模式，即轉世模式。這當然與佛教觀念相關，它可以把沒有血緣關係的人物也前後聯結起來，且藉以說明因果。比如《說岳全傳》講金兀朮是宋太祖轉世，來討還被宋太宗奪去、由太宗後代繼承的江山。宋太祖和金兀朮原本都是天上的赤須火龍，通過此龍兩次入世，《飛龍傳》和《說岳全傳》的世界就被聯結起來。另外，此書說岳飛是大鵬金翅鳥下凡，而此鳥在《西遊記》中曾為妖怪。

轉世之說雖然來自佛教，但什麼龍虎、星君下凡，卻屬於民間傳說。這種民俗因素對俗文學的滲透大大提升了俗文學作品的「互文性」。各時代都有文才出眾的人物，他們都是文曲星下凡，而武將則因為故事更多，所以除了相應的武曲星外，還可以是白虎星或黑虎星下凡，大抵能全面負責軍事行動的統帥是白虎星，而衝鋒在前的猛將是黑虎星。這些星君不斷下凡，給不同歷史時期的故事主角提供了相同的「來歷」，且其前世、後世之間，多少會有一些聯繫。在這樣的觀念下理解「二十四史」，跟儒生們真正去讀「二十四史」的結果，自是全然異趣。不過對看戲劇、聽說書的庶民們來說，大抵不會關心那些故事與歷史真相的差異，如果那麼多故事主角本來就是一位星君下凡，那麼這位星君就像一名演員，到人世的舞臺來演幾齣戲，演畢歸去。在這個意義上，歷史故事本來就是一場戲。看戲的體會，就是人生如戲。

## 三、人生如戲

舊時的戲臺，經常會在兩側挂起一副「戲臺小世界，世界大戲臺」之類的對聯，直接提示觀眾，戲如人生，人生如戲。這個意思，除了我們通常所説「藝術是生活的反映」外，還要翻過來再加一層：生活也就是一場戲劇。相比之下，後一層意思其實更重要一些，因為寫這對聯的目的，主要不是教人如何看戲，而是教人如何看待生活。

戲劇的情節確如人生的縮影，尤其是演史的題材，直接縮叙前人的人生。不過一般情況下，戲劇與人生也有根本的區別：戲有劇本、有導演，情節變化皆已預定，演員們即便很投入角色地扮演，心裏却早已清楚這角色的結局如何；人生却不是這樣，即便你是天上的白虎星下凡，到人間大戲臺來演一齣已經預定結局的戲，可是你投胎凡身後，一般不知道自己是白虎星，也不了解這齣戲預定的結局。這齣戲也有個大導演，就是「天意」，可演員大抵不了解導演的意圖。

然而妙處在於，傳統的戲劇中，時而也會出現了解導演意圖的角色。戲臺上的諸葛亮經常預知「天意」，一般「軍師」類的角色都具有「夜觀星象」，預知結局的能力。這樣一來，他的人生便真正是在演戲了。這一點很耐人尋味，既然他預知後事，似乎就不必在當時枉費心機，但看來他還是很努力，去做力所能及的事。相比之下，武將中有這種能力的不多。《高平關》裏的高行周是個例外，他明知自己是白虎星。這齣戲，現在京劇大概已經不演了，某些地方劇種如浙江的紹劇、河南的豫劇中還有，河北的威縣亂彈也有此劇，瀕臨失傳。此戲又名「借頭」，講五代後周之時，趙匡胤奉命攻打高平關，守將高行周是他舊識的父輩，他知道打是打不過高的，只好論交情，所以單騎入關，去向高「借頭」；高行周因為預知趙是將來的宋太祖，故遵從「天意」，自刎身亡，助趙成功。

殘唐五代至宋初，有關這段歷史的演義故事和戲劇作品原來很多，形成一個系列，現在似乎不太流行。這也是一段秩序從崩壞到重建的過程，包含了與《三國演義》和《隋唐演義》相似的「群雄並起」局面，但總體而言，這個系列的戲劇既不如「三國」戲那樣把觀眾的同情心引到失敗的蜀漢一方，也不似「説唐」戲那樣歌頌成功的唐朝開國者。走馬燈一般旋起旋滅的政權更迭，是非難明，使編劇們難得地放棄了「正邪」對立的思路，而讓並起的群雄們盡情發揮，並不「以正克邪」，最後的結局如何，亦不過順從「天意」而已。以高行周為重要角色的戲，有《苟家灘》《高平關》兩出。《苟家灘》是陝西秦腔的傳統名戲，它可能是五代戲中最熱鬧的一齣，十三歲的高行周為父報仇，勇鬥後梁名將鐵槍王彥章，把他引入伏擊圈，就是所謂「五龍二虎鎖彥章」的故事。這個故事在《高平關》中，被老年高行周以回顧當年之勇來鼓勵兒子的方式，用長篇唱詞加以復述。這也可以成為上面所説「互文性」的一例，而且傳統戲曲以長篇唱詞來充分地展現「互文性」，是現代電影裏仿真的對話所難以企及的。不過《高平關》的看點不在高行周如何英武，而在於一個違反常理的「借頭」行為要被合理地實現。頭怎麼可以借？借了又沒法還。除了趙匡胤擁有「天命」外，須是這個高行周自己認命，自行了結。所以，《高平關》的主角突破了一般武將的局限，他曾經勇武，現在還能占夢觀星，看相識人，預知將來。他破例地知道自己是白虎星下凡，明白他來人世演出的這一人生之戲，不得不如此收場。所以，「借頭」是演員對導演意圖完全掌握的結果。

我們看戲的時候，高行周是個戲裏的角色，是由演員來扮演的。但這個角色本身也是演員，是白虎星遵從導演的意圖即「天意」，而在人世演出的。無論這齣人生大戲曾經怎樣地波瀾壯闊，最後都要走向預定的結局；無論這結局怎樣地違反常理，也必須實現。那麼高行周能夠做些什麼？在認命同意「借頭」之餘，他向趙匡胤提出要跟兒子或者夫人告別一下，也被對方阻止了。他聽到天上「聲聲叫著白虎星」，知道「歸位」的時刻不能耽誤，只好拋妻棄子，無奈上路。在人情與天命的衝突中，任何英雄都將落敗。戲裏的高行周所能做到的，是逼趙匡胤立下了文書，將趙的妹妹許配給高家兒子，保證其子孫能安全生活在即將到來的宋朝。然而，這是不是導演允許的呢？我們暫時不得而知。那要去看另外的戲才能知曉這個懸案，眼前是白虎星君的高行周之戲，就此落幕了。

# 後　記

「中國文學傳統」是復旦大學的通識教育課程之一，面向文、理、醫各類本科學生。記得最初設置的時候，是不建議中文系學生選修的，所以當時擬定的講授內容，深度上要超過一般「大學語文」，但比中文系的「中國文學史」要簡單，也不妨說是「中國文學史」課程的一種簡明版。後來中文系新生也大都修習此課，這就使它必須具備兩種功能：對於非中文專業的學生來說，在其有關傳統文化的「通識」形成過程中，要提供文學的部份；而對於中文專業的學生而言，講授內容要成為「中國文學史」的一個導論，為他們接下來學習「中國文學史」作一點準備，但同時須避免重複。換句話説，它已不能是「中國文學史」的簡明版了。我在復旦開講此課十幾年，就包含了內容上的這個調整過程。

調整的結果是，把全部中國文學置於傳統文化整體之中，視為一種「表達」，概括介紹「表達者」的身份特徵，以及承載「表達」功能的各種體裁。所以，課程大綱由作者論和作品體裁論兩部份構成，雖然看上去也不過是把有關「作家」的介紹和有關「文體」的羅列拼接起來而已，但這樣至少避免了按時代順序敘述「文學史」的模式，並且便於把具體史實與所謂「傳統」的總體特徵相聯繫。也因為講的是「傳統」，故範圍大致斷在清末以前，但仍關注「傳統」與「現代」的關係，故文言文學（雅文學）和白話文學（俗文學）各居其半。事實上，這樣的大綱對我個人能力是個很大的考驗，因為自求學階段直到現在從事科研，我的主要精力都限在斷代，即宋代文學的研究。好在宋代在中國通史中正處中段，在語言文學方面也屬雅俗交替期，根據自己已經掌握的知識，「上躥下跳」還算方便。我在講授的內容裏加入了一些個人治學的心得，但更大的部份當然是取用了學界前輩、同仁的成果，起初組織教材的時候，不必一一記明來歷，課上講過即罷，現在出版此書，按理需要尋檢注明，但時日既久，不能盡記所有掠美之處，只能請求包涵，攏總道謝了。

我的研究生先後擔任過這門課程的助教，他們幫助我修訂內容、批改考卷，有的還做了比較詳細的聽課筆記，當我必須把口授內容形成文字時，這些筆記成為全稿的坯胎。除此之外，研究生們還熱心地催促我盡快成稿，當然促成最力的，是畢業後擔任了高等教育出版社編輯工作的劉曉旭女士。我服膺朱熹的兩句詩：「舊學商量加邃密，新知培養轉深沉。」而這個「加」和「轉」的過程，通常是在跟同學們一起探討中，共同推進的。作為教師，最為享受的，無非是與學生共度的商量舊學、培養新知的美好時光。謹以這一冊教材，紀念流年之美好。